KB268454

글쓰기
상상력을
깨우는

톡톡 감성 충전소

이동훈 지음

어문학사

여백의 삶을 가꾸며

고속으로 질주하는 도시 문명의 버성김 속에 삶이 존재합니다. 비정한 시멘트 숲에도 생명들이 꼬물거리고 살아갑니다. 파편화되고 소외된 아이들. 여유가 없는 학교 생활. 공부 닦달로 빨갛게 멍든 영혼들. 그런 까닭에 아이들에게 삶의 여백은 사뭇 소중합니다. 다행스럽게도 일상의 삶은 직선이 아니라 구부정하게 휘어들어 그 어름에 여백의 텃밭이 절로 만들어집니다. 글쓰기와 상상력의 시공간은 소중한 삶의 여백입니다.

마음이 깨끗한 사람은 누구나 시인입니다. 어린이와 청소년은 누구라도 시인입니다. 그들 영혼의 샘물은 맑고 깨끗하고 고요합니다. 시인은 생명은 물론 사물에조차 따스한 온기를 전합니다. 그에게는 생명과 무생명의 경계선이 없습니다. 온갖 물상과 대화를 나누며 그들의 깊은 속을 들여다보고 어루만지고 다독이며 함께 감정을 나눕니다. 시를 비롯한 문예물은 편편이 한 그루 나무와 같으며, 그것은 뭇 생명의 이산화탄소를 빨아들이고 산소를 내놓습니다.

요즘 초등학교 어린이들부터 청소년에 이르기까지 인성이 날로 거칠어지고 황폐화되어 감을 봅니다. 몸 가까이에서 직접 보고 듣고 느끼는 처지에 아이들의 정서와 감성의 밑바탕을 다지는 방편으로, 필자는 수업 자투리 시간을 이용한 글쓰기를 선택하고 이에 교육자적 열정을 바쳐 왔습니다. 공감과 나눔과 배려의 인성을 측량하고 돋우고 키우고 열매 맺게 하는 일에 글쓰기만큼 좋은 공부거리가 없다 싶었던 게지요. 실제로 학교 현장에서 남자 중학생들과 십여 년 이상 국어 수업을 하면서 필자가 느낀 점은, 아이들이 사춘기 청소년이라는 특성을 무시해도 좋을 만큼 상당히 섬세하고 서정적이고 예민하고 부드럽고 예술적이고 창조적이라는 사실입니다. 겉보기와는 다르게 중학생 아이들의 창조지수와 행복지수, 그리고 감성지수가 상당한 수준이라는 사실을 매 수업마다 확인하고 깜짝깜짝 놀랄 때가 많았습니다.

첫 출발이 어려웠다 뿐이지 글쓰기 시간이 거듭될수록 생각하고 상상하고 표현하는 능력이 놀랄 만큼 향상되었습니다. 수업 시간에 아이들은 생각의 축구공을 하나씩 가지고 열심히 연습하였으며, 그때마다 필자는 가슴 벅찬 보람을 만끽했습니다. 고요의 바다에서 일제히 쓰기에 열중하는 장면은 황홀경 자체이며, 그것은 말없는 가르침이 되어 학급 구성원 모두에게 아름다운 감동의 파도를 시시각각 던져 주었습니다. 날이 갈수록 학생들은 자연스럽고 편안하게 글을 쓰게 되었으며, 그렇게 글쓰기를 수월하게 여기는 것 자체가 생각하는 힘과 표현하는 능력이 괄목할 만한 수준으로 성장했다는 증거임을 거듭 강조하였습니다.

이런 저런 연유로 '톡톡 감성충전소'에 등장하는 기명의 학생 필자들은 백여 명에 불과하나, 이 책이 나오기까지 필자와 함께 국어 시간에 활동하고 공부한 실제의 연인원 곧 무명의 학생 필자들은 십 년 이상의 기간에 천오백 명을 훌쩍 넘는다고 할 수 있습니다. 세월의 풍화작용에 쓸리어 처음 문장들이 기암괴석이 되고 조약돌이 되고 모래알이 되었습니다. 그러한 까닭에 이 책의 글들은 마치 긴 모래밭을 가득 채우고 있는, 하나하나 금모래 은모래 같은 느낌이 듭니다. 실제의 수업 시간 중 첫 표현에 담은 순백의 마음은 세월에 오롯이 남아, 지금에 오히려 그 반짝이는 빛을 한결 더하고 있습니다.

공부는 운동과 같은 것이며, 글을 쓸 때 고민하고 끙끙대고 애를 태우는 게 바로 운동할 때 땀나고 숨차고 다리 아프고 하는 것과 똑같은 원리라는 사실을 아이들에게 수시로 설명하고 쓰기에 집중할 것을 주문하였습니다. 운동을 할 때 육체적으로 힘든 일이 반복되면서 그것이 체력으로 승화되는 것과 마찬가지로, 생각과 표현을 다듬어갈 때 가슴이 먹먹하고 답답하고 골치가 지끈지끈 아픈 것 역시 공부 체력이 다져지는 과정이라는 해설을 부록처럼 자주 덧붙였습니다. 공부 내공 쌓기와 인격 수양과 감성 교육은 글쓰기 수련이 적격임을 널리 알리고 싶은 간절한 마음이 이 책을 만들게 했습니다.

책의 곳곳에는 아이들의 삶과 글이 빚어내는 재미와 감동이 용 비늘처럼 번득입니다. 21세기에 들어 수업 혁신의 마음을 다잡고 〈글쓰기 상상력을 깨우는〉 감성 교육을 처음 시도한 이후로, 이 책에 정리되어 있는 만큼의 국어 수업을 진행하고자 학교 현장에서 아이들과 더불어, 지금도 옥신각신 즐겁게 다투고 있는 내 모습이 행복한 한 점의 수채화로 다가옵니다.

아침볕을 받으며 자동차의 물결이 강물처럼 흘러갑니다. 여백은 행복의 씨눈입니다. 여유로운 마음이 행복의 조건입니다. 여백이 있는 삶은 아름답습니다. 모쪼록 이 책 '톡톡 감성충전소'가 치열한 삶의 현장에서 마음의 쉼터가 되고 또 정서의 맑은 샘터가 되기를 바랍니다.

contents

여백의 삶을 가꾸며 … 2

I. 여백의 아름다움을 찾아서

1. 나만의 감성 사전 … 13

1) 감성 사전 ① – 격언 만들기 … 13

2) 고독 시 쓰기 … 30

3) 1분 쓰기 … 35

2. 행복한 국어 … 39

1) 공감 표현 – 상상 쓰기 … 39

2) 시조 쓰기 … 49

3) 나의 장점 30개 … 53

3. 즐거운 국어 … 58

1) 짧은 이야기 만들기 … 58

2) 모방 시 쓰기 … 62

3) 명상 시 쓰기 … 82

4. 유쾌한 국어 … 101

1) 내가 사랑하는 생활 … 101

2) 숫자 시 쓰기 … 111

3) 자유롭게 쓴 시 … 127

5. 맛있는 국어 … 156
1) 한 줄 독후감 … 156
2) 두레 짓기 (집단 창작) … 161
3) 감성 사전 ② — 화살시 … 164

6. 신기한 국어 … 180
1) 첫 문장으로 시 쓰기 … 180
2) 낱말 조각으로 시 쓰기 … 184
3) 오늘의 알짬 … 193

7. 열려라 국어 … 200
1) 나를 소개하기 … 200
2) 첫 문장으로 소설 쓰기 … 202
3) 비유의 매력 … 205

II. 공감의 즐거움을 나누다

1. 피어라 국어 … 215
1) 나만의 한 줄 정의 … 215
2) 나는 ~ 이다, 비유 30개 … 222
3) 나는 ~을(를) 바란다, 비유 30개 … 226

contents

2. 삶을 가꾸는 국어 … 231

1) 빈 곳 채워 완성하기 … 231

2) 비유 바꾸기 … 235

3) 낱말 조각으로 소설 쓰기 … 238

3. 다채로운 글밥들 … 244

1) 새로운 연 만들기 … 244

2) '가나다 시' 쓰기 … 249

3) 발표 구호 만들기 … 258

4. 아름다운 국어 … 261

1) 공감 표현 – 사물의 꿈 … 261

2) 비유로 설명하기 … 268

3) 시조 공부 … 272

5. 말랑말랑 국어 … 279

1) 감성 사전 ③ – 명언 만들기 … 279

2) 무지개 시 짓기 … 287

3) 사계절 시 짓기 … 290

6. 상쾌한 국어 … 292

1) 한 줄 생각 구슬 … 292

2) 국어 공부를 잘 하는 방법 … 297

3) 언어유희 – 재미난 발음 … 300

7. 중학생 작가 … 302

1) 소설에 도전하다 … 302

2) 시나리오에 도전하다 … 318

III. 인성의 열매가 익기까지

1. 배우며 생각하며 … 334

2. 국어 공부의 처음과 끝 … 340

3. 알짜배기 문법 공부 … 357

4. 춤추는 한 줄 시조 … 373

5. 가족에게 편지 쓰기 … 382

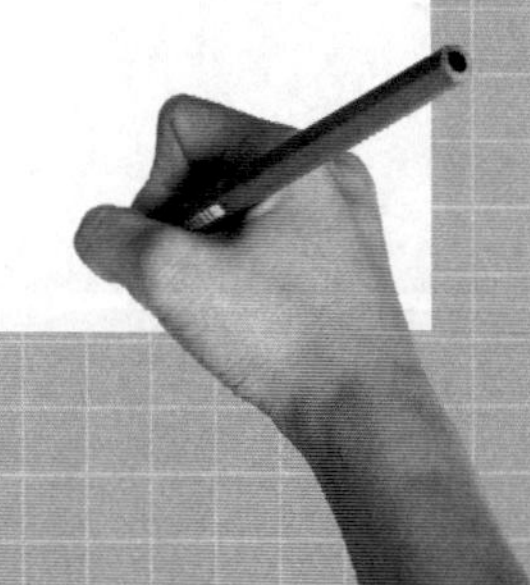

1. 여백의 아름다움을 찾아서

자동차의 파도와 사람의 물결을 멀리서 어루만져주는 자연 풍경은 그대로가 문학이고 예술입니다. 우리는 감동의 숨결로 세상을 호흡하려 합니다. 감동이 많은 인생이 아름다운 인생이라고 믿는 까닭입니다. 감탄을 많이 하는 사람이 행복한 사람이라고 믿습니다. 감수성의 텃밭을 마련하고 우리의 꿈과 소망을 그곳에 꽃씨처럼 뿌려 봅시다. 인정의 꽃밭을 자녀와 학부모가 함께 오순도순 가꾸어 간다면 어떨까요?

하루에 한 번쯤 숨길을 고르게 하고 하늘을 이윽히 올려다보세요. 시냇물처럼 흘러가는 구름의 물결을 보노라면, 그곳에서 돌돌돌~ 서정의 노랫소리가 금방이라도 들려오는 듯합니다. 여백은 삶 속의 자연입니다. 무공해의 초록 공간입니다. 마르지 않는 정서의 샘터입니다. 생활이 바쁜 만큼 일상의 여백은 더욱 아름답고 소중합니다.

행복은 자신과 자신의 현실을 긍정하고 진심으로 사랑하는 데서 출발합니다. 생활의 거센 소용돌이 속에서도 삶의 향기와 여유를 간직하고 가꾸어가는, 진정 행복한 사람으로 살아가십시오. 이 글을 읽는 청소년과 학부모님들이 모래 한 알을 옮기고 있는 개미보다 더 행복한 사람이 되기를 진심으로 바랍니다.

1. 나만의 감성 사전

1) 감성 사전 ① – 격언 만들기

격언 : 사리에 꼭 들어맞고 본보기가 될 만한 귀중한 내용을 담은 짧은 어구

(보기) 사람은 자연 보호, 자연은 사람 보호
인생은 짧고 예술은 길다.

한 편의 글을 공부한 후에 격언을 만들어 봅시다. 자기의 생각이나 느낌 또는 깨달음을 한 줄의 표현으로 나타내볼까요? 이때의 한 줄은 멋진 표현, 세련된 표현, 아름다운 표현, 빛나는 표현입니다. 자기가 할 수 있는 가장 세련된 표현, 가장 멋진 표현이 될 수 있도록 정성과 능력을 다하기 바랍니다. 정성을 다하면 인격이 향기로운 사람이 되고, 능력을 다하면 실력이 풍부한 사람이 됩니다. 말랑말랑한 감성과 삶의 지혜가 만나는 지점에 격언이 자리 잡고 있습니다. 격언은 멋진 광고 말이며 가슴에 새기는 명언과 같은 것입니다.

인격과 실력을 겸비하는 일–인생에 이보다 더 좋은 일은 없을 것입니다. 격언 주제는 자기 맘에 드는 걸로 하고 격언 내용은 글의 내용이나 성격과 일치하거나 맞출 필요는 없습니다. 다만, 지금 이 순간에 자기가 정리하고 싶은 내면 세계나 추억 혹은 잊지 못할 마음의 풍경을 그려내면 됩니다.

학생이라고 해서 단순히 여러분이 지식 소비자에 머무는 게 아닙니다. 여

러분은 지식의 생산자가 될 수 있습니다. 여러분이 짓는 시나 수필 또는 소설들은 전문 작가들이 할 수 있는 게 아닙니다. 국어 시간에 쓰는 이런 글은 오직 여러분만이 쓸 수 있는 것입니다. 자부심과 사명감을 가지고 격언을 만들고 글을 쓰고 감성을 표현하기 바랍니다. 국어 공부 시간에 하는 모든 활동은 이런 성격의 것들로 이어집니다.

인생에 정답이 없는 것처럼 국어 시간에 하는 활동들에는 정답이 없습니다. 이 점에서 국어 공부는 곧 인생 공부입니다. 국어 공부를 열심히 하면, 곧 인생 공부를 열심히 하는 것과 동일한 효과를 가집니다. 힘을 내시기 바랍니다. 자기 나이 대에 맞는 지식이나 지혜를 창조할 수 있음을 깨닫는 게 중요합니다. 자, 그럼 지금부터 격언 만들기의 세계로 뛰어들어가 보겠습니다. 준비가 됐나요? 시작하겠습니다. 시작~

실패 실패는 다시 하라는 명령이다.

사람 사람이란 힘들수록 더욱 진화하는 동물이다.

시간 시간은 누구도 속이지 않는다. 존경해야 할 대상이다.

나 나 자신을 이기면 새로운 세계가 보인다.

겸손 부딪혀 깨어질 때 그 모습이 바로 나다.

노력 어려움을 겪어내야만 쉬움이 열린다.

행복 가장 행복한 사람은 일생을 두고 하나의 일에 몰두하는 사람이다.

스승 열정과 노력이야말로 최고의 스승이다.

인생 인생은 꿈을 향해 뛰는 마라톤이다.

집중 건성으로 생활하지 마라. 집중할 때 비로소 깨달음을 얻는다.

사랑 사랑은 사람을 이어주는 믿음의 다리이다.

희생 희생은 그림자이다. 우리 뒤에는 언제나 그림자가 있다.

차이 우리의 생각이나 관점, 의지는 모두 종이 한 장 차이이다. 부정적인 생각은 언제든지 바꿀 수 있다.

행복 행복은 돈으로 만들어지는 게 아니라 가족 간의 믿음에서 생겨난다.

삶 자신의 삶에 최선을 다할 때 인생은 아름답게 빛난다.

오늘 아무리 태어난 날이 기쁘다 해도 어제를 만들어준 오늘이 나는 가장 행복한 날이다.

성공 돈이 많을 때 성공이 이루어지는 게 아니라 시간을 잘 쓸 때 성공이 찾아온다.

성공 좋은 환경에서 꼭 성공하는 것이 아니고 나쁜 환경에서 꼭 실패하는 것도 아니다.

희망 희망을 갖기 위해서 달리고 또 달리자.

인생 민들레꽃처럼 밝게 살다가 갈 때가 되면 서슴없이 떠나자.

희망 희망을 갖는다는 것은 삶에 여유를 가진다는 뜻이다.

장마 태양이 돌아섰다. 차양을 두르고 숨었다.

관심 관심은 최고의 사랑이다.

약 한 번의 약은 산삼이지만 두 번 이상의 약은 독이다.

미소 이웃의 밝은 미소는 우리를 건강하게 해주는 보약이다.

보물 세상에서 가장 빛나는 보물은 사랑하는 사람과 함께했던 시간이다.

체온 사람의 감정 중에 사랑이라는 게 있기에 체온이 36.5도이다.

친구 친구는 잠시나마 나의 수준을 올려주는 책과 같은 존재이다.

아름다움 사랑은 아름다우나 그 속에는 비극과 반전이 들어 있다.

첫사랑 첫사랑이란 생애 한 번 오고는 다시 오지 않는 시간과 같은 것이다.

신화 신화는 진실도 거짓도 아닌, 마음에서 느끼는 성스러움이다.

신화 신화에 얽매이지 마라. 신화는 내가 써 가는 것이다.

반찬 우리의 반찬은 김치이지만, 국어 책의 반찬은 문학이다.

선물 문학은 산타이다. 나 모르게 지식과 감동을 놔두고 간다.

벌 육식으로 인한 질병은 동물이 우리에게 주는 벌이다.

독 육식은 가장 위험한 독이다.

여유 여유를 가지고 시간을 잘 사용하는 자가 진정한 부자이다.

계단 여러 계단을 밟고 올라가지 마라. 오히려 넘어질 뿐이다.

지식 하나를 배워서 대충 두 개를 아는 것보다 하나를 배워 그 하나를 정확히 아는 것이 중요하다.

책 책은 약이다.

소리 소리는 소리를 부른다. 소리는 끓는 물에 점점이 생기는 기포와 같다.

디딤돌 세상의 걸림돌이 되지 말고 세상의 디딤돌이 되어라.

글 칼날은 갈고 닦을수록 날카로워지고, 글은 갈고 닦을수록 부드러워진다.

청소년

- 약간의 소금기가 바다를 얼지 않게 하듯이 짧은 청소년기가 인생의 모두를 맑게 할지도 모른다.
- 새 마음으로 뛰어라. 그러면 밝은 희망이 싹트리라.
- 미래를 생각하라. 그것이 청소년이다.
- 쉬지 말고 걸어라. 언젠가 추억이 되어 돌아오리라.
- 청소년은 어디로 갈지 모르는 하나의 미궁이다.
- 청소년의 꿈은 보일 듯 보이지 않는 안개와 같은 것이다.
- 청소년은 새싹과 같다. 한창 파릇파릇 자라는 새싹처럼 여러 갈래의 꿈을 가지고 아이들 손길에 꺾이지 않을 곧은 가지를 세우고 어여쁜 꽃을 피우기 위해 뿌리를 더욱 깊게 뻗어라.
- 청소년이여, 세상의 연표에 한 획을 긋기 위해 거침없이 먹을 갈아라.

사랑

- 사랑은 태어날 때부터 가지는 임무이다.
- 진정한 사랑은 화려한 겉모습을 보는 것이 아니라, 소박한 내면을 보는 것이다.
- 인류의 기초는 어머니의 자식 사랑이고, 인류의 발전은 남에게 베푸는 사랑의 실천이다.
- 사랑한다 말하면 하루가 즐거우리라.
- 사랑은 무수히 많은 답을 가진 하나의 문제이다. 어떻게 하더라도 사랑이 된다.

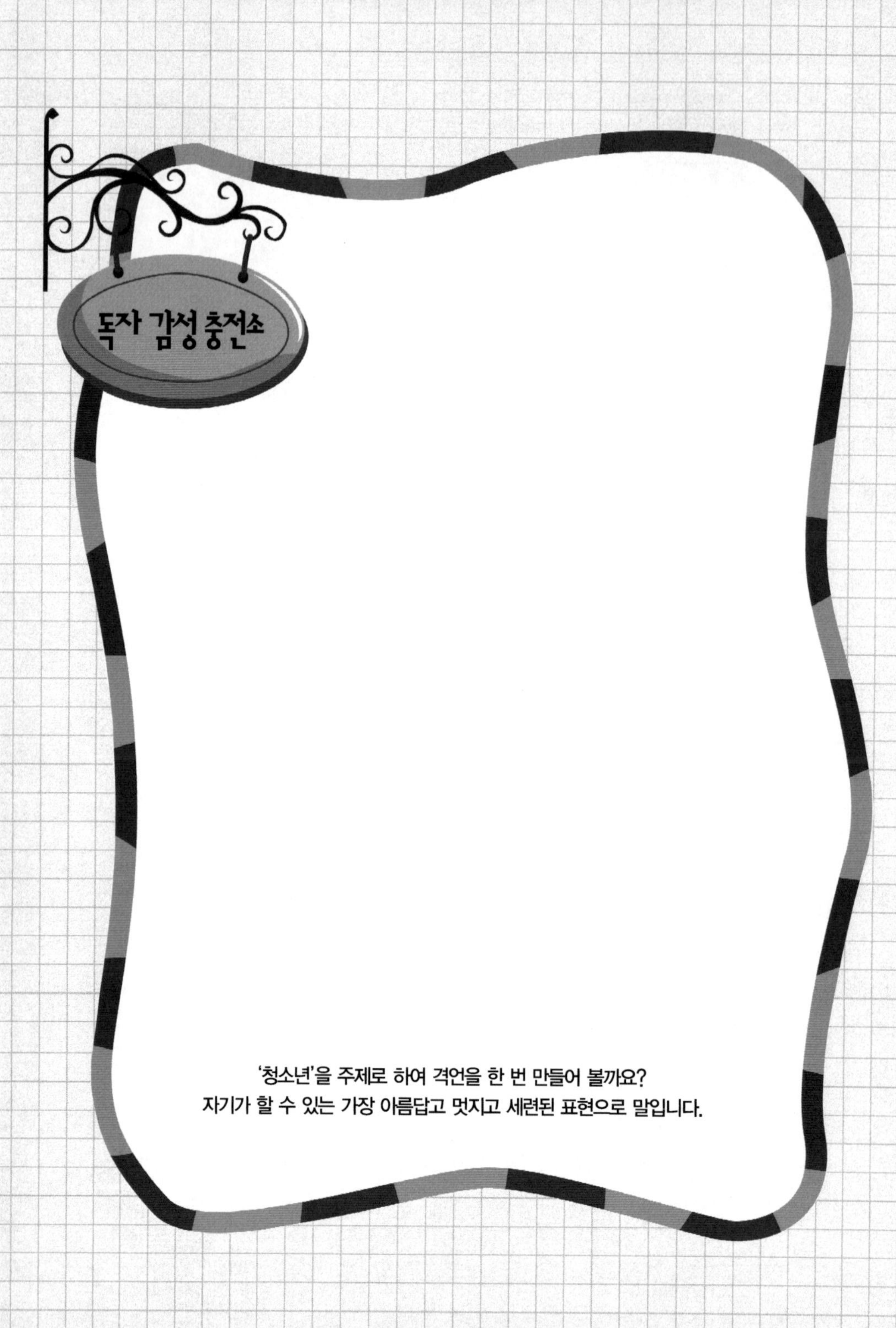

'청소년'을 주제로 하여 격언을 한 번 만들어 볼까요?
자기가 할 수 있는 가장 아름답고 멋지고 세련된 표현으로 말입니다.

- 사랑은 빠져들 수밖에 없는 유혹이다.
- 사랑은 보물이다. 보고 또 보아도 그 사람만 생각난다.
- 사랑은 R. V. D이다. Rolex Venus Dangerous
  값비싸고 아름답고 위험한 것이다.
- 사랑은 끝내 숨기지 못하는 거짓말과 같다.
- 사랑은 비 끝에 나타나는 무지개 같은 것이다. 비 온 뒤에 살그머니 고개를 내미는 무지개처럼 나도 모르게 사랑이 찾아온다.
- 사랑은 속옷이다. 밖으로 표현했을 때보다 속으로 간직했을 때 더욱 아름답기 때문이다.
- 사랑은 기쁨으로 위장한 슬픔이다. 사랑할 땐 모든 걸 걸고 다 주고 싶고 기쁘기만 하지만, 만약 헤어진다면 모든 걸 다 버리고 싶은 그런 슬픔이 찾아오기 때문이다.
- 자기가 항상 생각하는 꿈이다.
- 사랑은 나 자신의 사랑에서부터 시작된다.
- 사랑은 거울이다. 거울을 보며 자기 얼굴이 좀 더 예뻐지기를 바라듯 예쁜 사랑을 하고 싶은 것이다.
- 사랑은 모래가 삼킨 사막 위의 오아시스이다. 사람이 살다가 사랑을 만나서 행복감을 느끼다가 사랑을 다시 보내는 것처럼 사막에서 오아시스를 만나 목을 축이고 난 뒤 아쉬운 마음으로 오아시스를 뒤로 한 채 다시 길을 떠나기 때문이다.
- 물새들이 지나가고 난 바다 위의 암석이다. 사랑도 언젠가는 떠나가야 하기 때문이다.
- 폭죽이나 물결이 땅을 치듯이 마음을 쳐서 많은 기쁨을 남긴다. 사랑은 물살에 휘감겨 빠져버리면 헤어나기 어려운 상쾌함이다.

- 사랑은 사탕을 먹는 것과 같다. 처음에는 달콤한 맛이 나지만 자꾸 먹다보면 혀가 마비되어 참맛을 알기 어렵다. 하지만 오랜 후에 사탕을 먹는다면 다시금 그 맛을 제대로 느낄 수 있다.
- 사랑은 먼지 쌓인 책 한 권이다. 그 책 하나에 사랑하는 이를 위한 능력과 피와 영혼을 담아두었건만, 사랑하는 이가 그 감정을 읽어내지 못한다면 찢어진 책 한 장의 값어치에 지나지 않을 것이다.
- 사랑은 무엇으로 표현하지 못할 만큼 벅차기도 하지만, 무엇으로도 표현할 수 있을 만큼 흔하기도 하다.
- 사랑은 두발 자전거다. 달리고 있을 때는 사람보다 빠르지만 사랑의 질주가 멈추면 쓰러진다.
- 사랑은 바다이다. 휘몰아치는 파도와 같이 위태롭기도 하고, 서로에게 해일처럼 퍼부어 주기도 하고, 때로는 잔잔한 물결과 같이 단순하기도 하다.
- 사랑은 한 입 베어 먹은 사과이다. 사과는 그냥 있을 땐 아름답고 유혹당하기 십상이지만, 한 입 베어 먹고 놓아두면 색과 맛이 변하기 때문이다.

방학

- 방학은 달콤한 꿈처럼 아쉬움만 남기고 사라지지만 꿈이 내일을 위한 휴식이듯 방학은 새로운 날들을 위한 휴식이다.
- 방학은 고속도로 위의 휴게소와 같다.
- 방학이 지나가는 것이 빠르고 아쉬운 것은 자신이 진실로 원하는 일을 못했기 때문이다.
- 방학은 변덕쟁이들의 황폐해진 시간이지만 강한 의지에는 그것이 통하지 않는 황금이다.

- 방학은 숨겨진 진실만이 살아 숨 쉰다.
- 방학은 사람들 간의 차이를 만들어내는 시간이다.
- 방학은 커피 맛이다. 첫 맛은 달콤하나 끝 맛은 쓰다.
- 방학은 부풀어 오른 호빵과도 같으며 푹 꺼진 맨홀과도 같다.
- 자신이 원하는 것을 찾아 나서는 짧은 수련 길이다.
- 방학은 정원 속의 꽃과 잡초이다.
- 방학은 불량 식품과 같다. 포장은 아름다우나 알맹이가 없고 끝이 허무하다.

도덕

- 사랑이 도덕이요 도덕이 곧 사랑이니, 내가 바로 도덕이다.
- 도덕은 인간의 본능과 싸우는 투사이다.
- 내 마음에 도덕의 꽃봉오리를 피우자.
- 너는 도덕성이다.
- 도덕은 어두운 밤에 불을 켜기 위해 더듬는 손짓이다.
- 도덕이란 알기는 하면서도 직접 하기란 어려운 절권도이다.
- 도덕은 누군가에게 가르침을 받기보다는 스스로 깨우쳐 가는 것이다.
- 도덕은 꽃을 피우기 위한 물과 햇빛과 바람의 노력이다.
- 도덕은 태어나 가장 먼저 배우고 죽을 때 가지고 가는 값진 보물이다.
- 도덕은 감정적인 행동이 아니라 선택적인 행동이다.
- 도덕은 사람의 양심 밭에 떨어져 있는 하나의 배추 잎이다.
- 도덕은 모양 없는 돌을 예쁘게 다듬는 것이다.

'도덕'을 주제로 하여 멋진 격언을 한 번 만들어 볼까요?

시문학반

- 시문학반은 정수기이다. 여러 생각 중에서 새롭고 창의적인 생각만을 걸러낸다.
- 시문학반은 찢어버린 국어사전이다. 있는 그대로 쓰는 것을 찢어버리고 새로운 생각을 만들어내는 곳이다.
- 시문학반은 놀이터이다. 생각과 예술을 장난감처럼 갖고 놀 수 있다.
- 시문학반은 신이다. 생각과 표현을 마음껏 창조하기 때문이다.
- 시문학반은 배우는 시간은 짧다. 하지만 그 시간 동안 생각의 나래는 오랫동안 꽃처럼 활짝 피어 있다.
- 시문학반은 예술의 모임이다. 많은 예술가 학생들의 꿈과 희망이 모인 곳이다.
- 천재 시인의 모임이다. 모두가 천재이기에 가능한 모임이다.
- 마음속의 별을 찾는 게 아니라 별 속에서 시를 만들어내는 것이다.
- 시문학반은 향기가 있다. 매혹적인 향기에 나도 몰래 연필을 잡는다.
- 마음속의 샘물을 찾아 분출시키는 생수 회사와 같은 것이다.
- 고무줄이다. 작은 지식도 크게 늘릴 수 있다.
- 쓰레기장이다. 버려야 할 것과 재활용할 것이 뒤섞여 있다.
- 어질러진 방이다. 그 속에서 생각이란 물건을 찾으려 하기 때문이다.
- 언어의 블랙홀을 이해하려 하지 말고 느껴라.
- 시는 고급 오락이고 시문학반은 고급 오락실이다.

아버지

- 아버지만큼 이해의 바다가 넓은 이는 없으리.
- 아버지는 고통과 슬픔을 막아주는, 언젠가는 열고 나가야 할 문이다.
- 아버지는 우리의 꿈을 지켜주는 수호자이다.
- 아버지는 든든한 은행이다. 내 마음을 언제라도 믿고 맡길 수 있다.
- 아버지는 큰 정성이 만들어낸 분신이다. 아님, 우리 정성의 분신일 수 있다.
- 아버지는 안경이다. 우리가 세상을 바로 볼 수 있도록 조절해 준다.
- 아버지는 희망이 끊임없이 솟구쳐 나오는 샘물이다.
- 아버지와 나는 서로에게 디딤돌이다.
- 내 삶의 태산이다. 언젠가는 아버지라는 산을 넘어야 한다.
- 아버지는 인생의 길잡이이자 오래된 벗이다.
- 아버지는 내 마음속 우주의 영원한 북극성이다.
- 아버지는 상대하기 힘든 친구이다.
- 아버지는 격려라는 것으로 희망을 보태주고, 위로라는 것으로 아픔을 감싸주고, 꾸중이라는 것으로 잘못을 깨우쳐 주고, 사랑이라는 것으로 행복을 곱해 간다.
- 아버지는 내가 크면서 밑바탕이 되는 사람.
- 아들은 깎고 다듬어야 할 원석이고 아버지는 조각가이다.
- 아버지는 가족의 리더이자 인생의 스승.
- 햇볕처럼 따스하고 얼음처럼 차갑게 우리를 돌보는 사람.
- 아버지는 우리를 비추는 등불이고 우리는 그 불 아래의 무엇

이다.

- 아버지는 요금도 안 받는 가족의 자가용.
- 힘들고 슬플 때 쓰다듬어 주는 의사.
- 스승은 나의 삶의 길을 인도해 주시는 분이고, 아버지는 그 인도가 올바른 길인지를 가르쳐 주는 분이다.
- 아버지는 내 인생의 계단 옆의 난간과 같다.
- 산에 불이 나서 다 타버릴 무렵, 맞불이 되어 지켜 주시는 분.

문학

- 겨울밤에 피어나는 매화처럼 어려운 때 피어나는 한 떨기 꽃이다.
- 문학을 읽는 것은 우리가 걸어가다가 꽃을 보는 것과 같다.
- 동심을 잃지 않는 피터팬들의 네버엔딩 스토리.
- 끝도 없이 걷는 인생길과 같다.
- 머릿속 깊은 금맥 속에서 캐내는 금덩이.
- 한순간 맺힌 이슬방울.
- 재미있는 소설책은 나에게 탕수육과 같다.
- 다양한 인생을 맛볼 수 있다.
- 한 장면 또는 한 문장 다음을 상상하는 즐거움을 준다.
- 새로운 것, 몰랐던 것, 다양한 것을 알게 되는 기쁨을 준다.
- 문학은 국어의 보살핌 속에서 피어난 빛나는 꽃이다.
- 문학은 내 입맛에 맞는 한 끼 식사이다.
- 문학은 난로이다. 차가운 마음이 한결 따뜻해진다.
- 문학은 장난감이다. 잘 다스리면 좋은 놀잇거리가 된다.
- 문학은 요리 과정이다. 문학을 알아야 국어 시간이 맛있기 때문이다.
- 문학은 소주이다. 외로울 때 슬픔을 주고 기쁠 때 즐거움을 준다.

- 문학은 독자와 작가가 함께 만들어 가는 끝없는 우주이다.
- 문학은 마음으로 심취할수록 그 가치가 높아진다.
- 문학은 용수철이다. 마음이 늘었다 줄었다 한다.
- 문학은 가랑비이다. 나도 모르게 문학 속의 매력에 젖어간다.
- 문학은 인생이다. 살다보면 슬프고 기쁜 일들이 문학 속에서 나타난다.
- 문학은 경험담이다. 여러 사람의 경험이 들어 있다.
- 문학과 독자의 관계를 비유로 나타내 보면 다음과 같다.

산 : 등산객

꽃 : 나비

열쇠 : 금고

고등어 : 소금

바다 : 고래

안내원 : 외국 사람들

돌 : 조각가

창문틀 : 유리창

선생님 : 학생

물 : 목마른 사람

가을 : 단풍

실 : 바늘

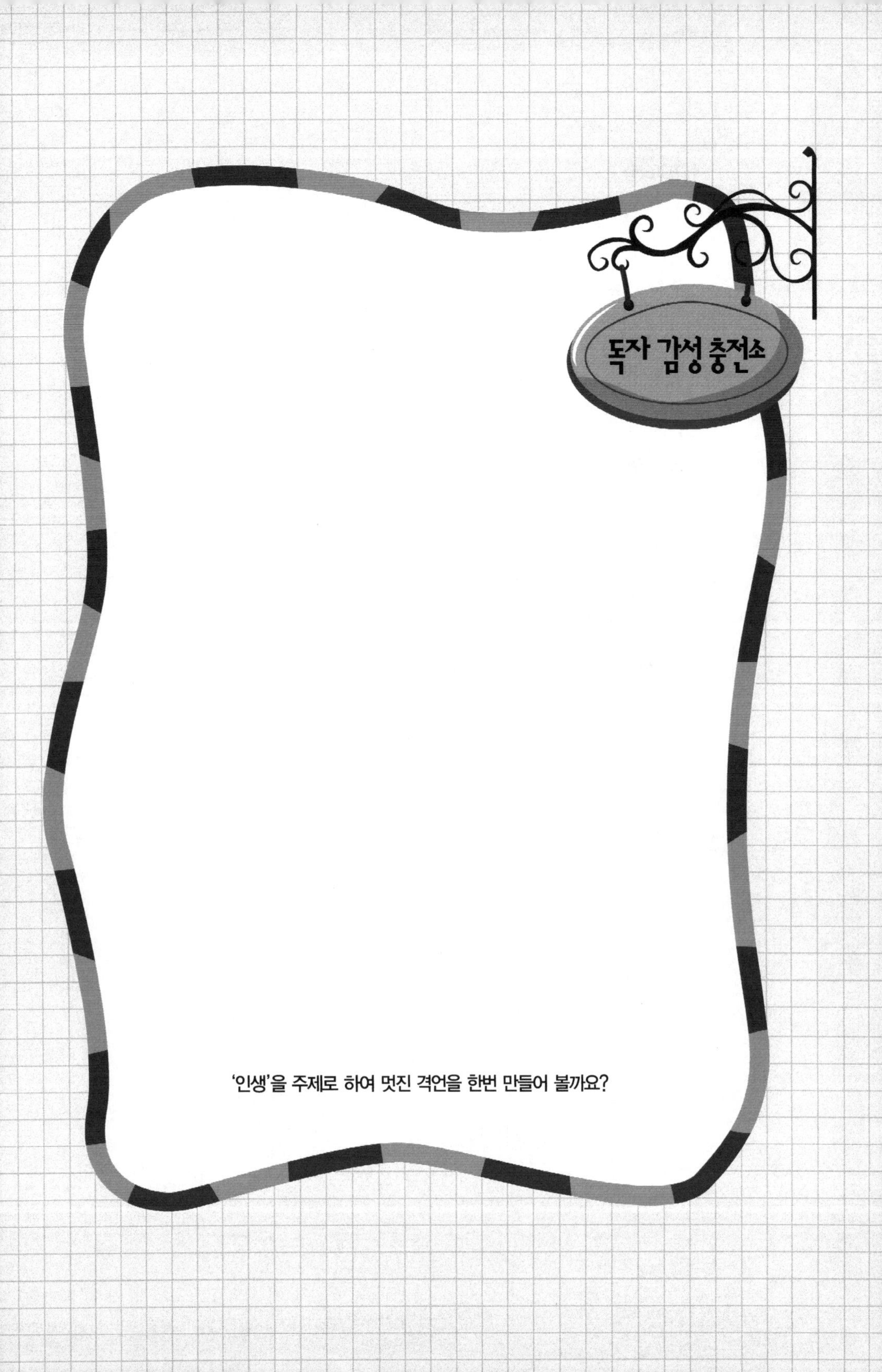
독자 감성 충전소
'인생'을 주제로 하여 멋진 격언을 한번 만들어 볼까요?

교과서

- 읽을 때마다 내 마음속에는 지식이라는 보물이 생겨난다.
- 교과서는 비 새는 우산이다. 쓸모없으나 버리기엔 아깝다.
- 교과서는 자기의 인내심이 어느 정도인지 보여주는 거울이다.
- 교과서는 마르지 않는 지식의 샘물이다.
- 교과서는 정밀한 기계이다. 조직적으로 지식을 전달한다.
- 안경이다. 새로운 시선을 제공한다.

돈

- 세상에서 가장 빛나는 돈은 지혜이다.
- 돈 좋아하는 사람 치고 인간성 좋은 사람 없다.
- 땅에 묻혀 있는 부자보다 살아 있는 거지가 낫다.
- ○○○ 천 명보다 돈 천 원이 낫다.

효도

- 부모님의 소중함을 깨닫는 것은 두 번째 삶을 사는 것과 같다.
- 효도란 흉내만 내도 아름다운 것이다.
- 효도하는 자는 늘 웃는다.
- 부모님은 존재 자체만으로도 존경받고 우러름을 받아야 한다.
- 앞을 보기 전에 옆을 보아라. 가족이 있을 것이다.
- 효도는 선한 사람이 되는 지름길이다.

국어 시간

- 국어 시간은 온갖 보물과 황금이 넘쳐나지만 그것을 발견하고 제대로 활용하는 이는 많지 않다.
- 국어 시간은 나의 머릿속에서 말라버린 지식의 샘, 창조의 샘물을 끌어올리는 펌프와 같다.
- 국어 시간은 땅콩 껍질을 벗기듯 생각의 문을 여는 시간이다.

저마다 나름의 방법으로 땅콩 껍질을 벗기며 그 속에 땅콩 내가 고소히 풍길 것이다.

- 국어 시간은 여러 갈래의 지방 국도이다. 우리들은 저마다 자기 길을 간다.
- 모든 표현, 창의력, 낱말들 모두가 나의 시다바리가 되는 시간.
- 국어 시간에 잠자는 것은 영화관에서 잠자는 것과 같다.
- 한 분야의 최고가 되더라도 영어에 능숙하지 못하면 우물 안 개구리밖에 되지 못한다.
- 마음속 깊이 잠겨 있는 상상의 파도 소리를 듣고 싶은가? 국어 시간에 몰두해 보라.
- 다른 시간이 물이라면 국어 시간은 환타이다. 밝은 느낌의 자극을 갖게 한다.

2) 고독 시 쓰기

인간은 왜 고독한지, 고독해야만 하는지를 생각해 보는 시간입니다. 인간이 고독하게 살아가는 이유를, 그리고 고독한 순간이 나에게 어떤 의미를 갖는지를 정리해 봅시다. 인생은 고독을 거느리고 용감하게 전진합니다. 진정 고독할 줄 알아야 정녕코 자신을 사랑할 줄 알게 됩니다. 첨단 기계 문명 시대에 고독을 느낀다는 것은 생활의 속도에서 잠시 짬을 내어 자신과 주변을 돌아보는 기회를 갖게 된다는 뜻입니다.

'고독'을 주제로 한 편의 시를 써 봅시다. '고독'의 아름다움과 고독의 빛남을 찾아가는, 오래 묵혀둔 낭만의 여행을 지금 떠나가 볼까요?

우리의 생각과
마음을 어지럽히는

고독은 우리를
헝클어지게 하네

실이 마구 놓여
꼬인 것처럼

김영기

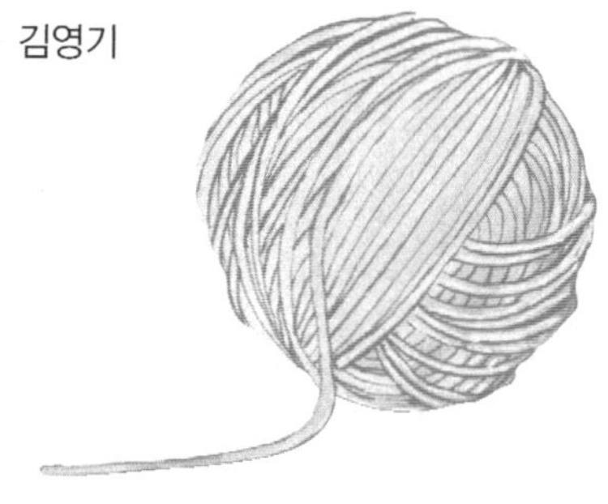

삶은 고독의 연속

고독 없이 살고 싶어도
마음 한구석에서
꼬부라진 염소 수염처럼
고독이 나의 온 마음을
휘감는다

고통의 연속
피하고 싶어도 피할 수 없다

— 최우혁

아침 햇빛 어리는
한 방울 이슬처럼

하늘 위로 날아가는
한 알의 구슬처럼

살그머니 다가와서
나 모르게 사라지는

혼자 있기에 빛나는 걸
고독으로 말하고 싶다

맑음과 기쁨으로
사라지는 그 모습은

얼마나 아름다운
한 폭의 그림인가

— 이정수

고독이란 무엇일까
고독이란 신작로에
피어난 민들레처럼
얘기할 상대가 없어
애만 태우는 것이
고독이 아닐는지

이세민

버들가지 바람에 쓸쓸히 흔들린다
유유히 떠오른 나뭇잎 하나 어디로 가 버리고
햇빛에 그늘지매 나무는 서 있구나

김정수

떠나간 사랑이여
고요와 정적이 감도는

바닷속에 잠들어라

푸른 물은
심란한 마음을 진정시키고
추억을 되살리지만

떠나간 사랑이여
나는 나의 사랑인 그대를
목을 치켜들고
바라볼 수밖에 없구나

떠나간 사랑이여
저 희미한 산처럼
내 기억 속의 희미한 추억이여

남윤성

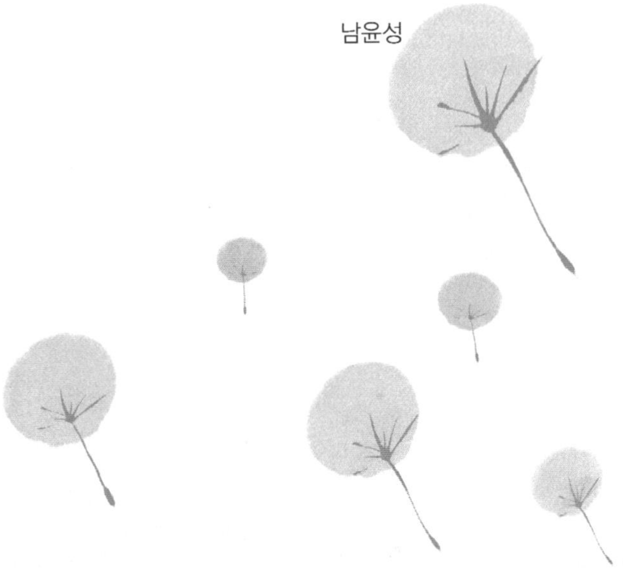

'고독 시'를 한번 지어 볼까요?

3) 1분 쓰기

- 글쓰기에 대한 두려움과 부담감을 떨쳐 버리는 가장 확실한 글쓰기 전략입니다.
- 특정한 주제에 대하여 1분 동안 떠오르는 대로 씁니다.
- 지금은 SNS 시대입니다. 소통과 유통의 시대입니다. 거침없는 글쓰기의 시대입니다. 1분 쓰기로 막힌 가슴을 시원하게 한번 뚫어 볼까요?

글씨 공부의 맨 처음 시작은 수업 첫머리에 하는 '일분(60초) 쓰기'가 좋습니다. 특정한 제목을 주고 거기에 대해 닥치는 대로 머릿속에 떠오르는 대로 최대한 빠른 글씨로 쓰게 합니다. 생각이 막히면 '모르겠다'라는 말을 써도 된다고 설명해 줍니다.

'일분 쓰기'는 글쓰기의 고통과 어려움을 한방에 날려 버립니다. '일분 쓰기'는 속에 든 마음의 앙금을 후련하게 씻어 버립니다. '시작'이라는 구령과 '그만'이라는 구령 사이에는 혼신의 힘으로 글쓰기를 하는 아이들의 모습이 한 점의 고운 그림으로 남습니다. 주의 집중력이 무섭도록 놀랍습니다. 신기할 만큼 잘도 씁니다. 때로는 '그만'이라는 말을 못해 몇 초를 넘기기도 합니다. 아이들의 태도가 어찌나 진지한지 내가 꼭 '잘 사는 아이들을' 불행의 늪으로 잡아당기는 역할을 맡은 나쁜 사람인 듯합니다.

'일분 쓰기'는 아이들의 호응과 수업 집중도가 가장 높습니다. 왜냐하면 정신 차릴 새도 없이 마구잡이로 써 내려가야 하기 때문입니다. 가다가 한 번씩은 1분이 2분 또는 3분으로 넘어가는 경우도 있습니다. 이때는 냉정하게 1분을 끊지 못하는 심정 때문에 60초 무렵에 '자연스레 2분 쓰기로 넘어간다'는 말 한 마디로 아이들은 미동도 않은 채 스르르 시간의 물살을 타고 흘러갑니다. 이 시간은 글쓰기의 고통이 즐거움으로, 글쓰기의 두려움이 환희로, 마음속의 찌꺼기가 깨끗이 정화되는 시간입니다.

'일분 쓰기'는 글공부와 글씨 공부의 기본 훈련 과정이며 동시에 그 끝이라 할 수 있습니다. '일분 쓰기'는 아이들이 세상의 강을 노 저어 가며 곧장 '이 분 쓰기, 오 분 쓰기, 십 분 쓰기, 삼십 분 쓰기, 백분 쓰기, 일 년 쓰기, 십 년 쓰기, 평생 쓰기'로 이어지기 때문입니다.

개미

개미 개미 개미. 집단 생활을 하는 대표적인 동물. 여왕 개미가 짱이고 병정 개미가 있고 일꾼 개미가 있다. 땅 밑 집에서 무슨 일이 있는지를 우리는 모른다. 모르겠다 모르겠다. 개미는 개의 아름다움인가? ㅋㅋ 너무 이름이 이상하다. 개미는 조그마하다. 난 어릴 때 이 세상에서 개미가 제일 작은 생물인 줄 알았다. 이제 보니 아니다. 눈에 보이지 않는 세상도 있다는 것을 나는 그때 미처 몰랐다. 과학 소설. 개미 책도 재미있었다.

음악 선생님

우리 음악 선생님은 김연 선생님이다. 처음 3학년이 되어 김연 선생님이 우리 음악을 가르친다고 하여 난 무척 떨렸다. 그 이유는 호랑이 선생님이라고 소문이 났기 때문이다. 하지만 전혀 그렇지 않았다. 처음 복도에서 줄을 설 때만 무서웠다. 수업 시간이 되면 우리들이 삶을 어떻게 살아야 할지 인생에 대한 이야기를 자주 하신다. 가끔 그때는 선생님이 우리의 가치관을 잡아 주시는 표지판이 되시는 것 같다.

국어 시간

국어 시간에는 이동훈 선생님께서 들어오신다. 이동훈 선생님의 국어 수업은 흥미 있다. 전에 1학년 때의 국어 수업은 딱딱해서 싫었는데 이번 2학년 때는 국어 수업이 재미있다. 사실, 내가 바라는 국어 수업이란 바로 이런 것이었다. 자기 머릿속 상상의 나래를 펴고 그것을 표현할 수 있는 것 말이다. 그래서 나는 국어 수업을 통해 '경자'라는 별명도 가지게 되어 많은 즐거움을 느꼈다.

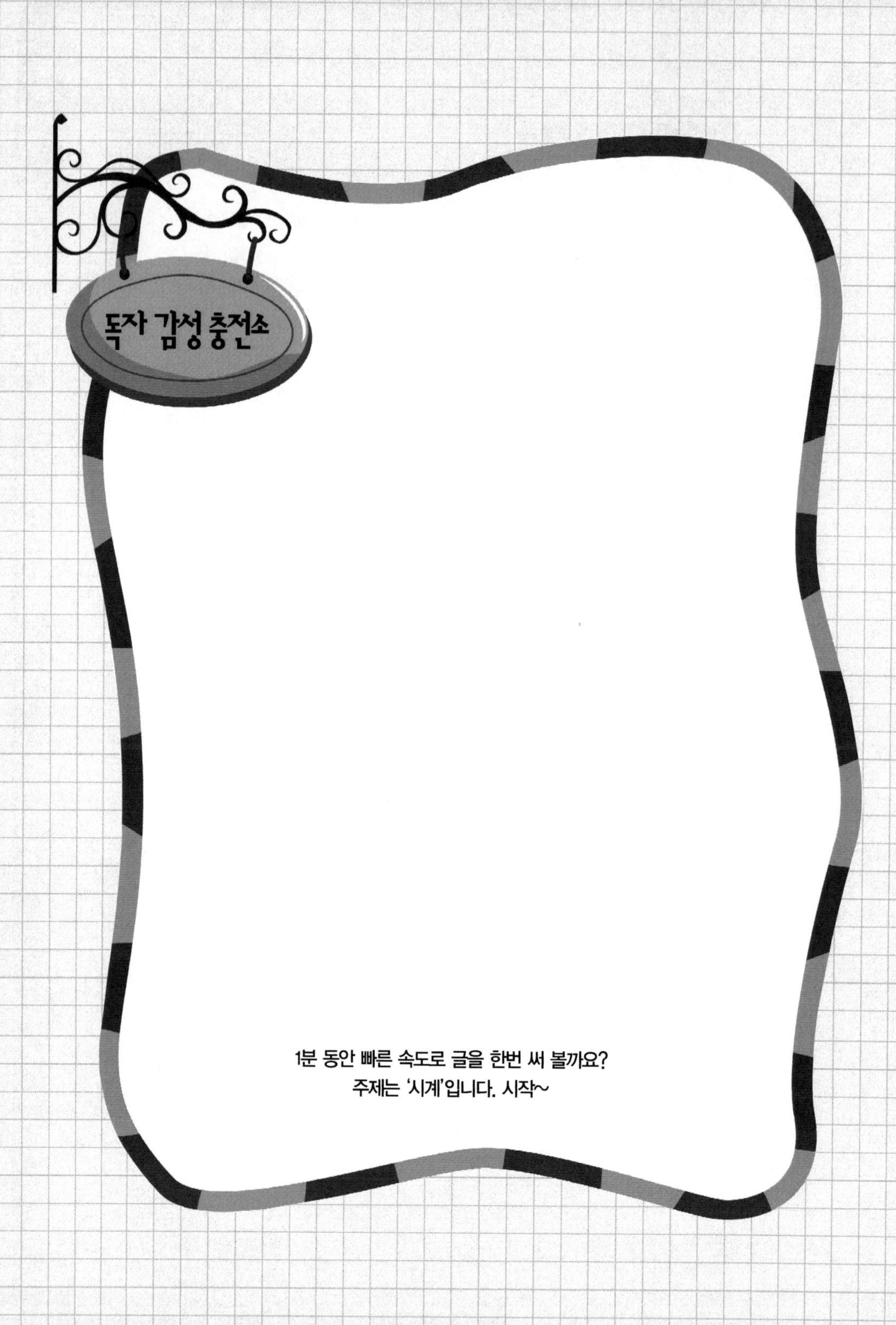
독자 감성 충전소
1분 동안 빠른 속도로 글을 한번 써 볼까요?
주제는 '시계'입니다. 시작~

1) 공감 표현 — 상상 쓰기

특정한 사물로 변신하여 그의 말을 대신 들려 줍니다. 자연물이나 동식물, 그리고 사물들은 그동안 자기 말을 얼마나 하고 싶었을까요? 자랑하고 하소연하고 슬퍼하고 억울해 하는 온 마음을 여러분이 따뜻한 가슴으로 대신 전달해 주기 바랍니다. 여기는 자연과 사물, 그들과 우리가 교감하고 공감하는 소통의 공간입니다. 얍~ 변신하라.

나는 (돌멩이)입니다.

나는 인천 앞바다에 있는 돌입니다. 나의 몸에는 이상한 것이 나 있습니다. 미끌미끌하고 오톨도톨한 게 이상하게 생겼습니다. 그것을 사람들이 떼어 갑니다. 왜 떼어 가는지 모르겠습니다. 나는 이제 늙었습니다. 내가 처음 이 세상에 태어났을 때는 내 덩치가 아주 컸습니다. 내가 어디 있는지는 몰랐지만 인어공주들이 나의 널따란 배 위에 앉아 있을 땐 정말 기분이 좋았습니다. 그러던 어느 날 나에게 비극이 일어났습니다.

아주 큰 배가 나에게로 다가오는 것이었습니다. 그 배는 나를 피하지 못하고 결국 박아 버려서 나는 산산조각이 났습니다. 알고 보니 그 배가 타이타닉 호라고 하더군요. 그 덕분에 나는 몸뚱이가 조그만 해졌습니다. 이제 더 이상 나에게 인어들이 오지 않습니다. 나는 파도에 몸을 실어 이곳 인천 앞바다까지 오게 되었습니다. 나는 그립습니다. 인어들이 뛰어놀던 그곳, 다시 태어난다면 그곳으로 가고 싶습니다.

나는 (교과서)입니다.

세상에 처음 나와 어느 한 사람의 손에 들어간 교과서입니다. 날 가지고 공부하는 모습이 보입니다. 나를 가진 학생은 내 몸에 줄을 긋습니다. 아픈데도 말 못하는 게 답답합니다. 때로는 긴 메모 때문에 내 몸은 타들어 가는 듯합니다. 어느 날 줄도 없고 메모도 없는 교과서를 보았습니다. 정말 부러워 보입니다. 근데 선생님이 그 교과서를 보자 교과서 주인한테 화를 내십니다. 참 모를 일입니다.

몇 달이 흘러 교과서를 검사합니다. 나를 보던 선생님은 미소를 띠면서 잘했다는 글을 씁니다. 내 몸은 참 아픈데…… 나를 보는 나의 주인은 갑자기 기분이 좋아지나 봅니다. 나로서는 참으로 사람의 마음을 이해하지 못하겠습니다. 1년이 끝나고 나니 내 몸에 많은 메모와 구불구불한 주름살, 내 글자를 가둔 감옥 등등 참 많이도 내 몸을 아프게 했습니다. 그리고 며칠이 지나 나는 어딘지 모르게 자루에 실립니다. 주인이 표시한 것들을 보며 왠지 모를 그리움을 가지고 어딘가로 가고 있습니다.

나는 (씨앗)입니다.

나는 지금 바람님의 도움으로 하늘을 날고 있는 한 씨앗입니다. 사람들은 나를 씨앗이라고 하는데, 도대체 나는 어떤 꽃의 씨앗일까요? 난 어떤 아이의 손에 앉았어요. 아이는 나를 물끄러미 보다가 입김을 불어 나를 날려 버려요. 도로의 매연은 나의 숨을 막히게 하죠. 어느 날 나는 어떤 집 근처에 떨어졌어요. 그런데 그 집은 도시에 있다는 게 신기할 정도로 초라해 보였어요. 어느 한 아이가 기침을 하며 다가와서 생긋이 웃으며 나를 화분에 묻어 주지요. 검은 세상에서 나는 물을 받다가 세상 밖 빛을 받게 되었지요.

그런데 나를 화분에 묻어 주었던 아이는 누워 있고 그 아이의 어머니는 가끔씩 내게 물을 주며 걱정스런 표정을 짓지요. 나는 어느덧 꽃을 피웠어요. 하지만 아이의 해맑은 웃음은 보기 힘들었어요. 나는 물을 적게 받았던지라 시들기 시작하네요. 어느덧 아이는 점점 병이 낫기 시작해요. 그리고 내게 물도 자주 주지만 난 이미 시들어 가고 있어요. 아이가 완쾌하길 기다리며 나는 눈이 감겨 가네요.

나는 (돌멩이)입니다.

나는 돌멩이입니다. 깊은 산자락 조그만 시냇물과 함께 노니는 하나의 작은 뾰족 돌멩이입니다. 나의 벗 시냇물이 전보다 더욱 자라서 함께 산 아래로 내려가 보자네요. 아마 어제 후두둑 떨어져 내린 비라는 정력제 탓일 거예요. 지금은 시냇물 버스 타는 중이에요. 아직 운전이 서툰 건지 나를 다른 돌멩이 친구들과 부딪히게 하네요. 아름다운 풍경을 구경하던 나는 어느새 강이라는 도시에 도착했습니다. 지금은 뾰족 돌멩이가 아닌 멋진 둥글 돌멩이가 되어 여러 인어공주들과 놉니다. 이 행복함이 언제까지 갈지는 모르겠지만 나는 지금은 이대로, 이대로……있고 싶습니다.

나는 (볼펜)입니다.

오늘도 저는 필통이라는 집에서 푹 자다가 일어났습니다. 이상하게 오늘도 머리가 어지럽네요. 자꾸 제 몸이 빙글빙글 도는 듯한 분위기…… 알고 보니 나의 유일한 친구이자 주인인 철수가 나를 가지고 자꾸 돌려댔던 탓이었군요.

철수가 오늘은 지겨운지 내 머리를 자꾸 쳐댑니다. 똑딱똑딱, 나는 머리가 무척 아픕니다. 철수는 저를 자주 괴롭힙니다. 아아…… 머리가 또 어지럽습니다. 이번엔 왠지 기운이 빠집니다. 잉크가 거의 남지 않았군요. 한 시간이 지나 이제 제 몸에는 잉크가 조금도 남지 않았습니다. 정신이 희미해져 갑니다. 기억도 점차 없어져 갑니다. 으윽, 기운이 없어져 가는군요. 쓰레기통 속에 영원히 잠들러 갈 시간이 된 것 같습니다. 몇 분 동안 당신에게 말할 수 있어 즐거웠습니다. 그럼 이만…….

나는 (비닐하우스)입니다.

겨울에도 신선한 과일과 신선한 채소를 키워 주기도 하죠. 겨우내 농민들이 농작물을 키워 수확하는 모습을 보면 참 뿌듯하고 보람찹니다.

하지만 이번에 폭설이 내렸습니다. 엄청난 눈 무게에도 버티려고 안간힘을 썼지만 그만 무너져 버렸습니다. 그 광경을 본 저의 주인은 눈을 걷어내며 슬프고 황당한 눈물을 쏟고 있습니다.

나는 주인을 보면서 참 미안한 생각이 듭니다. 내가 조금만 더 버텼으면 조금이나마 나았을 텐데 하고 말이죠. 제 옆의 친구들도 눈 무게에 못 이겨 하나둘씩 폭삭 주저앉아 버렸습니다.

나는 (돌멩이)입니다.

나는 어느 산의 이름 없는 바위입니다. 울산바위, 흔들바위, 갓바위 등등은 이름도 있고 아주 유명합니다. 그래서 사람들의 사랑을 듬뿍 받으며 그 자리에 꿋꿋이 서서 살아갑니다. 나는 보잘것없습니다.

아니 사람들이 알아주지 못합니다. 나는 그냥 하나의 덩치 큰 골칫덩어리로 생각합니다. 이 자리에 박혀 있은 지도 엄청난 세월이 흘렀습니다. 그 오랜 세월 동안 난 이름이 없었습니다. 그래서 나는 그냥 바위입니다.

바람이 불어도 태풍이 쳐도 큰 비가 내려도 굴하지 않고 꿋꿋이 이 자리에 서서 지킵니다. 그것이 바로 내 임무이니까요. 앞으로 내 몸이 얼마나 더 버텨내며 지금 이 자리에 있을지는 모릅니다. 오랜 세월 떨어지고 깎여서 지금은 덩치가 많이 작아졌습니다. 내가 이 자리에 버티고 있을 그날까지 난 영원히 이 자리를 꿋꿋이 지켜낼 것입니다.

나는 (봄비)입니다.

하늘에서 고요히 잠들어 있던 나를 많은 친구들이 깨우며 세상 밖을 구경하자고 하네요. 나는 1년 전에 봤던 세상을 다시 보고 싶어져 친구들과 함께 새싹들의 축복을 가지고 포근히 내려 왔습니다. 나를 본 사람들이 인상을 찌푸립니다.

나는 세상을 보고 싶지만 사람들은 화난 얼굴로 맞아주어 내 들뜬 마음을 슬프게 합니다. 하늘에선 벌써 태양으로 가는 길이 열립니다. 나는 얼른 그 길을 올라탑니다. 다음에 내가 세상을 구경하러 올 때에는 사람들이 웃는 얼굴로 반겨 주었으면 하는 소망을 품고서…….

나는 (주름살)입니다.

나는 나이가 든 한 주인의 이마에 붙어 꼬불꼬불하게 굽어서 세상을 바라봅니다. 하지만 아무도 날 반겨주는 이는 없습니다. 나의 주인마저도 거울에 비친 나의 모습에 한숨을 쉬고 얼굴을 찡그립니다.

내 주인의 자녀는 날 보고는 꼭 내가 대죄를 지은 듯 나의 모습을 불평합니다. 다른 것의 탄생 순간은 늘 기쁘게 바라보면서 나의 인생은 남을 기쁘게 해주지 못했습니다. 어머나, 나의 위에서 또 하나의 주름이 보입니다. 그런 모습에 나도 나오지 않는 한숨이 나오는 듯합니다. 주름이 또 하나 늘어나자 이제는 화장품까지 쓴답니다. 정말 세상에서 내가 설 자리가 없는지…… 보이지 않는 걱정이 나를 더 구부정하게 합니다.

나는 (봄비)입니다.

나는 지금도 내리고 있습니다. 나는 내려오기 싫습니다. 사람들도 별로 좋아하지 않는 것 같습니다. 그런데 구름이 억지로 떨쳐냅니다. 어쨌든 새싹들에겐 도움이 될 수 있겠죠. 내 통제 아래에 있던 빗방울들은 끼리끼리 흩어집니다. 산으로, 고층빌딩 건물로, 달동네의 판잣집으로…… 그러면 그들은 모두의 이야기를 듣습니다. 그것을 가지고 다시 하늘로 되돌아옵니다. 지상에는 흔적이 없어지죠. 어쨌든 하늘은 지상의 일을 알 수 있습니다. 빗방울 하나하나가 가져온 수많은 이야기들을 통해 하늘은 웃고 울고 신나 합니다.

나는 (가로등)입니다.

도로가에 줄줄이 서서 도토리 키재기를 하고 있죠. 어차피 그 키가 그 키지만요. 해가 지고 달이 뜨면 나는 달이 서산으로 넘어갈 때까지 열심히 일을 하죠. 참고로 제가 하는 일은 거리나 도로를 밝게 하는 일입니다. 그러나 일을 열심히 하다 보면 어느새 내 몸은 만신창이가 되어 있지요. 열심히 일하다 보면 이럴 때도 있죠. 가만히 쉬고 있으면 의사 선생님이 오셔서 고쳐주고 가곤 해요. 그러면 저는 감사의 마음으로 더욱더 열심히 일한답니다.

나는 (개미)입니다.

열심히 일을 하는 일개미이죠. 지금은 제 동료 일개미들과 사냥을 하러 가는 중이죠. 조심하세요. 이 부근에 개미지옥이 많이 살고 있으니…… 하늘을 보니 날씨가 좀 안 좋은데…… 그래도 가보죠. 저쪽에 파리가 죽어 있는 것 같네요. 파리는 저희의 훌륭한 양식이죠. 이 정도면 되겠네요. 이제 집으로 가야죠. 빨리 가서 여왕님께 바치면 기뻐하시겠어요.

나는 (지우개)입니다.

내가 주로 사는 곳은 한 치 앞도 보이지 않는 캄캄한 필통 속입니다. 나는 하루에 수도 없이 책상 위를 굴러다니며 몸이 줄어들지만, 내 주인은 나를 어찌나 막 대하는지 나는 가끔 교실 바닥에 떨어지면 주인이 찾을 수 없는 곳으로 몸을 숨겨 보지만 항상 찾아내더군요.

나의 탈출기를 하나 들려 주지요.

어느 날 나는 우연히 주인과 멀리 떨어져 어떤 외진 곳으로 갔지요. 하지만 곧 어떤 사람이 나를 집어 들더니 바닥을 향해 힘껏 집어던지더군요. 아팠습니다. 나는 또 다시 어디론가 끌려갔죠. 이번엔 거들떠보지도 않고 다짜고짜 밟고 발로 찼죠. 슬펐습니다. 나 지우개는 겨우 이런 식으로밖에 안 쓰이는가 생각도 해 봤습니다.

나는 (팔공산 갓바위)입니다.

여러분도 알다시피 제가 얼마나 유명한 줄 알 것입니다. 저는 인간들에게 신적인 존재죠. 인간들은 저에게 돈을 바치고 공양을 하고 절도 합니다. 저는 처음에는 이상했지만 갈수록 재미있었죠. 천하의 인간이 한낱 바위에게 절을 하고 돈을 바치고 공양을 하는 것이 의외로 좋았습니다. 거리에 널려 있는 하수 돌멩이에게 물으면 인간들은 자기들을 중요하게 여기지도 않고 괴롭힌다고 말들을 합니다.

저는 인간들에게 이런 말을 할래요. 하찮은 돌멩이라도 모두 인간들에게 도움이 된다는 생각을 가졌으면 좋겠습니다. 그리고 모든 만물은 서로 공덕을 쌓으며 살기 때문에 돌멩이를 아껴달라고 부탁하고 싶어요.

나는 (봄비)입니다.

나는 새싹들의 젖줄 봄비입니다. 아, 지금 방금 새싹들에게서 배가 고프다는 연락이 들어왔네요. 저는 급히 새싹들에게 맛있는 비를 내려 주었습니다. 근데 인간들이 욕을 하네요. 가만히 보니 놀러 갈려고 하는데 저 때문에 취소가 된 거 같군요. 전 항상 이렇죠. 한 가지 좋은 일을 하면 또 다른 나쁜 일이 생기니깐요. 그래도 전 인간들을 미워하지 않습니다. 왜냐하면 인간들이 있기에 저도 필요하기 때문입니다.

나는 (가로등)입니다.

나는 가로등입니다. 어두운 밤 골목 귀퉁이에 서서 환하게 골목을 비추는 가로등입니다. 저는 환하게 비추는 일뿐만 아니라, 외롭고 괴로운 사람들의 말동무가 되어 주는 일도 합니다.

어제는 술이 떡이 된 아저씨 한 분이 저를 기대고 앉아 도통 알아들을 수 없는 노래를 하는데, 제가 보기엔 실직자 같더군요. 잠시 후 노래가 끝났는지, 그 아저씨가 저보고 한숨자다 가겠다네요. 그래서 저는 그렇게 하시라고 했죠.

이 세상 아무도 그 아저씨를 환하게 비춰주지 않지만 저만은 그 아저씨를 어두운 골목에서 제일 환하게 비춰 주었습니다.

다음을 상상하여 글을 써 볼까요?

– 나는 (시냇물)입니다.

2) 시조 쓰기

시조의 형식에 맞추어 시조를 한번 써 봅시다. 시조는 3장 6구 45자 안팎의 정형시입니다. 그러나 시조에서 정형의 틀은 비교적 여유롭고 신축성이 있으니, 글자 수에 사로잡히지 말고 물 흐르듯이 자연스러운 호흡으로 시조를 한 편 만들어 봅시다. 퍼즐 맞추기의 재미랄까, 집짓기의 재미랄까, 정형 구조로 짜 맞추어 가는 즐거움을 누려 볼까요?

시조는 정형시입니다. 그러나 정형은 정형이되 자유로운 정형입니다. 막혀 있으면서도 트여 있고, 닫혀 있으면서도 열려 있고, 엄격하면서도 부드럽고, 째면서도 여유롭고, 눈물 나면서도 짐짓 웃는-시조는 삶의 진솔한 모습을 있는 그대로 표현하는 한국 대표 문학입니다. 삶의 현장은 모순과 대립이 휘돌아들며, 그것들이 상호 침투하고 포용하면서 극적인 조화를 이루고 있습니다. 따라서 생(生)은 늘 팽팽한 긴장으로 터질 듯합니다. 시조의 문학 정신은 조화(調和, Harmony)이며, 그것은 구체적으로 '정형 속의 자유로움'을 통해 실현됩니다.

'책읽기 또는 독서'를 주제로 하여 한 편의 시조를 깜냥대로 지어 봅시다.

책읽기/독서

흰 종이 까만 글씨 복잡한 글자 숲 속
숨겨진 상상 그림에 내 마음 설렌다
핏줄이 냇물 흐르듯 굽이치는 이 순간

— 김재영

굴러가는 꿈에 꽃향기의 혼란에
하루의 진리와 한 권의 인생 속
시간은 더 이상 흐르기를 영영 멈추었다

최병후

하나의 다른 세상 내 마음 뒤흔드네
그 속에 감동으로 물든 갈색빛 가을 낙엽
글 속의 깊은 포근함 파도처럼 와 닿네

현지훈

끝없는 책 속의 길 지식의 길 걷다 보니
책장 사이 햇빛 따라 푸르름 한가득
선녀의 치마 결인가 마음속을 스친다

김기영

걸어도 걸어가도 깨달음은 끝이 없고
배우고 또 배워도 새로 열리는 배움 길
신선의 피리 소리가 유유히 흘러간다

이영호

낙심한 마음속 가슴은 부서지고
펼쳐진 인생마저 모두 다 엉켜 버리고
슬퍼서 책장 넘길 때 드디어 내 벗을 찾았다

김재범

'책'을 글감으로 하여 시조를 한번 써 볼까요?

3) 나의 장점 30개

자신의 장점을 찾아서 칭찬해 주는 시간입니다. 칭찬 중에 최고의 칭찬은 자화자찬입니다. 자기가 자기를 칭찬하고 받들고 격려해 주는 것이죠. 자화자찬이야말로 긍정적인 사고의 극치입니다. 자아 존중의 밑거름입니다. 험난한 인생살이 자신을 칭찬하고 격려하면서 열심히 생활해 봅시다. 어떻게 해서든지 자신의 장점을 30개씩 적어 봅시다. 자, 출발~

조국재

- 말을 많이 해도 입이 안 아프다.
- 혼자서 이리저리 뒹굴 침대가 있다.
- 이것저것 공짜로 먹을 수 있는 우리 집은 수퍼마켓이다.
- 집 앞이 공원이라서 살 뺄 기회가 많다.
- 어딜 돌아다녀도 끄떡없는 튼튼한 두 다리가 있다.
- 부모님의 잔소리에 대꾸할 수 있는 반항심도 있다.
- 해달라는 것 다 해주는 다섯 명의 이모가 있다.
- 동생이 말 안 들을 때 혼낼 수 있는 권한이 있다.
- 채팅 사이트 들어가면 친구들이 적어도 열다섯 명 이상 접속해 있다.
- 카페에 들어가면 야한 카페가 3개 넘는다.

이동헌

- 1년 365일 감기밖에 안 걸리는 몸이 있다.
- 친구들에게 꿔 준 돈을 다 기억하는 암기력이 있다.
- 친구들의 좋은 점을 곧잘 따라하는 따라쟁이 습성이 있다.

- 이것저것 다 궁금해 하는 호기심이 많다.
- 나에게 무슨 일이 있으면 걱정해 주는 친구들이 있다.
- 어떤 대상을 두고 잘 관찰한다.
- 여러 가지 게임의 특성을 잘 파악하고 있다.
- 이가 고르게 나서 덧니가 없다.
- 젓가락질을 또래보다 잘한다.
- 친구들 비위를 잘 맞춰준다.
- 한 번 읽은 책의 줄거리는 대충 안다.
- 더위나 추위를 잘 타지 않는다.

김명수

- 나는 책을 또박또박 읽을 수 있다.
- 나는 삼국지의 등장인물 100명을 댈 수 있다.
- 나에게는 좋은 친구가 여럿 있다.
- 나는 싸가지가 없다.
- 나는 맘만 먹으면 책 한 권을 1시간 반 이내에 독파할 수 있다.
- 나에게는 아직도 연락하는 옛 친구가 여럿 있다.
- 나는 웬만한 데는 버스 타고 다 갈 수 있다.
- 나는 피파 게임을 잘한다.
- 나는 PC방 축구 게임을 잘한다.
- 나는 수호지를 10번 정도 읽었다.
- 나는 삼국지를 20번 정도 읽었다.
- 나는 공부하기 좋은 책상이 하나 있다.
- 나는 상식 많은 백과사전을 2질이나 갖고 있다.
- 나는 빈대 붙기를 잘한다.

- 나는 경제관념이 투철하다.
- 나는 1000원짜리 샤프가 있다.
- 나는 눈이 좋다.
- 나는 귀가 커서 좋다.
- 나는 삼국지 열 권이 다 있다.
- 나는 역사 책이 많이 있다.
- 나는 모든 피파 시리즈의 고수다.
- 나는 온라인 게임을 안 한다.
- 나는 일제 사쿠라 펜도 한 개 있다.
- 나는 책을 많이 갖고 있다.
- 나는 많이 떠들어도 안 지친다.
- 나는 수학 문제를 열심히 푼다.
- 나는 배고픈 걸 잘 참는다.
- 나는 만화영화 주제가를 많이 안다.
- 나는 심부름을 잘 한다.
- 나는 일찍 일어날 수 있다.

조창호

- 도무지 나를 이해하기가 어렵다.
- 거미들을 많이 볼 수 있다. (다른 사람보다 더 자주)
- 음악으로써 많은 것을 얻을 수 있는 기형적인 청신경이 있다.
- 밤을 새고 싶어도 샐 수 없는 뇌의 게으름을 갖고 있다.
- 한심한 사람을 정확하게 가려낼 줄 안다.
- 남들에겐 잘 없는 흰머리가 있다.
- 나 자신을 어느 위치로든 올렸다 내렸다 할 수 있다.

- 종교가 없다. (무수히 많다)
- 나 자신의 상태를 자유자재로 바꿀 수 있다.
- 공부에 욕심이 없다.
- 글을 잘 쓴다.
- 세상을 사랑할 줄 안다.
- 나의 이상을 머릿속에 정확히 그려낼 수 있다.
- 주어진 시간을 행복하게 보낼 줄 안다.
- 좋아하는 것과 싫어하는 것이 분명하고 단순하다.
- 튄다.
- 나만의 세상을 가지고 있다.
- 머릿속을 완전히 비우는 연습을 하고 있다.
- 과자를 너무 좋아한다.
- 고귀한 것을 볼 수 있다.
- 나의 장점을 많이 쓸 수 있다.
- 지난 국어 수업이 그립다.
- 살아오면서 그나마 좀 나은 별명을 갖고 있다.
- 눈이 좋다.
- 장애인이 아니다.
- 지금 선생님이 엎드리라고 해도 이 글을 계속 쓸 정도로 이것이 재미있다.
- 미친 사람 흉내를 낼 줄 안다.
- 진짜 멋을 알고 참된 아름다움을 깨달았다.
- 나는 살아 있다.

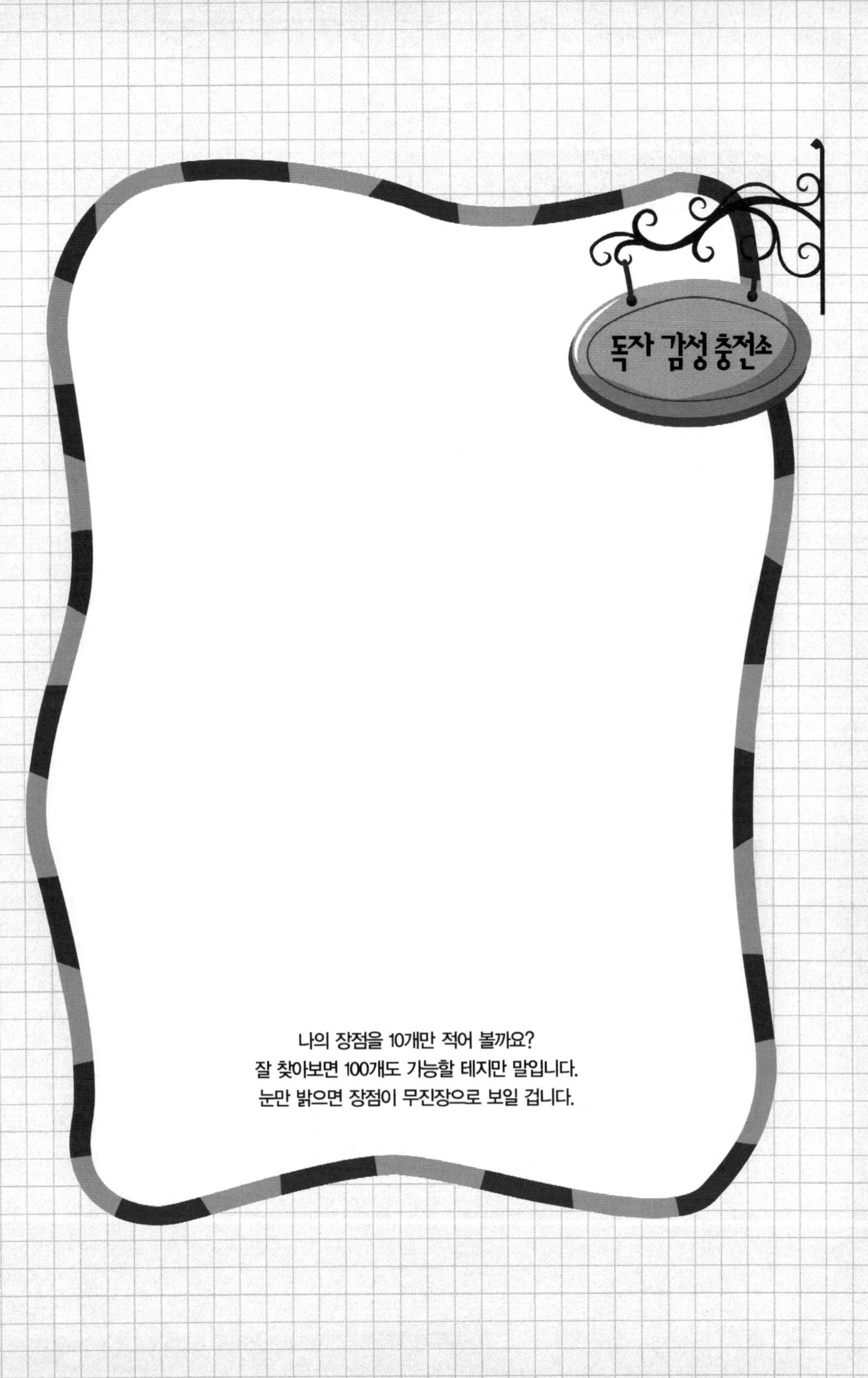

나의 장점을 10개만 적어 볼까요?
잘 찾아보면 100개도 가능할 테지만 말입니다.
눈만 밝으면 장점이 무진장으로 보일 겁니다.

3. 즐거운 국어

1) 짧은 이야기 만들기

자신의 미래 모습을 생활 이야기로 만들어 써 봅시다. 자신의 꿈이 구체화되고 현실화되는 독특하고 가치 있는 체험이 될 것입니다. 각자의 꿈 속으로 뛰어듭시다. 오래된 미래 속으로 몸을 던져 볼까요? 풍덩~

〈 원균 씨의 하루 〉

따뜻한 햇살이 커다란 창문을 통해 나를 붉은 빛으로 깨운다. 나는 그 햇빛에 감사하고 누워 있는 잠자리에 감사하는 한 문학가이다. 어릴 적부터 하고 싶었던 글쓰기가 이젠 나와 평생을 같이 하게 되었다. 꿈도 많았던 나는 불안정한 청소년기를 거쳐 하나의 꿈을 향해 노력하게 되었다. 내가 또 바라는 더 큰 꿈은 내 글로 인해 세상 사람들이 순수하게 세상을 보고 꿈을 가지게 하는 것이다.

아직 나는 젊지만 매순간을 나이든 노인네처럼 사물, 사람, 상황을 관찰한다. 오늘도 눈 감고 햇빛을 볼 때, 붉은 빛이 눈 안을 감싸는 것에서 부모님의 사랑과 연관시켜 생각해 보았다. 나는 어설픈 문학가이면서 글을 쓰는 사람들을 모아 '하나 글'이라는 문학청년단체를 만들었다. 벤처 기업에 가까운 것이라고 볼 수 있다. 우리는 이미 대학교를 비롯하여 방송사 등 각종 글 대회에서 많은 입상을 하였다. 나는 우리 문학 벤처 사업이 성공할 것이라고 믿고 있다. 인터넷상에서도 우리 단체를 찾는 사람들이 점차 증가하고 있다.

오늘은 같이 일하는 사람들과 시골에 가기로 하였다. 아름다운 시 한 편을 적어보기 위해서이다. 우리 앞에서 힘겹게 짐을 들고 가시는 할머니를 외면할 수 없어, 할머니를 따라 집안 청소도 하고 밭일도 해 드렸다. 이마에 흐르는 땀이 크리스마스에 하얗게 떨어지는 눈처럼 고귀하고 기쁘게 보였다.

집으로 돌아와 나는 생각했다. 오늘 한 나의 행동은 곧 글 쓰는 것이라고. 힘들게 이삿짐을 옮기는 아저씨, 여름철에 찌는 차 안에서 운전을 하는 기사 아저씨……이 모든 분들이 글을 쓰고 있는 것이다.

한 단원의 낱말 10개를 택하여 그것으로 짧은 글 짓기

낱말 10개를 임의로 선택하여 그것에 얼개를 짜서 짧은 이야기를 만들어 볼까요? 소설도 되고 수필도 되고 시도 되고 설명문도 되고 안내문도 되고 - 글의 갈래는 가리지 않고 의미 연결이 된다면 무엇이나 가능합니다. 창조지수와 감성지수를 한 단계 높여 봅시다. 교과서를 샅샅이 뒤져 맘에 들어오는 낱말을 찾아 봅시다. 자, 출동~해 볼까요?

김지수

1. 은총

신의 은총은 마음속에 영원히 고갈되지 않으나, 인간은 그것을 꺼내 쓰는 방법을 모른다.

2. 연가

그 방법은 맑고 더럽지 않은 순수에 대한 연가이다.

3. 태초

태초에 신은 순수를 사랑하셨다.

4. 성스럽다

그 성스러운 애정은 티 없이 맑은 언어로 이루어져 있다.

5. 허영

인간의 허영은 진정한 신의 애정을 갈구하나 그 때문에 인간은 갈망을 채우지 못한다.

6. 기적

그래서 인간은 기적의 사과나무 아래서 입을 벌리고 사과가 떨어지길 멍청히 기다린다.

7. 죽어가다

그렇게 고통받다 죽어가는 것이다.

8. 별

밤하늘의 별들을 바라보다.

9. 해

해가 뜨면 그 위대한 광명에 별들은 자리를 내준다.

10. 저녁놀

저녁놀이 지면 별들은 다시 제자리로 돌아온다.

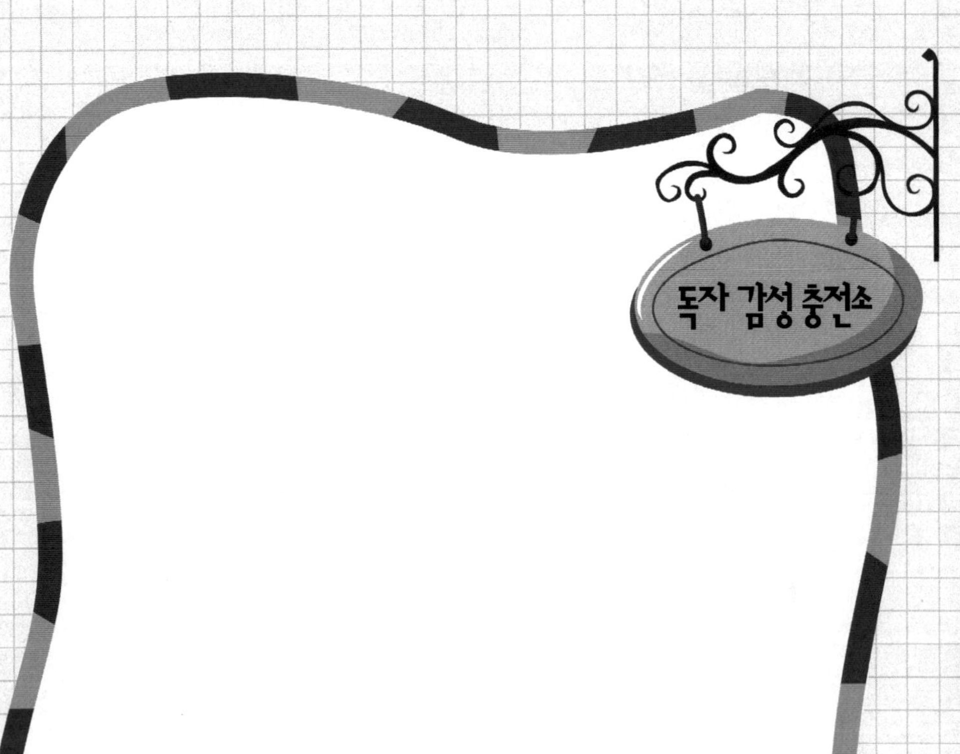

먼 훗날 시간이 흐른 후 특정한 나의 모습을 글로 자세하게 적어 볼까요?

2) 모방 시 쓰기

시의 생명은 압축입니다.

압축 훈련을 모방 시 쓰기로 해 봅시다.

맘에 드는 시를 한 편 읽고 그 시의 틀과 분위기 등을 이용하여 새로운 한 편의 시를 창작해 봅시다. 시 짓기가 즐거워집니다. 그리고 모방한 끝에 탄생한 시는 개인 창작시와 조금도 다를 바가 없습니다. 작품에 제목과 자기 이름을 자랑스럽게 달아 봅시다.

알고 보면 공부라는 것도 곧 옛것을 모방하는 것이며, 예술이라는 건 더욱 분명하게도 모방에서 출발하는 것이랍니다.

내 마음은

— 김동명(1900~1968)

내 마음은 호수요
그대 노 저어 오오
나는 그대의 흰 그림자를 안고
옥 같은 그대의 뱃전에 부서지리라

내 마음은 촛불이요
그대 저 문을 닫아 주오
나는 그대의 비단 옷자락에 떨며 고요히
최후의 한 방울도 남김없이 타오리다

내 마음은 나그네요

그대 피리를 불어 주오
나는 달 아래 귀를 기울이며 호젓이
나의 밤을 새이오리다

내 마음은 낙엽이요
잠깐 그대의 뜰에 머물게 하오
이젠 바람이 일면 나는 또 나그네 같이 외로이
그대를 떠나오리다

〈 학생 작 〉

• 내 마음은 별이요
그대 나를 보아 주오
나도 그대를 보며 우수수
별빛으로 떨어지리라

• 내 마음은 구름이요
그대 나를 올려다보오
나는 그대 빛나는 눈동자를 보며
조용히 흘러 가오리다

• 내 마음은 천둥이요
그대 내 고백에 놀라지 마오
이제 곧 그대를 떠나겠지만
번개와 함께 그대를 다시 찾아오리다

• 내 마음은 꽃이요
그대 정원에 물을 뿌려 주오
나는 저 뜨거운 태양을 쳐다보며 고요히
그대를 위해 작은 꽃 한 송이를 피우오리다

• 내 마음은 햇빛이요
그대 저 문을 열어 두오
나는 햇빛으로 그대를 따뜻하게 살피며
오늘의 해가 질 때까지 함께 행복을 누리리다

• 내 마음은 석상이요
내 앞에서 잠시라도 웃어 주오
바람이 불고 부서진다 해도 꿋꿋이
그대만 바라보리다

• 내 마음은 저금통이요
그대가 사랑의 동전을 던져 넣을 때마다
내 마음속 사랑으로
내 몸을 태우리다

새봄

— 김지하(1941~)

벚꽃 지는 걸 보니
푸른 솔이 좋아

푸른 솔 좋아하다 보니
벚꽃마저 좋아

<〈 학생 작 〉>

• 해 지는 걸 보니
달이 좋아
달 좋아하다 보니
별마저 좋아

• 온탕에 있어 보니
냉탕이 좋아
냉탕을 좋아하다 보니
온탕마저 좋아

• 추운 겨울 가는 걸 보니
따뜻한 봄이 좋아
따뜻한 봄 좋아하다 보니
추운 겨울이 그리워

저녁에

— 김광섭(1905~1977)

저렇게 많은 별 중에서
별 하나가 나를 내려다본다

이렇게 많은 사람 중에서
그 별 하나를 쳐다본다

밤이 깊을수록
별은 밝음 속에 사라지고
나는 어둠 속에 사라진다

이렇게 정다운
너 하나 나 하나는
어디서 무엇이 되어
다시 만나랴

〈 학생 작 1 〉

저렇게 많은 남자들 중에서
그녀는 나를 쳐다본다
이렇게 많은 여자들 중에서
나는 그녀만 바라본다

사랑이 깊을수록
나의 철없던 시절이 사라지고
그녀 하나만을 바라본다

이렇게 아름다운 커플
그녀와 나

무엇을 어떻게! 어떻게 하여
결실을 맺겠느냐

〈 학생 작 2 〉

저렇게 많은 문 중에서
비어 있는 곳을 찾는다
이렇게 많은 사람 중에서
볼일 안 보는 사람을 찾는다

시간이 지날수록
사람들이 안 나오고
나는 급해진다

참고 참고 또 참고
더 이상 못 참으면
또 다른 화장실로
나는 가리라

나무타령

— 전통 민요

청명 한식에 나무 심으러 가자
무슨 나무 심을래
십 리 절반 오리나무
열의 갑절 스무나무

대낮에도 밤나무
방귀 뀌어 뽕나무
오자마자 가래나무
깔고 앉아 구기자나무
거짓 없어 참나무
그렇다고 치자나무
칼로 베어 피나무
네편 내편 양편나무
입맞추어 쪽나무
너하구 나하구 살구나무
이 나무 저 나무 내 밭두렁에 내나무

〈 학생 작 〉

코걸이한 소나무
친구의 꽃 벚나무
저금하자 은행나무
미안해서 사과나무
배가 불러 배나무
크게 자라 대나무
향숙이의 향나무
삼천리에 무궁화나무
느리니까 느티나무
무겁겠다 대추나무
변함없이 사철나무

목이 길어 목련나무
단조로워 단풍나무
이 나무 저 나무 몽땅 내나무

[나무 종류 적기]

(이것을 전체적으로 먼저 적고 나서 나무 노래를 만드는 게 좋음)

소나무 사과나무 버드나무 대나무 오동나무 벚꽃나무 배롱나무 닥나무 단풍나무 오미자나무 물푸레나무 은행나무 옻나무 감나무 사철나무 배나무 느티나무 대추나무 귤나무 석류나무 향나무 무궁화나무 가시나무 목련나무 아까시나무~

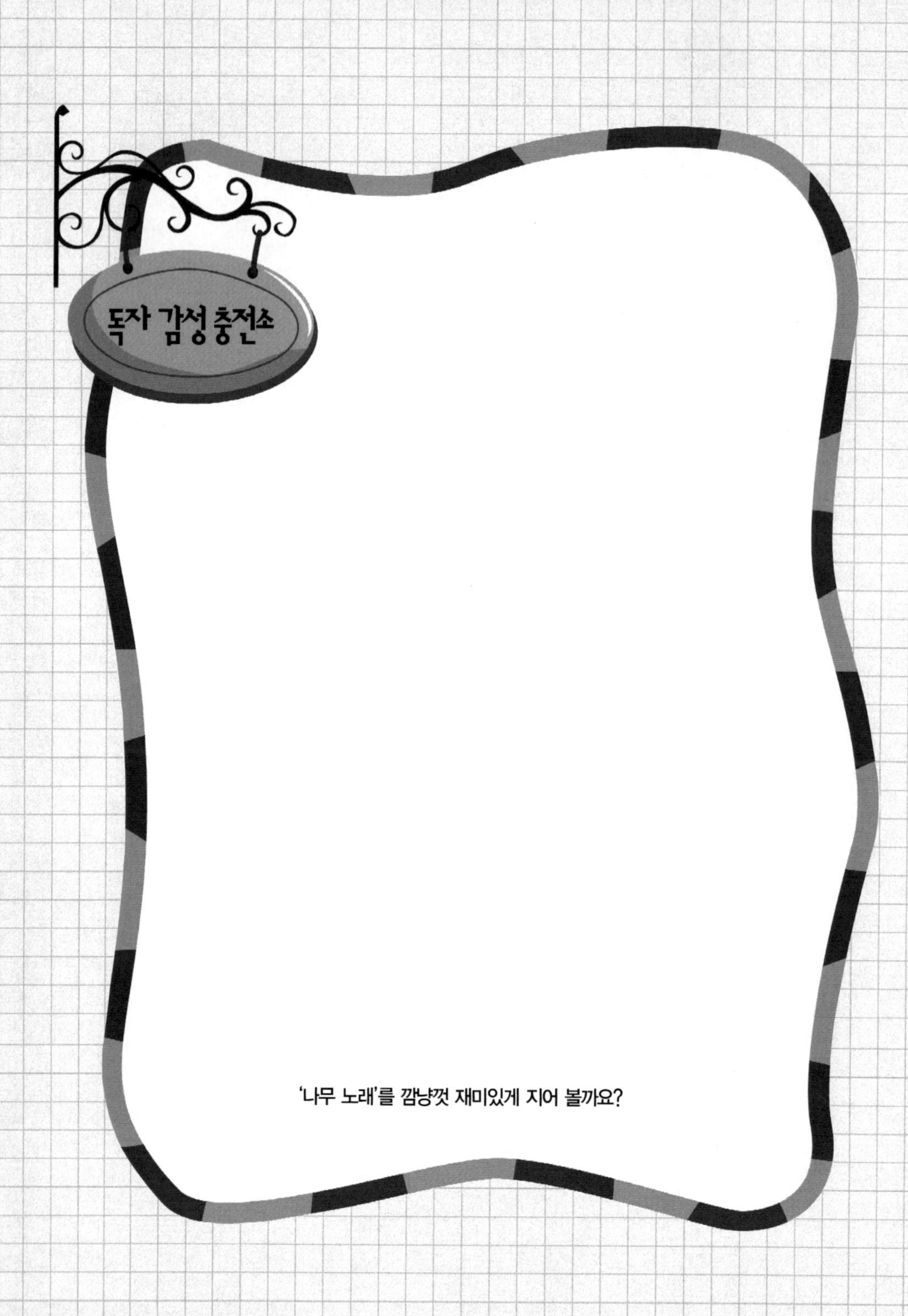

'나무 노래'를 깜냥껏 재미있게 지어 볼까요?

꽃

— 김춘수(1922~2004)

내가 그의 이름을 불러 주기 전에는
그는 다만
하나의 몸짓에 지나지 않았다

내가 그의 이름을 불러 주었을 때
그는 나에게로 와서
꽃이 되었다

내가 그의 이름을 불러 준 것처럼
나의 이 빛깔과 향기에 알맞은
누가 나의 이름을 불러다오
그에게로 가서 나도
그의 꽃이 되고 싶다

우리들은 모두
무엇이 되고 싶다
너는 나에게 나는 너에게
잊혀지지 않는 하나의 의미가 되고 싶다

〈 학생 작 1 〉

내가 그의 별명을 지어 주기 전에는
그는 다만

가짜 이름을 가진 것에 지나지 않았다

내가 그의 별명을 불러 주었을 때
그는 나에게로 와서 친구가 되었다

내가 그의 별명을 지어 준 것처럼
나의 참된 모습에 알맞은
누가 나의 별명을 지어다오
그에게로 가서 나도 그의 친구가 되고 싶다

우리들은 모두
친구를 사귀고 싶다
너는 나에게 나는 너에게
정겨움이 느껴지는 별명을 지어 주고 싶다

〈 학생 작 2 〉

내가 자유를 꿈꾸기 전에는
그것은 다만
하나의 단어에 지나지 않았다

내가 자유를 꿈꿀 때
자유는 내게 와서
나의 것이 되었다
내가 자유란 것을 불러 준 것처럼
나의 이 족쇄들을 풀어 줄

누가 나의 자유를 찾아다오

우리들은 모두
자유를 찾고 싶다
자유는 나에게
잊혀지지 않을
하나의 감동이 되었다

〈 학생 작 3 〉

네가 나의 눈물을 알아 주기 전엔
나는 다만
한 줄의 빛에 지나지 않았다

네가 나의 눈물을 알아 주었을 때
나는 너에게로 가서
붉은 태양이 되었다

네가 나의 눈물을 알아 준 것처럼
그녀의 슬픔과 아픔에 알맞은
그녀의 눈물을 알게 해 다오
그녀가 나에게로 다가와
태양이 될 수 있도록

우리들은 모두 태양이고 싶다
나는 너에게 너는 나에게

한 방울의 눈물을 반짝이게 빛내는 아름다움이고 싶다

〈 학생 작 4 〉

내가 그의 병뚜껑을 열어 주기 전에는
그는 다만
하나의 액체에 지나지 않았다

내가 그의 병뚜껑을 열어서 마셨을 때
그는 내 목구멍으로 들어와
시원한 음료수가 되었다

내가 그의 병뚜껑을 열어 준 것처럼
나의 덥고 답답한 마음에 알맞은
누가 나의 막힌 마음의 병뚜껑을 열어다오
그에게로 가서 나도
그의 시원한 음료수가 되고 싶다

우리들은 모두
무엇이 되고 싶다
너는 나에게 나는 너에게
잊혀지지 않는
더운 날의 시원한 음료수가 되고 싶다

바다가 보이는 교실

— 정일근(1958~)

참 맑아라
겨우 제 이름밖에 쓸 줄 모르는
열이, 열이가 착하게 닦아 놓은
유리창 한 장

먼 해안선과 다정한 형제 섬
그냥 그대로 눈이 시린
가을 바다 한 장

열이의 착한 마음으로 그려 놓은
아아, 참으로 맑은 세상 저기 있으니

〈 학생 작 〉

참 아름다워라
겨우 농사일밖에 할 줄 모르는
마을 사람들이 서로 아끼는
아름다운 장면

산처럼 가족을 아끼듯
눈이 부신 그대로
고요한 한밤중의 한 장면
마을 사람들의 정다움을 찍어 놓은 장면

아아, 참으로 아름답고 좋은 세상이네

종소리

— 박남수(1918~1994)

나는 떠난다, 청동의 표면에서
일제히 날아가는 진폭의 새가 되어
광막한 하나의 울음이 되어
하나의 소리가 되어

인종은 끝이 났는가
청동의 벽에
칠흑의 감방에서 '역사'를 가두어 놓은

나는 바람을 타고
들에서는 푸름이 된다
꽃에서는 웃음이 되고
천상에서는 악기가 된다

먹구름이 깔리면
하늘의 꼭지에서 터지는
뇌성이 되어
가루 가루 가루의 음향이 된다

〈 학생 작 〉

나는 떠난다, 민들레 줄기에서
일제히 날아가는 한 줌의 흙이 되어
작은 크기의 진동이 되어
쓸모없는 먼지가 되어

비행은 끝이 났는가
민들레 줄기에 성장을 흩뜨려 놓은
가혹한 흙 위에서

나는 바람을 타고
들에서는 민들레가 되고
길에서는 먼지가 되고
물속에서는 재가 된다

비가 내리면
흙 속에서 터지는
새싹이 되어
또 하나의 민들레가 된다

돌담에 속삭이는 햇발

— 김영랑(1903~1950)

돌담에 속삭이는 햇발같이
풀 아래 웃음 짓는 샘물같이

내 마음 고요히 고운 봄 길 위에
오늘 하루 하늘을 우러르고 싶다

새악시 볼에 떠 오는 부끄럼같이
시의 가슴에 살포시 젖는 물결같이
보드레한 에메랄드 얇게 흐르는
실비단 하늘을 바라보고 싶다

〈 학생 작 1 〉

돌담에 노래하는 달빛같이
모두에게 웃음 짓는 별빛같이
내 마음 따스해지는 봄날 밤에
오늘만은 내 마음을 바치고 싶다

여름날 내 마음에 오는 사랑같이
내 마음 녹이는 그대 눈빛같이
다이아몬드마저 녹이는 그대 사랑에게
내 마음을 오늘 하루 바치고 싶다

〈 학생 작 2 〉

귓가에 맴도는 맑은 물처럼
나무 등 울리는 매미소리처럼
내 귓속을 간질이는 아름다운 것들 사이로
오늘 하루 천천히 걸어가고 싶다
꽃에 담긴 얇은 숨소리처럼

남모르게 고요히 스쳐가는 바람처럼
따뜻한 햇빛의 고마움같이
고요하고 따스한 길을 오늘 하루 걸어가고 싶다

자장가

— 민요(예산 지방)

멍멍개야 짖지 마라
꼬꼬닭아 울지 마라
우리 아기 잘도 잔다
자장자장 우리 아기
엄마 품에 푹 안겨서
칭얼칭얼 잠노래를
그쳤다가 또 하면서
쌔근쌔근 잘도 잔다

〈 학생 작 〉

공부 공부 이 공부야
나를 갖고 노는구나.
이거 해라 저거 해라
명령 학습 그만하고
자율학습 좀 해 보자.
공부 공부 니 때문에
넋이라도 있고 없고

이 짧은 백년 인생
쿨하게 살아 보자.

예산 지방 '민요'를 '공부가'로 바꾸어 표현해 볼까요?

3) 명상 시 쓰기

3분 명상 — 이야기 적기(배경, 심정, 사연, 대화 내용)
— 시로 표현하기(자기 자신이 직접 그 사물로 변신하여 생각함)

명상 시간은 3분입니다. 명상을 할 때는 자신이 특정한 자연물이나 사물로 변신한 후 명상을 시작합니다. 죽비 소리와 함께 명상에서 깨어나 이야기를 적습니다. 이때의 이야기란 자연물 또는 사물의 배경이나 심정이나 사연이나 기타 대화의 내용을 가리킵니다. 명상을 통해 자연과 교감을 나눔으로써 자연의 소중함이나 가치 그리고 물건이나 기타 사물들의 고마움을 느껴 보는 시간을 가져 봅시다. 자 준비됐나요? 명상 시작~

이야기 적기

나는 지금 돌, 공기, 바람뿐……

허무하리만치 아무것도 없는 절벽에 있다.

간간이 들려오는 새들의 노랫소리와 불어오는 바람과 하늘의 별들이 나의 친구이다.

이곳에 있은 지도 몇 년이 지났다.

처음 씨앗일 때로 돌아가고 싶을 정도로 이곳은 춥고 외롭고 쓸쓸하다. 오늘도 난 내가 나무이며 죽고 싶어도 죽지 못하고 오르고 싶어도 오르지 못하며 내려가고 싶어도 그러지 못하는 것을 자각하고 있다.

하지만 난 또 꿈꾼다. 내가 도움을 줄 수 있는 매미, 개미 등 여러 가지 작은 생물들에게 나의 수액을 주고, 집이 되어 주고, 친구가 되고 보호자가 되고 이웃이 되어 가고 있다.

또 다시 몇 년이 흘렀다. 내가 생각을 바꾸니 친구들이 생겨나고 외롭지도 않게 되었다. 별이 나의 친구이고, 달이 나의 친구이고, 내가 뿌리박고 있는 곳의 물과 흙과 돌과 먼지들이 다 나의 친구가 되어 주었다. 이제 외로움이 사라졌다. 나는 이제 모든 것의 친구가 되었기 때문이다.

〈 **명상** 〉

풀잎과 마주 앉아
우주와 앉아
마음을 모은다
산이 춤추며 온다
바람이 활개치고
구름이 흩어졌다가 모아졌다가
파도가 출렁이고
들판에는 표범이 질주한다
꿈꾸는 꽃잎 위에
나비며 벌이며
모두가 약동하여
나를 집어 삼킨다

여기는 별천지인가 보다

이야기 적기

나의 이름은 벚꽃이다. 봄이 되면 길가나 도로 주변에 뿌리를 내리고 많은 사람들을 환영하는 꽃이다. 나는 공원에서 태어나 공원에 뿌리를 내리고 공원에 놀러온 사람들에게 다른 벚꽃 친구들과 함께 멋진 모습을 뽐내며 서 있다. 그러면 사람들은 우리 벚꽃을 보며 예쁘다고 미소를 짓고 간다. 그리고 친구들과 매일 이야기를 나누니 나는 너무나 행복하다. 그리고 사람들에게 봄이라는 짧은 시간 동안 내가 사람들의 기억에 남는 나무가 되길 바란다.

〈 벚꽃 〉

벚꽃이라는 이름을 가지고 태어난
봄의 천사, 벚꽃

공원에 가면 사람들이 제일 먼저
반기는 벚꽃

서로서로 자기가 잘났다며
사람들에게 멋진 모습을
뽐내는 벚꽃

봄이라는 짧은 시간 동안
사람들의 기억 속에
예쁜 꽃이라고 남은 꽃, 벚꽃

이야기 적기

이 옹달샘은 사람의 발길이 없는 깊은 산속에 있다. 테두리는 돌로 덮여 있고, 동물들의 휴식처보다도 마술을 쓰기 때문에 구경하러 동물들이 온다. 이 옹달샘은 동물이 생각하는 물체를 그대로 보여준다. 좋아하는 사람을 생각하면 그 사람이 보이고, 먹고 싶은 것이 생각나면 그것이 보인다.

〈 옹달샘 〉

깊은 산속
인적이 드문 곳

산속의 마술사
동물의 마술사
옹달샘

생각하는 모든 것
비추어 주지요

비록 친구는 없어도
한적한 산을 벗 삼아

마술 공연하며
재미나게 삶을 즐기지요

이야기 적기

옹달샘에는 나뭇잎 위에 앉아 노래를 부르는 개구리 가족 네 마리가 있다. 바닥에는 예쁜 보석 세 개가 모래 속에 파묻혀 있고, 안에는 금붕어 네 마리와 가재들이 산다. 옹달샘 밖 나무에는 매미가 두 마리 붙어 노래하고 있으며, 개미들이 일을 하고 있고, 베짱이가 친구들과 연주를 하고 있다. 주위 숲에는 풀이 파릇파릇 살아 있고, 토끼와 노루가 풀을 뜯고 있다.

〈 옹달샘 〉

아침부터 개구리들은 합창을 하고
가재는 춤추느라 정신이 없구나
막 깨어난 매미들은 개구리들의 합창에
연주를 해 주고
토끼와 노루가 흥겹게 풀을 뜯네
베짱이들은 연주에 정신이 없고
개미들은 재산 모으기에 열심이네
이 세상에 이보다 행복한 옹달샘이
어디 있으랴

이야기 적기

나는 옹달샘이다. 조금 큰 옹달샘이지. 내 주변은 숲으로 둘러싸여 있고 여기에서 옹달샘은 나밖에 없다. 그래서 모든 동물들은 나의 물을 마시고 올챙이와 개구리도 내 물을 빌려 쓰고 있다.

난 정말 행복한 놈이다. 그러나 겨울이 오면 동물들과 나의 물을 빌려 쓰던 몇몇의 곤충들은 깊은 잠에 빠져들어 나는 혼자가 된다. 그럴 때면 난 외롭고 쓸쓸하지만 동물들과 곤충들이 언젠가는 돌아올 거라 믿고 나는 희미한 웃음을 지으며 꾹 참지.

〈 도우미 옹달샘 〉

신기하고
사람 모이게 하는 옹달샘

옹달샘은 많은 도움을 주는
고마운 식량

이야기 적기

크기는 세숫대야의 2~3배 정도 되고, 주위 경관은 풀과 나무로 뒤덮인 깊은 산속이다. 나무 위에는 참새와 다른 새들이 흥겹게 지저귀고 있고, 풀숲에는 토끼와 다람쥐가 얼굴만 내밀고 숨어 있다.

나의 옆에는 눈을 비비고 있는 토끼, 물을 먹는 토끼, 세수를 하는 토끼 등 그리고 숲을 뛰어다니는 다람쥐와 나를 위해 클래식을 불러주는 작은 새들, 또 개미 가족이 베짱이의 노래를 들으면서 땀을 뻘뻘 흘리며 짐을 옮겨 이사를 하고 있다.

〈 나의 꿈 〉

아름다운 산속에 병풍처럼 둘러싸인
나무와 풀 속에 숨겨져 조용히 숨 쉬고 있는 나
나무 위의 참새들이 나를 위해 노래 부르고

풀숲의 토끼들과 벗이 되어 세수하러 올 동물들을
기다리고 있는 세상에서 가장 깨끗하고 행복한 나
하지만 이것은 나의 꿈
지금 사람들에 의해 더럽혀져 있는 나의 몸과
그들에게 베여 밑동만 남은 나무들
살 곳을 잃은 동물들은 다른 곳으로 도망을 치고
정말 다신 꿈처럼 될 수 없는 파괴된 자연 속에서 살고 있는
세상에서 가장 더럽고 불쌍한 나

이야기 적기

내가 생각한 옹달샘은 어느 산속 깊은 곳에 있으며, 주변에는 울창한 숲이 있고, 한 마리의 새가 날아오기도 하고, 토끼가 와서 물을 먹기도 한다. 그리고 옹달샘 주위에 조약돌만한 크기의 돌이 원을 이루고 있으며, 옆에는 꽃들이 흔들려 춤을 추고 있다. 옹달샘 속에는 아직은 개구리가 되지 못한 올챙이들이 놀고 있다.

〈 옹달샘 〉

나만의 작은 공간
내 맘을 편안히 쉬게 해 주네
아무도 없는 조용한 쉼터

오로지 나 하나만 있네
시끄러운 소리도 없고
새들 지저귀는 소리와

바람 부는 소리만 들리네

이야기 적기

계곡 주변의 큰 나무 밑, 그늘진 곳에 있는 조그마한 샘. 크기는 17인치 모니터 정도이고, 가을에는 솔방울이 떨어지며, 개구리 알을 내 몸 속에 담아 둔 적이 있고, 나무뿌리와 내 쪽으로 잘 오지 않는 햇빛 한 줄기는 나의 친구이다.

〈 숲 속 외진 공간에는 〉

숲 속 외진 공간에는
햇볕 한 줄기 들어오지 않는
숲 속 외진 공간에는……

저 멀리 보이는 계곡을
가슴에 품고 사는
작은 샘 하나가 있다

그 샘의 유일한 친구는
나무뿌리 한 개와
햇빛 한 줄기

모두들 따돌림을 당하지만
나는 알고 있다
숲 속 외진 공간에는

내가 존재하고 있다는 것을

〈 푸른 옹달샘 〉

오목한 바위
솔잎과 함께
그윽히 고인 옹달샘
버섯이 있고 꽃이 있고
커다란 아름드리나무에
감싸여 있다
새들이 지저귀고
앞에는 작은 동물들이
쉬어갈 돌들이 놓여 있다

나뭇가지 사이로
빛이 들어오고
물결 무늬들이
서서히 번져간다

옹달샘은 차갑고 푸르다

〈 푸름이 가득한 옹달샘 〉

무성한 녹음 사이
오목한 바위 끝
새파란 솔잎과
함께 고인 푸른 물결

시원한 푸르름이
서서히 퍼져 가며
돌들을 때리고
숲으로 번져 가면
지저귀는 새들도
나무 사이 찬란한
푸른 물결 가득히
노래를 재잘대네

이야기 적기

크기는 쓰레기통 뚜껑만 하고 색깔은 하늘과 똑같다. 누구든 내게 얼굴을 비추면 반사된다. 돌들과 나무 한 그루가 나의 곁에서 내 친구가 되어 준다. 햇빛은 나를 통해서 거울을 본다. 구름은 나의 말동무가 되어 준다. 소나무는 몇 백 년 동안 나의 친구가 되어 주었다.

〈 옹달샘이 친구들에게 〉

수백 년 간 나를 보좌해 주는 푸른 소나무여
나의 오른팔이 되었구려
날 때부터 내가 좋아 날 둘러싸 준 작은 돌멩이여
이젠 내가 그대들을 지키겠소
매일 나를 통해 모습을 보는 해님
나의 우상이여, 내가 마음을 밝게 먹겠소
나의 말동무가 되어 주시는 구름님
이제는 말씀하십시오.

날 위해 노래하는 꾀꼬리 네 마리여
이젠 내가 노래를 불러 드리겠소.
내게서 물을 마시는 몇몇 동물님들
나의 상처를 희망으로 바꿔 주세요
나 옹달샘은 그대들을 아끼고
내 한 몸 희생합니다

명상 시 학생 작품 모음

〈 샘물 〉

어느 숲 속
어딘가에
작은 샘물 하나

남몰래
키워온 꿈
들킬까 봐
조마조마

동그란 지구 섬 위
큰 바다 되겠다고

하늘 보며
바람 보며
그날 생각하며
방긋방긋

〈 소나무 〉

바람과 노래하고 향기에 둘러싸인 난,
정말 행복합니다
수많은 친구, 멋진 이야기들,
전부 다 행복합니다
하지만, 하지만 날아가는 새를 보고
아쉬움이 이는 건 왜일까요?
나는 왜 나무일까 생각해 보지만
모든 것은 존재 이유가 있다고 느꼈습니다
나도 물론 가치가 있겠죠
그것은 나만의 가치이기에
오늘도 당당하게 서 있습니다

〈 달팽이 〉

껍질 하나가 그리도 무거운지
느릿느릿 풀잎을 지나가고

비 한 방울이 그리도 좋은지
비만 오면 풀밭을 헤집네

〈 마음 〉

나는 항상 쥐고 다니는 마음이다
모든 인간들은 나를 눈치 채지 못한다
나의 존재조차도 이해하지 못한다
하지만 내가 있어야

악한 사람들이 양심의 선을 넘지 않고
모든 인간들이 의사 표현을 한다
나는 느끼지도 보지도 못하지만
항상 바지 속 주머니에 넣고 다니는
돈과 같이
사람의 오체라는 큰 주머니에
간직하고 다니는 하나의 물건이다
아주 평범한……

〈 가로수의 꿈 〉

세상은 대지를 욕하고
대지는 나를 욕하고
나는 인간을 원망하며
하늘을 우러러 본다

내 눈물은
인간을 죽이는 한 방울의
규약이 되고
내 육체는
인간을 죽이는
양날의 칼이 되고

내 영혼은
길 잃은 한 명의
유령이 되어

자만과 오만이
남아 있는
인간을 저주하리

내 짧은 인생이
끝날 때 나는
인간에게
죽음의 진혼곡을 선택하게
하리라

〈 옹달샘 〉

당신이 이 넓은 곳을 헤맬 때
나는 그곳에서 기다렸습니다
당신이 힘들어할 때
당신이 힘차게 오를 때
나는 그곳에서 기다렸습니다

당신은 내가 있는 곳에 도착해서
보고 싶었다는 듯 다가옵니다
당신은 나를 마시고는
다시 오지 않았습니다

하루 이틀, 한 달
나는 그리워하며 당신을 기다립니다

〈 가로수 〉

나는 가로수입니다
나는 저기 대구 어느 거리에
가지런히 놓인 나무들 중
한 그루입니다
나는 엄마 아빠가 누군지도
모르는 바보랍니다
하지만 제 친구들이 내게는
부모 역할을 해 줍니다

난 불행합니다
나뿐만 아니라 모든 나무들이
태어나서 움직이지 못합니다
더군다나 거리는 자동차로 만원입니다
매연은 고문의 시작입니다
하지만 지금은 매연조차 익숙합니다

난 행복합니다
나는 하루에 여러 종류의 사람들을 봅니다
닭살스러운 연인들과 친구들
그럴 때면 행복합니다
내 머리맡에 앉아 쉬고 있는 사람들을 보면
목이 멥니다
나는 행복하고도 불행한
평범한 가로수 한 그루입니다

〈 도시의 가로수 〉

나는 가로수다
불행한 가로수다

맨날 지독한 매연 맞고
개도 무시하고 오줌 싸니
정말 도시가 싫다

나는 조용한 시골에
나의 동료들과
함께 이야기하고 싶다

시골로 가고 싶다

〈 소나무 〉

내가 살아온 지 어언 50년
내가 태어나던 날
이곳으로 옮겨져서
너희들을 위해, 하찮은 인간을 위해
내 모든 걸 주었는데
나의 모든 것을 주었었는데……

나의 멎어 가는 심장 소리
내 기억들은 흐려져 가고
나의 숨소리는 거칠어져만 간다

너희들은
내 모든 것을 가지고 갔다
난 내 모든 걸 주었는데

오늘은 들리지 않는 내 심장 소리
햇빛이 비치는
편안한 오후

〈 고요한 밤 〉

활활 타오르는 가로수
눈에는 붉은 빛이 번뜩이고

바람 불어 날려 가는 불씨
새의 등에 정착하여 불꽃을 피우네

하늘에는 달이 우두커니
냉소하는 빛이 흐르고

고요한 적막에서 춤추는 광기
모두는 잠자고 있다

〈 가로수 〉

나는 가로수입니다
일자로 주욱 서 있는
나는 가로수입니다

지나다니는 연기를
뒤집어쓰기도 하고
지나가는 발길질에
차이기도 하지만
나는 기쁜 가로수입니다

떨어지는 나의
천 조각 하나에
소망을 가득 담아
책장 사이에 담아 넣는
손길이 있기에
나는 항상 이 자리를 지킬 것입니다

단지 사람들에게
소망을 안겨 주고
그늘을 담아 주기 위해

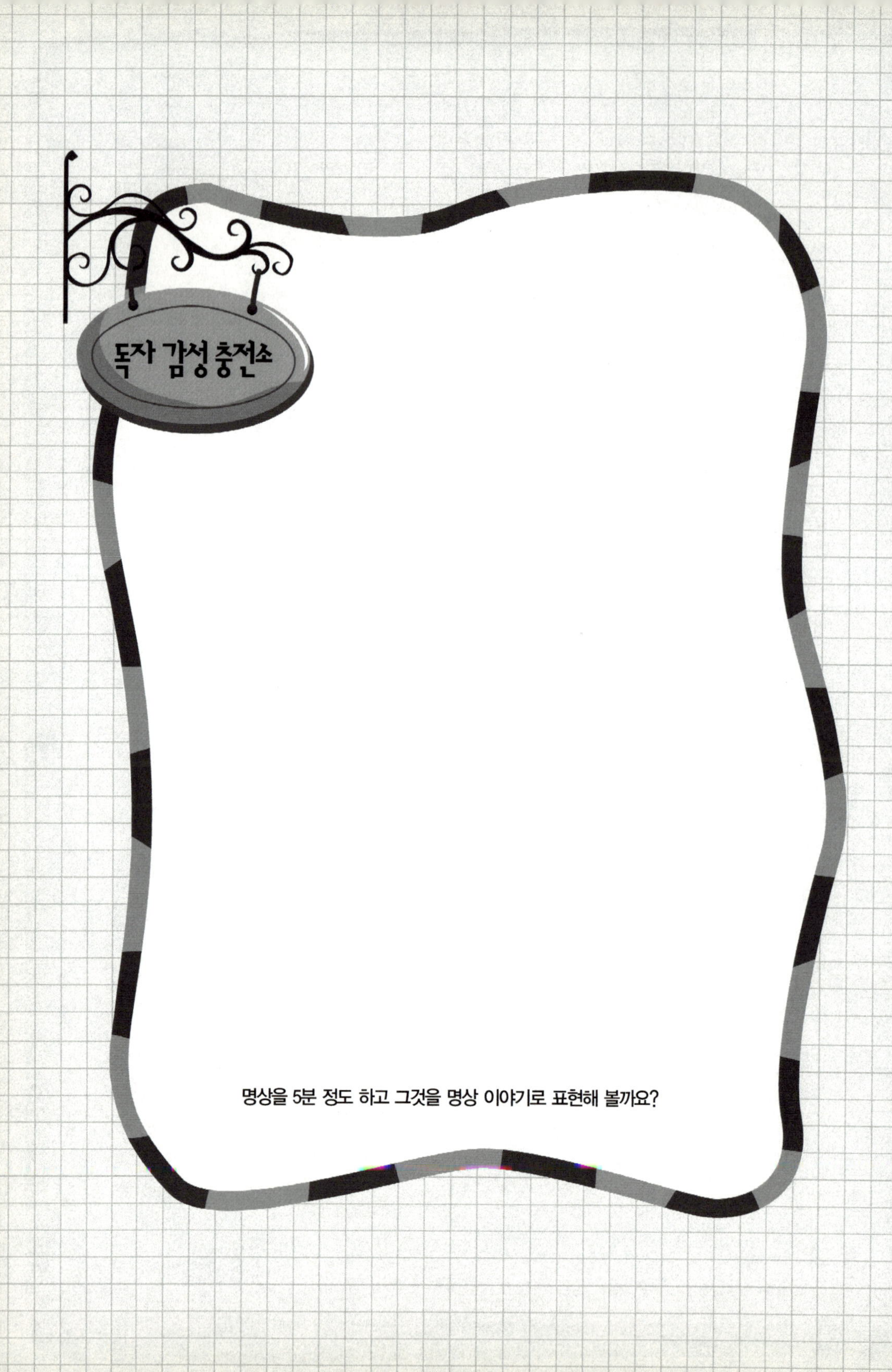
독자 감성 충전소
명상을 5분 정도 하고 그것을 명상 이야기로 표현해 볼까요?

4. 유쾌한 국어

1) 내가 사랑하는 생활

'내가 사랑하는 생활'이라는 제목으로 짤막하게 글을 써 봅시다. 자기가 진정으로 바라는 생활이 어떤 것인지를 분명하게 깨달을 수 있으며, 아름답고 낭만적인 생각과 표현을 통해 우리들은 다시 한 번 내면 세계를 곱게 여밀 수 있게 됩니다.

석병교

나는 저 하늘을 훨훨 날아다니는 새를 좋아한다. 나도 저 하늘을 새와 같이 날고 싶다.

나는 책을 좋아한다. 우리가 책을 읽으면 상상력도 풍부해진다. 나는 대한민국 국민과 우리나라 시민들을 좋아한다. 그들은 우리나라를 꾸며 나간다.

나는 깊은 산속 맑은 공기를 좋아한다. 우리는 이 도시에 살아가지만 산속에 있는 맑은 공기가 좋다. 그리고 산속에 있는 식물과 동물들을 좋아한다. 동식물도 하나의 생명이다. 나는 나의 몸을 좋아한다. 나의 몸을 자신이 지키지 않으면 누가 자신의 몸을 지켜줄까?

나는 이 세상을 좋아한다. 이렇게 잘 살 수 있는 이 세상이 좋다.

성진철

나는 아무것도 없는 곳에서 살아가고 싶다. 그렇다고 완전한 무는 싫다. 그건 그저 인생을 비참히 만들 뿐이다. 난 오직 무념의 세계에서 살아가고 싶다. 때때로 세상 사는 일이 후회되고 힘겨울 때 나는 휴식과 취미활동이라는 의미 없는 행동에 나를 맡기며 쉬곤 한다. 역시 어쩔 수 없는 걸까. 아닌 걸 알면서도 난 내 몸을 무료하고 쓸쓸한 이 일상에 맡긴 채 오늘도 죽어서 산다.

사랑하는 삶이란 뭘까? 뭐가 진정 좋은 것일까? 난 그저 그렇게 오늘도 답이 없는 의문으로 시간을 축내고 있다. 아무래도 아침부터 밤까지가 짧게 느껴질 때가 좋은 것일 거라 생각해 본다.

오늘도 해는 져 가고, 미완성인 나의 사랑하는 생활은 지나가는 시간을 벗 삼아 나아가고 있다.

정효린

나는 어쩔 때 한 번씩 이른 아침에 보는 창문 틈 밖에서 엷게 비치는 새벽의 여명을 좋아한다. 때때로 보이는 푸르른 산과 그 위를 넘나드는 하얀 뭉게구름을 나는 좋아한다. 내가 씨앗 때부터 기르고 키워오던 지금 꽃이 한창인 봉숭아와 다시 생명을 움튼 아버지의 소철을 좋아한다.

나는 검게 물든 건강한 흙과 함께 살고 싶다. 걱정 없이 그저 소박하게 살고 싶다. 봄에는 새싹과 살고, 여름에는 나무들과 살고, 가을에는 곱게 물든 잎들과 백제 삼천 궁녀와 같이 몸 던지는 낙엽과 살며, 흰 서리가 끼고 하얀 눈이 내려 백합이 피는 겨울을 살고 싶다.

나는 소망과 살고 싶다. 나는 소망을 이루고 살고 싶다. 나는 역사와 함께 살고 싶다. 푸르른 강물의 한을 담은 역사와 살고 싶다. 하늘을 보며 살고 싶지는 않다. 땅을 보고 내가 결코 위를 보고만 사는 사람이 아니라는 것을 보이고 싶다.

난 목표를 가지지만 목표가 없는 삶을 살고 싶다. 난 이 어리석음을 가지고 살고 싶다. 어리석음의 수풀 속에 희망이라는 가족과 소망이라는 집을 짓고 책 속에 들어가서 살고 싶다. 아니 언젠가 그 책 속의 글들을 찾아가고 싶다. 나는 인생을 초월하는 자연이 되고 싶다. 흩날리는 꽃이 아닌 가로지르는 바람이 되고 싶다.

최병후

봄이면 나는 따뜻함을 즐기려 돌아다닌다. 화사한 옷들이 밀어내는 차가운 물덩어리들을 보며 웃음을 지어보는 것을 원한다. 4월의 잔인함을 느껴보고 나 자신이 그 잔인함을 사람들에게 전하고자 한다. 새싹이 돋아나듯 나의 잠 또한 슬며시 돋아날 봄이면 꿈속을 사랑해서 나오기 싫을 정도의 잠을 사랑한다. 그리고 여름이면 파란 나무들이 소리 내어 우는 길을 걷기를 좋아한다. 불속처럼 뜨거운 햇살을 칼로 베듯 시원스레 내려오는 빗줄기를 동경하며, 뜨거웠던 연인들의 열기를 더욱 달아오르게 하는 작은 햇살을 보며 차가운 나의 마음을 녹여줄 나의 두 눈을 좋아한다. 그런 아름다운 햇빛을 볼 수 있는 두 눈에 대한 애정을 영원히 가지길 원하며, 즐겁게 뛰어놀던 동물의 행복감처럼 제일 소중한 기쁨이 되는 웃음을 짓는 이들의 땀 냄새를 향기롭게 맡을 수 있는 사람이 되고 싶다.

가을이면 부서지고 탈색된 낙엽을 밟으며 오색의 산을 바라보고 싶고, 점점 두꺼워져 가는 사람들의 옷 속 새로운 향기를 사랑하고 싶다. 연인이 되어 그의 눈물을 닦아주는 것을 해보고 싶으며, 새로운 인연을 축하해 주는 마음이 하늘처럼 높아져 눈 속이 맑아지길 원한다. 싸늘한 길 위로 낙엽이 앉을 무렵 땀을 흘리며 곡식을 다시 거두어들이는 농부의 활기를 가슴속에 담아보고 싶고, 겨울이 되면 맑은 눈송이의 차가움이 아닌 포근함을 나의 사랑스런 친구들에게 던져보고 싶고, 차가움이 아닌 포근함이 나를 덮어 추운 겨울을 사랑해 보길 원한다. 낭만적인 사랑을 해보고 싶고, 아플 만큼 시린 이별도 꿈꾸며 세상이 눈으로 포근히 덮이는 날, 생을 마감하고픈 아름다운 죽음을 꿈꾼다. 그리고 사계절 모두 사랑하고 즐기는 노인으로 살다가 사람들이 날 알아봐 주는 인생을 살며 세상과 헤어지길 바란다.

현지훈

나는 땡볕에 있는 한 그루의 나무 아래에서 쉬기를 좋아한다. 큰 나무는 나의 육체를 더 편히 쉬도록 하지만, 작은 나무 또한 내 정서를 더욱 편히 쉬도록 해준다. 나는 지겨운 도시 생활의 같은 리듬보다 자연과 숨쉴 수 있는 산골이 좋다.

또한 나는 긴 방학보다도 하루 쉴 수 있는 공휴일을 좋아한다. 이 공휴일이 나를 살게 해줄 활력소 역할을 한다. 나는 황폐한 도시를 방황하는 비둘기보다 자연을 누비는 백로처럼 숨쉬기를 좋아한다.

나는 개성을 사랑한다. 누구나 다 가지고 있는 평범함보다 자기 자신의 특별함을 가지고 있는 개성이 좋다. 나는 평범한 1년, 아니 100년보다 조금이라도 행복한 1분을 살기를 좋아한다.

김영철

나는 몇 센티 안 길지만 이런 머리를 사랑한다. 이런 머리가 싫지만 나는 사랑한다.

나는 자전거 타고 돌아다니는 걸 좋아한다.

나는 눈이 나쁜 나의 눈을 좋아한다. 불편하긴 하지만 나는 나의 눈을 사랑한다.

나는 푹신푹신한 침대에 누워 있는 것을 좋아한다. 나는 이런 생활을 사랑한다.

김동영

나는 개울가의 피라미와 노는 것을 좋아한다. 그 넓은 개울을 제 집처럼 가지고 노는 피라미들을 존경하고 사랑한다.

나는 공원의 비둘기를 보는 것을 사랑한다. 하지만 나는 산에서 보는 산비둘기를 더욱 사랑한다.

나는 산속에 있는 맑은 공기와 나의 허파가 대면하는 것을 사랑한다. 조그마한 산소 기체들이 나의 허파를 관광하며 핏줄을 자극하는 그 순간을 나는 사랑한다.

나는 음료수 한 캔을 컵에 넣어 얼음과 곁들여 먹는 것을 좋아한다. 하루의 피로와 찌꺼기를 음료수로 날려 버리는 그 순간을 나는 사랑한다.

나는 이 세상의 모든 생활을 사랑한다. 나는 이 세상의 모든 생물들을 사랑한다. 나는 이 세상의 모든 생각들도 사랑한다. 나는 이 세상의 모든 것을 사랑한다.

최영수

봄에는 친구들과 같이 자전거 타는 것을 좋아한다. 두류 공원에도 가고 산책로에도 올라가 신나게 내려오는 것, 나는 그런 것을 좋아한다.

여름에는 여럿이 모여서 냇가나 바닷가에 가서 발을 담그고 물장

구도 치고 수영도 하고 워터서바이벌도 하는 것을 좋아한다.

가을에는 집에서 신나게 오랫동안 자는 것을 좋아한다. 모든 것들을 잊어 버리고 쉬면 너무 좋다.

겨울에는 눈이 좋다. 왜냐하면 눈싸움, 눈사람, 눈썰매 등 여러 가지를 한 번에 할 수 있다. 나는 이런 것들을 매우 좋아한다.

장완수

나는 99평의 PC방에서 평생 무료로 게임을 하고 싶다. 혼자 컴퓨터 2대를 차지하고 2개의 캐릭터를 조종해 가며 즐기고 싶다. 배고프면 컵라면을 가져와 먹으며 목마르면 음료수를 마시며 평생을 게임만 하고 싶다. 지루하면 마당에서 놀고 또 다시 들어와 강아지와 놀고 또 다시 들어와 컴퓨터 앞에 앉아 레벨 십만을 넘기고 랭킹 1위에 올라가고 싶다.

이민희

나는 우리 아파트 앞 인공 뜰에서 노는 것을 좋아한다. 집에서는 게임을 하는 것과 밥을 먹고 놀고 먹는 것을 좋아한다.

나는 아무도 없는 대나무 숲에서 맑은 공기를 마시며 책 읽는 것을 좋아한다. 또한 나는 축구하는 것을 좋아한다.

아침에 일어나면 해가 활짝 떠 있는 것이 좋다.

음식은 김치찌개를 좋아하며, 마시는 것은 우유와 음료수를 좋아한다.

나는 아무도 없는 밝은 곳에서 하늘을 보며 가만 있고 싶다. 나는 초등학교 시절로 돌아가고 싶다.

잠을 푹 자고 싶다.

김진표

내가 사랑하는 생활은 인정 많은 생활이다.

내가 사랑하는 생활은 이해 많은 생활이다.

내가 사랑하는 생활은 나눔 많은 생활이다.

이처럼 내가 사랑하는 생활은

인정해 주고 이해해 줄 줄 알고 나눌 줄 아는 생활이다.

박정철

나는 오늘 아침도 가족들의 잔소리에 단잠을 깬다. 나는 아무렇지도 않은 백지 상태의 꿈을 좋아한다. 그런 꿈을 꾸는 중에 누군가의 목소리가 들려오는 것이 좋다. 혹시나 그것이 잔소리일지라도 말이다. 아침에 일어나면 난 미지근한 물로 나의 몸을 간단히 샤워하는 것을 좋아한다.

나는 여유롭지 않는 것이 좋다. 내겐 여유라는 단어가 굉장히 낯설다. 난 뭐든지 급히, 바삐 행동하는 것이 좋다. 여유로우면 좋지 않다. 그 여유로움의 달콤함에 빠져 진정 해야 할 일을 못하게 된다. 바쁘면 자기 능력의 3배가 된다. 그리하여 더 정확하고 빨리 일을 끝낸다.

나는 일부러 멀리 등교하는 것을 좋아한다. 난 혼자서 지내는 것이 재밌다. 누군가가 옆에 있다면 싫다. 쟁알쟁알 어쩌구저쩌구 참 괴로운 일이다. 음~ 지금도 시끄럽다. 난 수업 시간에 멍하게 있는 것이 좋다. 멍하게 있다고 혼나도 멍한 게 좋다. 나는 특별히 주의해서 나오는 성적보다는 내 평소 실력대로 나오는 성적이 좋다.

나는 얘기하는 걸 좋아한다. 하지만 이야기 듣는 것은 싫다. 그러다 매번 수업 시간에 맞는다. 맞을 때에는 "에라이, 요놈의 주둥아리"라고 하지만, 속으로는 수다가 좋다.

나는 나도 모르게 나오는 휘파람이 좋다. 나의 무의식적인 행동이지만 왠지 기분이 좋아진다. 나는 노래 부르는 것이 좋다. 하지만 나 혼자서 아무도 모르게 부르는 노래가 더 좋다. 나는 발라드곡이 좋다. 내 마음을 평온하게 한다. 발라드곡은 부르는 것보다 듣는 것이 좋다. 나도 모르게 무의식적으로 눈물이 나온다. 그런 두세 방울의 눈물이 좋다.

나는 숙제가 좋다. 하기도 힘들지만 하고 나면 뿌듯하다.

나는 불쌍한 사람을 도와주는 것이 좋다. 그것은 동정 때문이 아니라 내 진심에서 우러나오는 사랑 때문이다.

나도 가끔씩은 내가 좋다.

나는 옷이 좋다. 옷을 입으면 내 개성을 살릴 수 있다. 나는 옷 중에서도 튀는 옷이 좋다. 남들은 내 옷 보고 다 뭐라 그런다. 하지만 난 내 옷이 좋다.

난 친구들을 사랑한다. 평상시에는 대부분 뒷이야기를 나누었지만 지금은 내 고민을 들어주며 위로해 주는 친구들이 정말 사랑스럽다. 그냥 친구보다는 싸운 친구가 더 좋다. 서로 더 알게 된다.

나는 만화가 좋다. 스트레스가 풀리고 절로 웃음이 난다. 유치하지만 좋다.

나는 가족이 좋다. 자상하신 할머니가 좋다. 나랑 의견이 전혀 안 맞는 엄마도 좋다. 날 이해 못 하시고 무서운 아빠도 좋다. 마지막으로 얄밉지만 나를 진심으로 사랑해 주는 우리 개 레옹이도 좋다.

난 반복적인 나의 생활을 사랑한다. 보통 사람과 차이 없는 평범하면서도 특이한 나의 생활이 좋다. 정말.

박종덕

난 마음을 낙원 속으로 끌어당기는 발라드 노래가 좋고, 땀에 젖어 버린 셔츠 입고 운동할 때 난 제일 행복하다.

작은 방 안에서 소리를 꿱꿱 질러도 시끄럽지 않은 방에 노래방 기계를 설치하는 것이 좋다.

나의 취미이자 장기인 농구를 실컷 하고 샤워를 하는 내 모습이 너무 자랑스럽다.

친구들과 향긋한 수다를 좋아하고 수업 시간에 몰래 군것질하는 것이 나의 행복이다.

방 안 가득 내가 좋아하는 책들이 나열되어 있으면 나는 밤새 토끼 눈 되도록 책을 읽고 싶다.

슬픈 영화 보고 눈물 한 바가지 쏟아 버리는 나 자신이 좋다. 무서운 영화 보고 잠 못 자는 나 자신이 사랑스럽다.

내가 걷고 있는 지금의 1초가 난 사랑스럽다.

지금 현실이 나의 애인이 되었으면…….

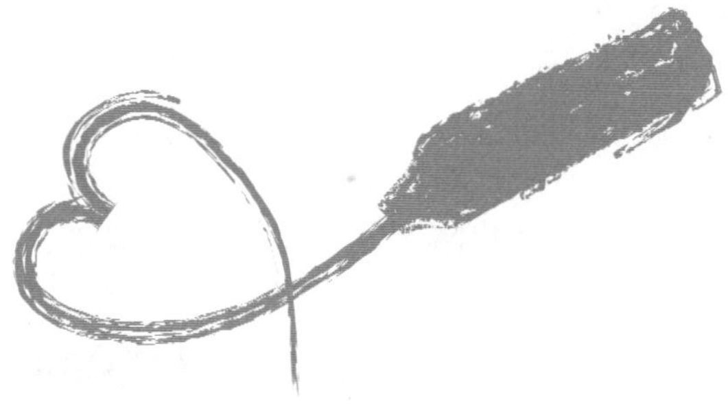

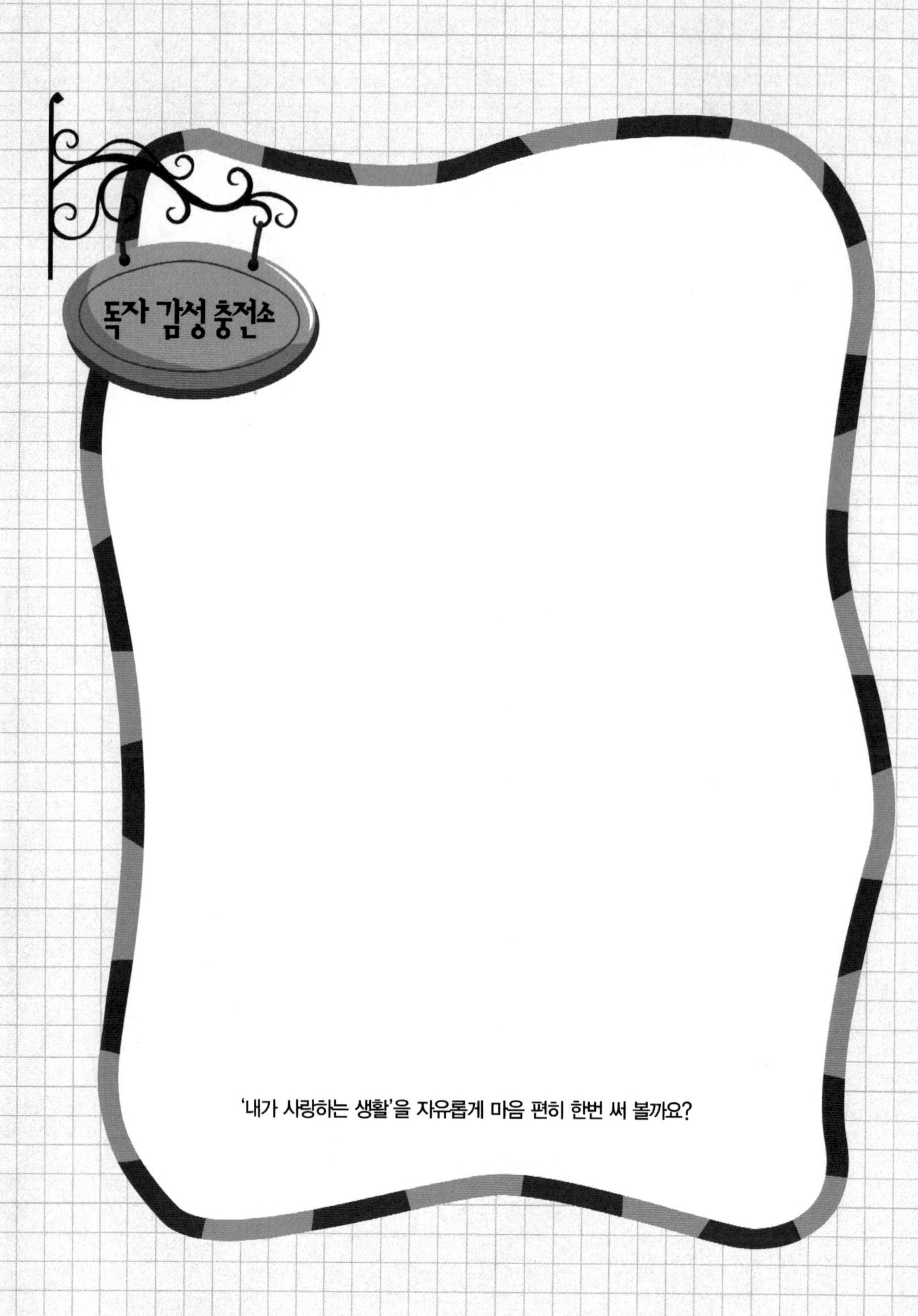

'내가 사랑하는 생활'을 자유롭게 마음 편히 한번 써 볼까요?

2) 숫자 시 쓰기

숫자를 이용하여 시를 써 봅시다. 일, 이 삼, 사~ 이렇게 규칙적으로 시를 써도 좋고, 여기저기 들쑥날쑥 어쨌거나 숫자를 이용하여 불규칙하게 시를 써도 좋습니다. 숫자를 빠짐없이 많이 채워 놓을수록 점수를 더 많이 주는 방식으로 평가한다면, 더 재미있고 의미 있는 시 쓰기 작업이 이루어질 수 있겠지요.

〈 시험 〉

– 변성진

시험 치기 7일 전이었다
그만큼 공부하자 마음먹었는데
3, 4시간도 못했다
3, 4시간이 아니라 5, 6분도 못했다
팔이 부러지도록 공부해야 했건만
시험 날이 다가왔다
1번, 2번, 9번 문제 빼고 다 못 푼 채
종 치기 10분이 남았다

〈 시험 〉

– 최우혁

시험이 삼 일 앞으로 다가왔을 때
나는 책들을 찾아 열심히 시험 공부를 한다
한 장 한 장 넘길 때마다 조금씩

들어오는 수많은 생각들
하나하나 계산해 기억하는 나의 머릿속
거기에 저장되어 있는 생각을 둘둘 말아서
시험 칠 때를 대비하여 연습장에 쏟아붓는다
'촤르르 촤르르' 연습장 위에 쏟아져 있는
계산된 생각들
너무나 화려해 한 번 보고 두 번 보고
한 번 쏟아부은 것들은 나에게 끝도 없이
자신들의 겉치장을 보여준다
그리고 드디어 시험 치는 날
기억된 생각들이 시험지에
한 번에 빨려 들어간다
그리고 그 다음 날 시험 기간 동안
손도 못 댔던 컴퓨터 속 인터넷에
또 한 번 푹 빠져 본다
그곳에서 오락을 하고 육개장을 먹으면서
칠칠맞게 책만 보던 습관도 없어지고
팔다리가 부러질 뻔했던 공부도
잠시 쉬고 구급차에 실려갈 뻔했던
코피 흘리는 저녁 공부에서도
잠시 빠져나와 본다.

나온 숫자 : 1, 2, 3, 4, 5, 6, 7, 8, 9, 10, 억 (나온 숫자 수 21개)

〈 시험 〉

– 박두형

나의 이 작은 여정 속에 찾아온
시험이라는 사형과도 같은 존재여
아무리 아무리 하여도
벗어날 방법이 없구나
모든 사람에게
찾아오는 불청객과도 같은
이 일이
나에게는 지극히 지극히
오류와도 같구나

오늘 이 아침
항상 슬픔을 멀리할 듯한 내 육체였지만
그 멀던 길 다시 되돌리려 애를 써
천천히 길을 걷지만
왠지 칠칠맞게
학교 가는 길이 더 짧게 보이는구려

열받는 하루 삼삼하게
넘겨보려
오늘도 애를 쓴다

〈 시험 〉

– 현지훈

시간은 칠 일밖에 남지 않았고
사진같이 멈춰 버린 나
팔 아프게 구질구질한 종이에 쓰며 외웠지만
오늘따라 복잡한 머리 내 마음은 구절양장

이제부터 열심히 하나하나 되짚어
내일부터 남은 육 일도 열심히 하여
후에 삼베옷 같은 시원함
편안히 느껴 보자

〈 시험 〉

– 채웅비

고달픈 시험 때문에
학교에서도 공부
집에서도 열심히 공부
학원에서도 손가락이
부러지도록 공부를 한다

선생님들은 시험지를 만들고
그동안 학생들은
열심히 공부한다

일요일에도 학원에 나가

아이들끼리 모여 공부를 하고
토요일, 금요일……
삼 일 동안 치는 시험으로
사람들이 팔에 힘이
빠질 정도로 공부하며
오고 가고
이제 육칠 일밖에 남지 않은
시간 동안 시험을 대비한다

〈 시험 〉

– 김기영

아무런 소리 없이 천천히 다가왔네
공포의 시간
머릿속에 답이 날아다니지만
잡히지 않으니 머리만 아프네

책상 속에 책이, 가방 속에 책이
구석구석 가득히 눈에 띄는데
한 대 칠 듯 무서운 선생님 눈빛에
하~~ 나 미치겠네

일찍 마쳤다는 기쁨에
망쳐 버린 시험 모두 잊어 버리고
오직 팔팔함만 가득히
교문을 나서네

밤에 들릴 절규 소리
아들이여 섯거라
엄마가 뭐라 하든, 내일 시험이 어떻든
셋 세기 전에 잠이 든다

〈 일주일의 나날들 〉

– 정호원

일주일의 시간들이 지나간다
이틀, 삼 일 공부하자 했건만
삼, 사 시간 실천하자 했으나
오 분의 시간도 채우지 못하고 욕망에 빠져
육 초도 못하고
칠 일 일주일을 게으름에 놀다가
팔짝 허공에 몸부림치고 몸부림쳐 봐도
구명의 손길은 간데없고
십 초의 시간만 지나가고 있다

〈 시험 치기 10 카운트 〉

– 김사훈

시험 십 일 전에는 놀았다
시험 구 일 전에도 놀았다
시험 팔 일 전까지도 놀았다
시험 칠 일 전에 슬슬 공부하자고 생각했다
시험 육 일 전에 무슨 과목 치는지 물어 봤다
시험 오 일 전에 과목별 공부를 하려 했다

시험 사 일 전에 알아서 되겠지 하고 생각했다
시험 삼 일 전에 큰일났다 생각했다
시험 이 일 전에 포기하려 했다
시험 전날…… 놀다가 맞았다

〈 허물어져 가는 육체들-시험 〉

– 김철현

시험을 위해서
시간은 잠시 멈춘 듯
하루가 지나간 줄 모르는 채
학생들의 싸움은 치열하게 일어난다
이긴 학생도 진 학생도
처음 그 팔팔한 모습은 어디 가고
선생님의 교육이라는 음악은
구멍 난 비닐처럼
모두 새어 나간다
사는 것은 지옥이다
연필을 벗 삼아 생각한 이 말
학생의 육체는
오후의 햇빛에 허물어져 간다
시험이라는 단어 앞에서

〈 시험 〉

– 김재필

점수 일이 점은
등수 십여 등을 낳고
노력 일이십 일은
등수 백여 등을 만든다

이제 눈앞으로 온 시험
반에서 삼등하는 사람
사등하는 사람, 꼴등하는 사람들 모두
오직 단 하나의 이유인 일등을 위해
육신이 마비되도록 달려온 날들
미신 때문에
숫자 칠만 적으며 보낸 시간과
팔이 떨어져 나가도록
빡빡이 하는 사람들
코피를 흘리고 눈물을 흘리면서
며칠 동안 노력하며
구역질 나는 시험 기간은
지나가게 된다

〈 시험 〉

– 조형수

오지 말라고 해도 오는 불청객인 시험
시험은 시험은

도대체 왜 사람들을 귀찮게 하는 걸까
시험이 뭐길래
단순한 종이가 그 사람의 인생을 좌우하는 것일까
어떤 사람은 열심히 하고, 어떤 사람은 놀기만 하고
시험은 자기 자신이 노력한 만큼만 나오는 것이 시험일 것이다
아무리 열심히 한들 성적이 안 좋은 아이가 있을 것이다
일요일에도 공휴일에도 열심히 하면 성적이 오를 것이다
그러나 매일매일 빈둥빈둥
놀기만 하면 성적표에는 소나기가 주룩주룩~

〈 시험 〉

– 김영기

사람들은 모두 다
시험을 치기 싫어한다

누구는 열심히 공부할 때
밖에서 뛰어노는 아이

일찍 일어나 공부할 때
실컷 자는 아이

저번 성적을 벗 삼아
딴 일은 안 하고
오직 시험 공부만
하는 아이

여섯 장의 시험지를
칠칠맞게 구멍을
낸 아이

성적이 잘 나와
팔자 좋게 쉬는 아이

〈 시험 〉

– 전상용

많은 학생들은 학교라는
감옥에 갇혀서
시험이라는 벌을 받고
우리는 일 점이라도 더 받아서
출석부라는 죄수 명단에
체크당하지 않게 열심히 노력한다

4일 뒤 대망의 시험 날이다
앞으로 86시간 7분 54초 남았다
4일이 흐르고 드디어 시험을 치는 날이다

우리들은 감옥에서 선생님이라는
교관이 유심히 관찰하는 가운데……
어느덧 시험이 끝났다
점수는 바로 30점이다

나는 결국 인문계라는 집에 가지 못하고
교도소라는 공고에 가게 되었다

〈 시험 〉

– 김진욱

사람들은 내게 말하지
시험 잘 쳐라, 힘내라
그러나 나는 시험을 잘 칠 만한
힘이 나질 않네

시험을 잘 칠 수는 없을까
공부 잘하는 애를 친구로 삼아서
커닝 페이퍼를 만들어 달라고 할까
시험 치기 7일 전 날 열나게 공부하는데
여섯 명이 넘는 아이들이 놀자고 부르러 오네
그럼 난 친구들에게 한마디 하지
'공부 중이니 돌아가시오' 하고……

〈 시험 〉

– 이민희

일요일 날 공부하면서
둘레둘레 살펴보고
다른 건 풀고
남은 문제 세 문항
그것도 어려운 사회 문제

오월 달에 시험 치는데
벌써 공부 여섯 시간째
오늘은 일곱 과목 공부하며
내일 한 과목 공부하면 여덟 과목
벌써 밤 아홉 시
열나게 잠이 온다

〈 시험의 좌절 〉

– 송혜근

일어나자마자 다가오는 공포
둘둘 말은 이불로도 막지 못하고
삼삼오오 모여든 아이들만이
사행심 가득한 마음을 위로해 준다
오전엔 공포, 오후엔 슬픔
육두문자가 입 안에 맴돈다
칠흑 같은 두려움이
팔을 짓누르고
구슬픈 음악이
열기로 가득한 마음을 식힌다

〈 시험 〉

– 장익수

드디어 수학 시험이
시작되었다

겨우 2~3문제를 풀었건만
시간은 겨우 4분밖에 안 흐르고

잘 풀다가 5번에서
막히고

고민하다 10분 흘려 보내고
할 수 없이 제쳐 놓고

6번으로 넘어간 순간
알쏭달쏭한 문제

거의 포기하고 일일이
세어 보다

칠칠맞게 9문제나
빼먹고

다시 풀려는데
시험은 끝나고

화가 나서
팔팔 뛰다
소용없다는 것을
알고는

포기해 버린다

〈 시험이란 〉

– 서성일

시험이란
평이한 일상의
획기적인 충격

시험이란
팔팔한 우리를
사지로 몰아 넣는 것

시험이란
삼라만상이 모두
적으로 보이게끔 하는 환각

시험이란
책상에 앉으면
칠칠치 못하게 침 흘리며 자게 만드는 것

시험이란
우러난 육수마냥
시간과 노력을 투자한 만큼 대가를 주는 것

시험이란

오만했던 내 생각을
원점으로 돌려 놓는 것

시험이란
평소 10분도 못 앉는 나를
10시간 이상 앉게 만드는 마법

시험이란
시험 뒤 구사일생으로 활력을 찾은 나를
구겨진 성적표로써 나락에 떨어뜨리는 전생의 업

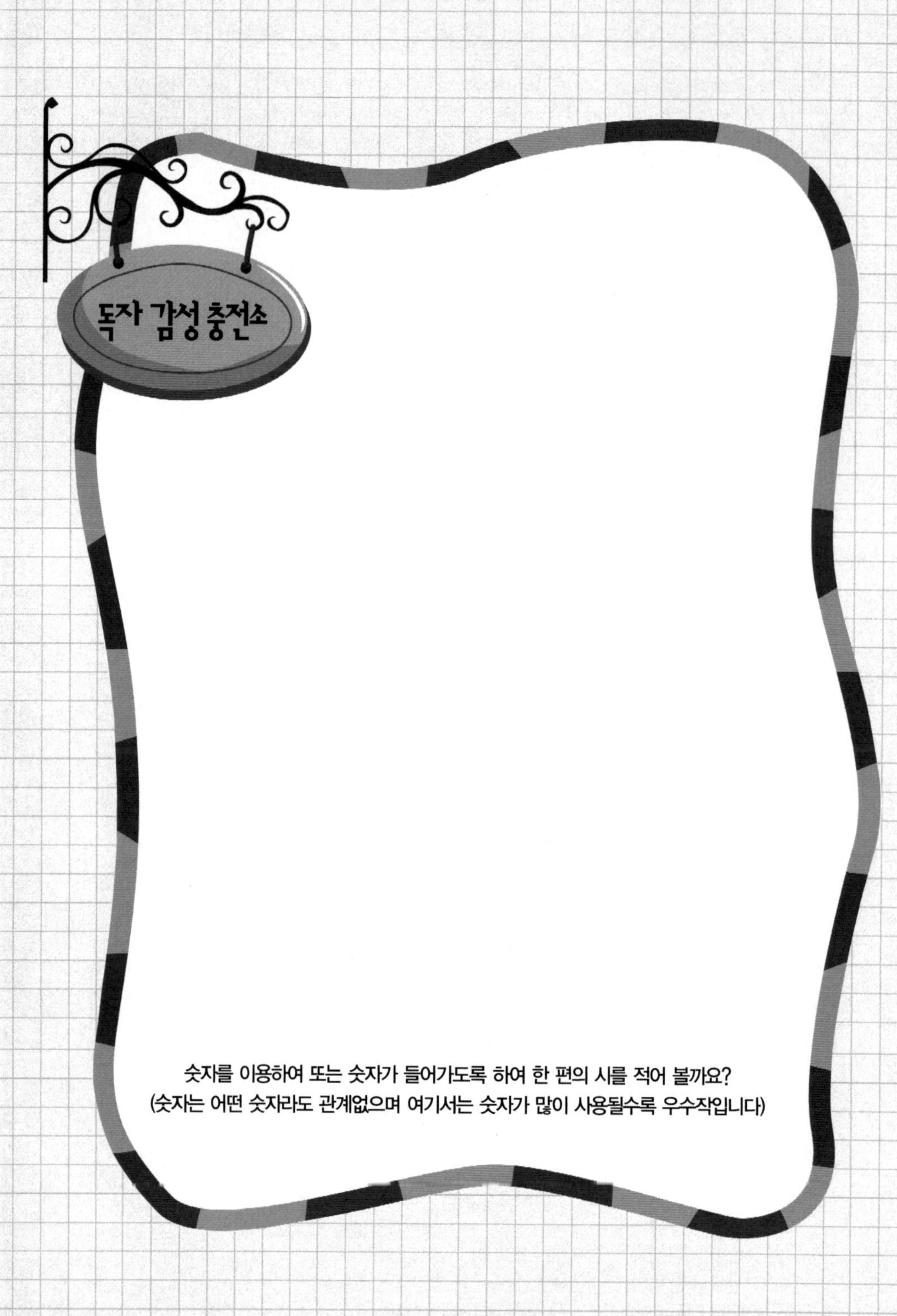

숫자를 이용하여 또는 숫자가 들어가도록 하여 한 편의 시를 적어 볼까요?
(숫자는 어떤 숫자라도 관계없으며 여기서는 숫자가 많이 사용될수록 우수작입니다)

3) 자유롭게 쓴 시

자신의 내면을 고요히 들여다보고 그중에서 깨끗한 마음, 아름다운 마음, 향기로운 마음, 빛나는 마음을 찾아 정리해 봅시다. 시 쓰기는 자기를 찾아가는 소중한 만남의 시간을 제공해 줍니다. 시는 자기 자신과 가장 정직한 모습으로 만날 수 있게 주선해 줍니다.

〈 산 〉

– 채희준

산아 산아 푸른 산아
너는 정말 살아 있는 거니

여름이 되어
푸른색의 옷을 입고
가을이 되어
단풍 색의 옷을 입고
겨울이 되어
하얀색의 옷을 입는 너

산아 산아
너는 정말 숨을 쉬는 거니

〈 바람이 자신에게 〉

– 정효권

푸른 물고기 떼가 흐르는

그곳으로 가고 싶어 했지만
검게 그을려
밝음에서 어둠으로 빛나는
그곳으로 가고 싶어 했지만
흐름은 막히고 푸름은 사라지니
초주검이 되어도 나는 가지 못하겠더라

녹색의 음악 속에서
황색의 향기나는 곳에서
흥을 부르다 보니
내가 이끄는 그곳으로
또 다시 가야 하겠더라
그곳에 가면
희고 검은 고개들이 반겨 주고
내 마음도 날 반겨 주지만
난 아직도 그곳에 가지 못하겠더라

〈 개미 〉

– 이민희

학교 나무 아래 의자 밑
개미의 시체가 널려 있다

같은 1학년들이 해 놓은 짓이다
토막 토막, 밟힌 자국 등등 너무 심하다

개미들이 너무 불쌍하다
누가 그랬을까?

〈 오늘도 환풍기는 달린다 〉

— 장완익

환풍기는 달린다
열심히 달린다

가만 보고 있으면
환풍기는 쉬지 않고
달린다

빙글빙글
어지러울 법한데
쉬지 않고
달린다

오늘도
환풍기는
달린다

〈 거미줄 〉

— 박참별

아침 이슬은 촘촘히 엮인 거미줄의
줄 사이사이에 맺힌다

햇빛에 비친 이슬 한 방울 두 방울이
우리 눈에 비칠 때의 아름다움보다
아름다운 것이 어디 있으랴
이슬이 떨어질 때면
그 밑의 줄이 이슬을 받아 준단다
사람들도 하지 못하는 일을
거미줄이 한다

거미줄에는 거미가 매달려 있다
아니 매달리는 것이 아니라
거미줄에서 움직인단다
우리의 주택 하나하나가
우리의 사회를 이루듯이
거미줄 여러 개가 모여서
거미의 사회를 이룬다

그 보잘것없던 것들이
일상생활 속에 널리고 널린 것들이
거미라는 한 생명체를 지켜 준다니
지금 생각하면 우습지 않니

그 지저분하다고 여겨온 거미줄에
여러 생명체가 아픔을 받고
사랑을 받는다니 놀라운 일인데……

〈 빨간 꽃 〉

– 김진만

빨간 물감을 실수로
꽃에 떨어뜨려
마치 립스틱처럼
빠알갛게 된 꽃

너무 예뻐서 당장 꺾어
집에 가져가고픈
빨간 꽃

〈 토끼풀 〉

– 서원영

남들은 그녀를
아둔한 세상으로
쌀쌀한 땅덩어리에
박아 놓으려 했지만

그녀는 진심으로
남을 사랑하고 있다
'나'라는 존재보다
'남'이라는 가치를 위해

그 조그만 풀잎 하나에
모든 것을 포용하는 마음 담아

살아가는 그 순결함이

혹시 지나가던 꼬마 개미 떨어질까 봐
그 조그만 풀잎에 힘을 주며
살아가는 그 착함은

그 얼마나 고귀하고
아름다운 자태인가

〈 철창 나팔꽃의 삶 〉

– 현지훈

• 철창의 나팔꽃은
이승이라는 공간에서
작은 기쁨을 맛보기 위해
발버둥치는 인간이다

• 나팔꽃, 철창을 감싸며
살아가는 나팔꽃
수많은 자전거와 쓰레기
그 속에서 꿋꿋이 살아가네

영원하지 못한 삶
비록 자연의 숨결과 함께
지저귀는 새들과 함께

마주앉아 숨 쉬지는 못하지만

아주 잠깐 동안
빛보다도 진주보다도
찬란한 아름다움을 피우기 위해
살아가는 철창 나팔꽃

〈 초록 잡초 〉

– 유현승

길가에 빼꼼히
고개를 내밀며
절을 하는 잡초

사람들의 무심한 발에 밟혀
죽어 버린 초록 잡초

무심코 밟아 죽여 버린
하나의 생명

〈 노오란 꽃잎엔 소박한 향기 〉

– 김주영

노오란 하이힐
퍼져 나가듯
노란 우산처럼 펼친 꽃잎은

고운 발레리나의
노란 치마일 듯
생각 없이 흔들흔들
흔들리는데

불꽃놀이 터진 듯
퍼진 꽃잎엔
하나하나 가득한 소박한 향기

〈 집에 가는 길 〉

- 손준오

아주 지긋지긋하고
거머리처럼 질긴 학교
오늘도 8교시 마치고
집에 오는 길

마음은 하늘을 누비고
발걸음은 사뿐사뿐
집에 가서
무엇부터 할까

속마음이 앞선다
발걸음도 사뿐사뿐
집에 가는 길

〈 바람 〉

– 연제웅

바람이
어머니가 오시는 것 같이
불어 온다

그리고 나를 에워싸며
솔솔…… 어머니가 자장가를 부르는 것 같이

자꾸만 자꾸만
나의 눈을 감게 한다

〈 연기 〉

– 곽성락

시골집에서 나는 굴뚝 연기
소박하고 꾸밈없는 그런 연기

폭죽놀이 후 작은 연기
남을 기쁘게 해 주고 사라지는
바람같은 연기

내 마음에 모락모락 피어나는 연기
내 꿈을 이루려 노력하는
희망의 연기

〈 달 〉

– 류승운

보고픈 이 못 보고
어둠의 옷을 입고
슬픔의 물속에서
헤엄만 쳐야 할
내 운명이건만

〈 개미 〉

– 채웅비

나의 발 속에서
살아나오려고
꿈틀거리는 개미

지렁이도 밟으면
꿈틀거린다더니
개미도 밟으면 꿈틀거린다

모든 생명은
자기 생명에 집착이 강한 것

살아 나오려는 그 행동이
나를 재미있게 한다

〈 시골 학교 〉

– 정연우

창문 밖 가득한 햇살 빛은
마치 하늘을 머금은 듯
한 방울 비누 방울
무지개들처럼
하늘에서 일자로 성큼 다가서고

창문 밖 나무 냄새들은
온몸을 내민 듯
한 줄기 물살을 가르며
교실 속 가득히 퍼져 가네

아이들은 즐거워 웃음 짓고
송골송골 맺힌 땀방울
툭 치면 떨어질까 바람이 휩쓸어 가면
새싹들은 정에 겨운 눈으로
하늘을 바라보네

〈 사랑 〉

– 박종덕

붉은 향수 빛 감도는 나의 구름들
때로는 슬피 울어 술에 담근 구름 빛
때로는 감기 걸려 홀쭉해진 구름 조각
때로는 빨갛다 못해 붉어진 구름의 두 뺨

때로는 바람처럼 가벼워져 버린 구름의 입
구름은 아직 알지 못한다
구름의 뒷모습이 아름다운 것을

〈 노을 〉

– 신태호

아이들이 놀다가
노을을 보고
모두 다 집으로 가네

저벅저벅 가다가
노을 한 번 더 보고
집으로
발걸음을 옮기네

〈 인생 〉

– 채학수

나는 지구라는 행성에서 태어나
아버지 어머니라는
사람들에게 길러져
학교라는 배움터에서
인생의 1/3 정도를 다니고
직장이라는 곳에서 살다가
이제 다시 지구를 떠나려는
노인이다

〈 초승달이 되어서 〉

– 서정원

밝은 세상 속 태양만큼
난 어둠 속 초승달이 되어
슬픈 세상을 비추고 싶다

태양이
미소만을 비춰서
아름답듯이

나도
언제나 월광 소나타 치는
그윽한 달빛 속의
미소를 비추고 싶다

언제나……

〈 노을 〉

– 조진환

하루하루의 마침표를 찍는 노을이
나는 참 좋다

때로는 인부의 땀방울과 함께
때로는 시커먼 먹구름과 함께

일순간 세상을
희망으로 물들이며

세상 모든 업보와 함께
산 너머 녹아 들어가는
그런 노을이
나는 참 좋다

〈 웃음의 행복 〉

– 송성민

누군가 말했지
세상에서 가장 심하게 고통받는
동물이 웃음을 발견했다고

누군가 말했지
인간은 행복해서 웃는 게 아니라
웃어서 행복한 것이라고

나는 생각했지
웃음 뒤에는 행복이란 증정품이
딸려 온다고

〈 사춘기 〉

– 이재로

인생의 꽃이라 불리는

사춘기
아이들의 꿈이 커져 가는
사춘기
먼 훗날
다시 꿈을 갖고 싶어 하게 되는
사춘기 시절

〈 미소 〉

– 이승규

한 송이 꽃과 같이
활짝 웃는 너의 얼굴

나의 마음을
맑게 해 주는 꽃송이

〈 장마 〉

– 김두엽

태양이 얼굴을 감췄다
어쩐지 무척이나 슬픈 듯
구름으로 얼굴을 덮었다

한참을 그렇게
아무 말 없이
누구도 쳐다보지 않고

끝내는 울음을 터뜨린다
알 수 없는 슬픔
태양은 고독했을까

긴, 아주 긴
몇 백 여름의 절정

그렇게 자리를 내 준다
사라지며 잊혀지며
그렇게 갈 곳을 찾는다

〈 아름다운 웃음 〉

– 금병락

친구와 헤어질 때
그 뒷모습을 보고
3초만 미소 지어 주자
친구가 돌아봤을 때
웃을 수 있도록

차를 타고 가는데
차창 밖의 아이를 보고
3초만 미소 지어 주자
언젠가 그는
누군가에게 그리할 것을

〈 노을 〉

– 라승민

지는 노을을 보며
붉은 꿈 하나를 꾸었다

그 붉은 꿈이
열정이 되었다

밤하늘의 별을 보며
노란 꿈을 꾸었다

그 노란 꿈이
희망이 되었다

노을이 진다
그러나
내 희망과 열정은 지지 않는다

〈 길 〉

– 유창수

친구와 거닐던 길
학교 마치고 가던 날

멀던 그 길을
재미있게 가던 날

그 덥던 날 시원한 냇가에서
멱을 감고

배고프던 그때 숲길 가며
열매 따 먹고

심심한 그때 대밭 가다
피리 불고 가던 그곳

〈 친구 〉

– 최도명

힘들 때나 슬플 때나 내 곁에 있어 주던 너
나를 보며 늘 웃고 울어 주던 상냥한 너

난 왠지 그런 네가 미웠단다
내가 잔소리를 해도 너는 웃고 있었지
바보같이 쪼다같이 번개도 가를 수 없던 우리 사이였는데
아무도 모르게 우리는 서로의 길을 한두 걸음 나아갔지

그립다 보고 싶다
하루하루 슬럼프에 빠져서
나쁜 길조차 당당히 나아갔지
쓸쓸한 고독의 날이었지

넌 내 곁에 항상 있어 주었는데

넌 항상 환한 미소로 반겨 주었는데
거울 속의 난 너였고
네 그림자는 나였다
서로의 모습을 보고 우린 다시 걸었지

일생에서 가장 행복한 기억은 바로
널 만난 것이고
일생에서 가장 후회되는 건 바로
널 자유롭게 놓아준 거지

보고 싶다 친구야
사랑한다 바보야

〈 비 오는 날 밤 인적 없는 거리에서 〉

– 현지훈

비 오는 날 밤
고독의 거리에서
세상 만물의 소리에
귀를 기울여 본다

사람은 찾아볼 수도 없는 밤
난 그 황홀한 밤 아래서
거리에 휘몰아치는 비와
한 몸이 되어 본다

커다란 나무 옆에 잡초
비록 작은 생명이라도
언젠가 빛날 삶을 위해
꿋꿋이 살아간다

모두가 찬란하고 아름다울
그런 내 꿈속에서만 존재할 세상
비 오는 날 밤 인적 없는 거리에서
난 하나의 그림을 그려 본다

〈 장마라는 킬러 〉

– 장병철

우연히 내 귀로 들어온
장마 소식

여름 방학
서울 외할머니 집을
습격한 장마라는
킬러

그 바람에 햄스터가
익사당했다
내 가족 햄스터가
익사했다

〈 그대는 나의 꽃 〉

– 김지수

나 그댈 위해 살 테니
그대 꽃이 되어 내 곁에 머물러 주오
나 그댈 위해 노래할 테니
그대 꽃이 되어 뜨거운 사랑에 타오르소서

그대 위해 나 언제나 머무를 테니
그대 날 위해 언젠가
그댈 위한 노래를 찾아 주오

그대 위해 나 빛이 되어 드릴 테니
그대 나의 불꽃에
나의 빛에 영원히 빛나소서

〈 꿈 〉

– 석용재

언제부턴가 꿈을 잃고서
의미 없는 목표를 향하여
그런 식으로 살아온 나를

이제는 반성해 보고 싶다

그동안 꿈이 없던 시절은
나에게 어떤 의미였을까

더 이상 의미 없는 생각들의 사슬을
끊어 버리고
나의 꿈의 끝을 향해서
비상하고 싶다

아직 나는 어떤 게 참다운 건지를
뭐가 진정 행복의 끝인지를
알 수가 없다

그저 내가 원하는 대로
내 발에서 걸리적거리는
족쇄를 끊어 버리고

저기 저 봄비같이
희망을 전하는 이가 되고 싶다

그렇게 난 꿈이 되고 싶다

〈 돈 〉

– 최우혁

세상에서 가장 더러운 물건
없는 사람에게는 목마름과 같은
심한 갈증을 주고
있는 사람에게는 욕심과 욕망을
심어 주고

절제라는 단어를 생각 속에서
완전 사라지게 하는
뿌리 내린 도둑 같은 물건

세상 사람들을 부유와 가난으로 갈라 놓는
세상에서 가장 추악한 물건

사람의 마음속에 욕심의 새싹을 심고
마음 한 구석의 조그만 여유까지도 한번에 쓸어 버리는
세상에서 가장 추악하고 더러운 물건
돈……

〈 하늘이 보이지 않는 사람들에게 〉

– 정은철

안개 속에 갇힌
꽃이여
나는 그대를
자만이라고 부르고 싶다네

불러도 아니 들을
하늘을 대신하여
잎이 거친 꽃이여
나는 그대를
태양이라 부르고 싶다네

파도에 갇힌
못 들을 꽃이여
나는 그대를
영원이라 부르고 싶지만
그대는 그저 언젠가
바람에 날리어 갈
꽃일 뿐이라네
노랫소리에 감정 잃은
여린 짐승일 뿐이라네

〈 편지 〉

– 성기원

편지는 서로가 할 말을 주고받는 내용이다

편지의 종류에는 사랑의 편지, 이별의 편지, 청혼의 편지
등등 여러 종류가 있다

그러나 자신의 마음을 자신 있게 표현하지 못하면
편지는 제구실을 못하는 종이 쪼가리에 불과하다

편지는 마음 표현이다

〈 장마 〉

– 채수일

아침에

하늘에서
조금씩 조금씩
내리던 비가
주룩주룩
폭포처럼 퍼붓더니
지금은 그쳐 버렸네

학교에 자전거를
타고 왔는데
다시 내릴까 봐
두려워지기
시작한다

〈 용돈 〉

– 전상복

내 용돈은 하루에
1000원

1000원 가지고
라면 한 개를 꿀꺽

어랏! 200원이
남았네

나는 200원을

돼지에게 준다

내일도 라면 하나 꿀꺽
200원은 다시 돼지에게

돼지는 밥이
맛있기만 한지 빙그레 웃는다

〈 장마 〉

– 김영기

한번 비를 내리기 시작하면
그치지 못하는 장마

가랑비로 시작해
소나기 폭우까지
이루어 내린다

주룩주룩
톡톡톡
이렇게 말이다

〈 시문학반 〉

– 정재훈

옛날 옛날
꿈을 쓰던 소년들이

어느 대지에 존재했습니다

그들의 펜촉에서
쏟아져 나온 꿈들은
어떤 때에는 사람들을 감동시키고
어떤 때에는 사람들을 웃게 만들었습니다

그들은 강철보다 강한 무적의 강함과
그 무엇보다도 한없이 부드러운 마음과
서로를 보고 웃을 수 있는
강렬한 우정을 가지고 있었습니다

그렇습니다
그 대지의 이름은
시문학반입니다

〈 물방울이 타는 미끄럼틀 〉

– 이수동

또르르 굴러가는 물방울
아무 생각 없이
아무 느낌도 없이
<u>또르르 또르르</u>
어쩌다 만난
비누 거품과 함께
오늘도 <u>또르르 또르르</u>

언제나 굴러가는 물방울

물방울이 타는 미끄럼틀은
살색에 굴곡이 심한
미끄럼틀

오늘도 물방울
즐겁게 또르르

〈 선풍기 〉

– 석병교

우리들의
인기 스타 선풍기

언제나 윙~
노래를 부른다

춤은 얼마나
잘 추는지 그 춤은 바로
목 돌리기 춤

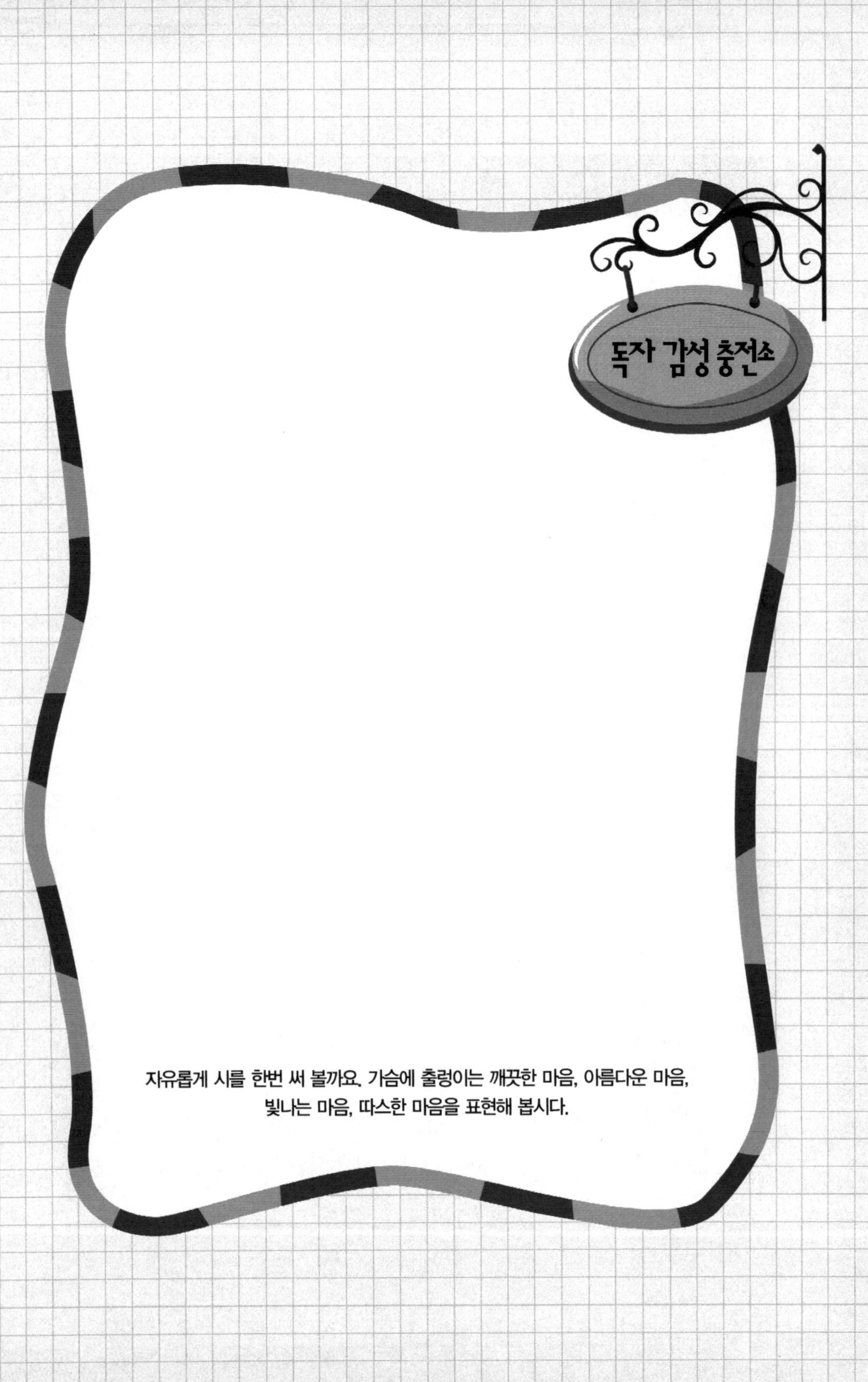

자유롭게 시를 한번 써 볼까요. 가슴에 출렁이는 깨끗한 마음, 아름다운 마음, 빛나는 마음, 따스한 마음을 표현해 봅시다.

5. 맛있는 국어

1) 한 줄 독후감

책을 읽거나 공부하고 나서 자기 생각이나 느낌 또는 깨달음을 한 줄로 표현해 봅시다. 일명 '한 줄 독후감'인데, 아이들의 성향에 맞게 더덜없이 딱 한 줄로 표현하게 하여 아이들의 마음을 더없이 편안하게 만들어 주는 효과가 있습니다. 독후감의 부담감이나 압박감으로부터 해방시켜 주고픈 마음으로 시작해 보았습니다. 부담 없이 딱 한 줄로~

'원미동 사람들'을 읽은 소감이나 깨달음을 한 줄로 표현해 봅시다.

(보기) 이웃, 행복, 아줌마, 돈, 마음……

마음 마음의 문을 열어라. 그렇지 않으면 모든 문이 닫힐 것이다.

인생 늘 자신을 돌아보고 단련하라. 그러면 삶은 그대를 결코 배신하지 않을 것이다.

돈 돈과 친해져라. 하지만 사랑하지는 마라.

노력 노력은 달콤한 고통이다.

아줌마 아줌마와 함께 하라. 두려움이 사라진다.

행복 행복의 문을 열어라. 거기 이미 행복이 있다. 그곳은 마음이다.

마음 사람의 허전한 마음을 채울 수 있는 건 돈이 아니라 이웃의 정겨운 말 한 마디이다.

마음 마음이 가난한 자는 결코 부유해질 수 없다.

돈 돈이 사람을 만든 것이 아니라 사람이 돈을 만든 것이다.

돈 돈을 생각하기 전에 먼저 이웃 간의 정을 생각하라.

돈 돈에 너무 매달리지 마라. 주위에 사람들이 사라진다.

마음 1밀리미터 오차에 집 전체가 무너진다.

행복 정신적인 행복에 눈을 떠라.

'일레인 이야기'를 읽고 느낀 점, 깨달은 점, 새로 발견한 사실 등을 주제를 정하여 격언으로 표현해 봅시다.

사랑 사랑이라는 언어는 우주의 어떤 시간에도 무한으로 존재한다.

사랑 사랑은 떡이다. 얽히고 설킬수록 쫀득쫀득해진다.

뿌리 뿌리가 없으면 사람은 살아도 사는 것이 아니다.

가족 가족은 인구나 인종이 아니라 사랑으로 이루어진다.

'아버지의 유물'을 읽고 쓴 한 줄 독후감

희망 힘들수록 포기하지 말고 앞으로 더 나아가라.

고난 멋진 인생은 지혜에서 찾아오고, 지혜는 고난 속에서 찾아온다. 고난은 멋진 인생을 만드는 지름길이니 돌아서 가려 하지 말자.

꿈 꿈은 끝이 없는 우주이며 흐르는 물과 같다.

생각 생각 없이 사는 것은 공기 없이 사는 것과 같다.

사랑 세상에서 가장 아름다운 것은 인간의 사랑이다.

황순원의 '소나기'를 읽고 쓴 한 줄 독후감

사랑

- 첫사랑은 소나기처럼 잠깐 왔다가 사라진다.
- 사랑은 거센 태풍의 눈이다. 그 거친 사랑만큼 그 속은 포근하기 때문이다.
- 사랑은 좋아하는 사람에게 이어지는 다리이다.
- 첫사랑이란 생애 한 번 오고는 다시 오지 않는 시간과 같은 것이다.
- 사랑은 자신의 수준을 한층 더 높이는 약이 될 때도 있지만, 자기도 모르게 혼자 앓게 되는 독이 되기도 한다.
- 사랑은 소나기처럼 짧게 끝날 수도 있지만, 장마처럼 오래갈 수도 있다.
- 사랑은 소나기처럼 언제 찾아올지 모른다.
- 순수함이 모든 아름다움과 멋을 만들어 낸다.
- 만남은 이별이고 사랑은 눈물이다.
- 소나기는 소녀의 죽음을 예견한 눈물이었다.
- 사랑할 때 내리는 소나기는 큐피트의 화살이다.

• 소나기 소리는 사랑의 숨결 소리이다.

보물 세상에서 가장 빛나는 보물은 사랑하는 사람과 함께 했던 시간이다.

소나기 소나기는 언제 자신을 찾아올지 모르는 미래의 행운과 같다.

징검다리 징검다리는 길이 되지만 서로에게 마음의 길이 되기도 한다.

체온 사람의 감정 중 사랑이란 것이 있기에 체온은 36.5도이다.

실패 무서움을 주던 소나기가 사라지면 무지개가 생기는 것처럼, 실패 속에서도 찾을 수 있는 무언가가 있다.

슬픔 강하게 몰아치다 한순간 사라지는 소나기처럼 슬픔도 잠시만의 생각일 뿐이다.

삶 삶의 하루하루에 모든 즐거움이 있으나 그 한구석에는 슬픔이 자리 잡고 있다.

비극 사랑은 아름다우나 그 속에는 비극과 반전이 들어 있다.

인생 사랑이 있기에 인생은 달콤하다.

행복 행복은 그 순간은 즐거우나 소나기처럼 빠르게 지나간다.

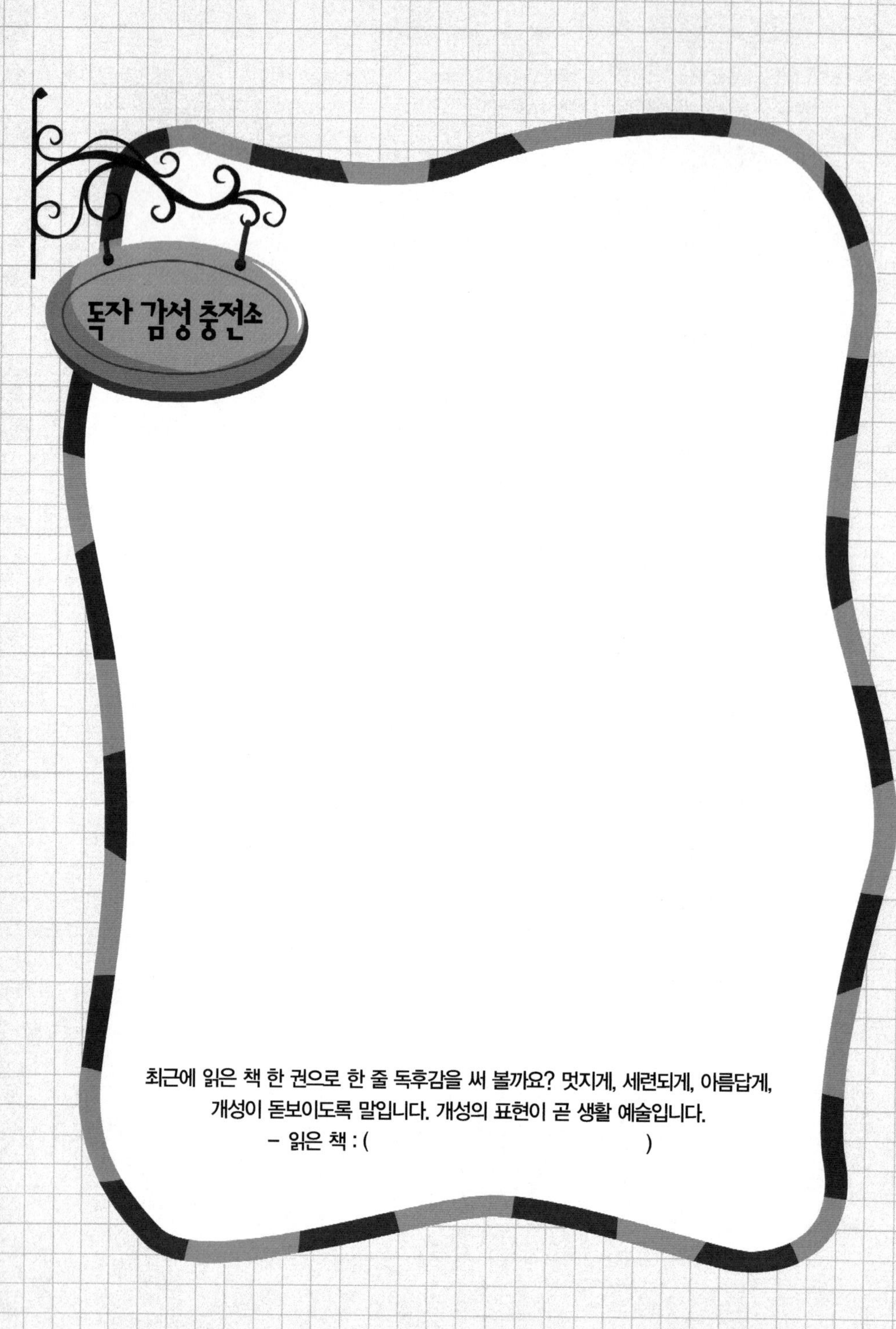
독자 감성 충전소
최근에 읽은 책 한 권으로 한 줄 독후감을 써 볼까요? 멋지게, 세련되게, 아름답게,
개성이 돋보이도록 말입니다. 개성의 표현이 곧 생활 예술입니다.
– 읽은 책 : (   )

2) 두레 짓기 (집단 창작)

몇 명씩 짝을 이루어 두레를 만들어 공동으로 창작하게 합니다. 이 작업은 두레 일을 통해 협동심과 배려의 마음을 기르게 함을 목적으로 합니다. 주제에 대해 자기 생각이나 경험을 나누고 또 그것을 표현해 가는 일이 쉽지만은 않습니다. 그러나 여럿이서 문제 해결 방식을 공유하고, 의견을 조율하는 과정에서 많은 것을 깨닫고 터득하게 됩니다. 집단 지성의 힘을 믿고 일단 두레 짓기라는 배를 한번 띄워 보는 게 중요합니다. 시나 소설을 가리지 않고 두레 구성원들이 의논하여 공동 창작을 한번 해 볼까요?

〈 돌고 도는 우리들의 삶 〉

— 김운식, 박종덕, 채용현, 장정웅

또 시작된 엄마의 시끄러운 기계 소리
풀이 죽은 채 가방을 들고 나섰다

지금은 점심 시간
반찬은 무엇일까? 호기심이 생긴다
맛있게 밥을 먹고 다시 저승사자가 있는
지옥으로 떨어진다

지금은 학원
피곤함을 잊고 공부하는 나
종 치는 시간을 기다리며 시계를 보는 나
종이 쳤다

컴퓨터를 한다
10분도 안 했는데 잠이 온다
가서 잠이나 자자
돌고 도는 삶

지금 나를 가장 힘들게 하는 것을 시로 표현해 봅시다.

〈 사랑했기 때문에 〉

— 박장호, 황성현, 이원용, 신철원

언제나 그대 생각에 눈물 흘린다
그대와 함께 이 세상을 가꾸어 나가고 싶었지만
이미 타인에게 가 버린 그대

사랑해도 소용없고
이름 불러도 소용없지만
내 마음 이제 둘 곳 없는 시선에
그대를 보내려고 합니다.

함께 했던 많은 시간
그리고 좋은 추억
내 마음 정리되어 저 멀리 기차와 함께 떠나갑니다
영원히……

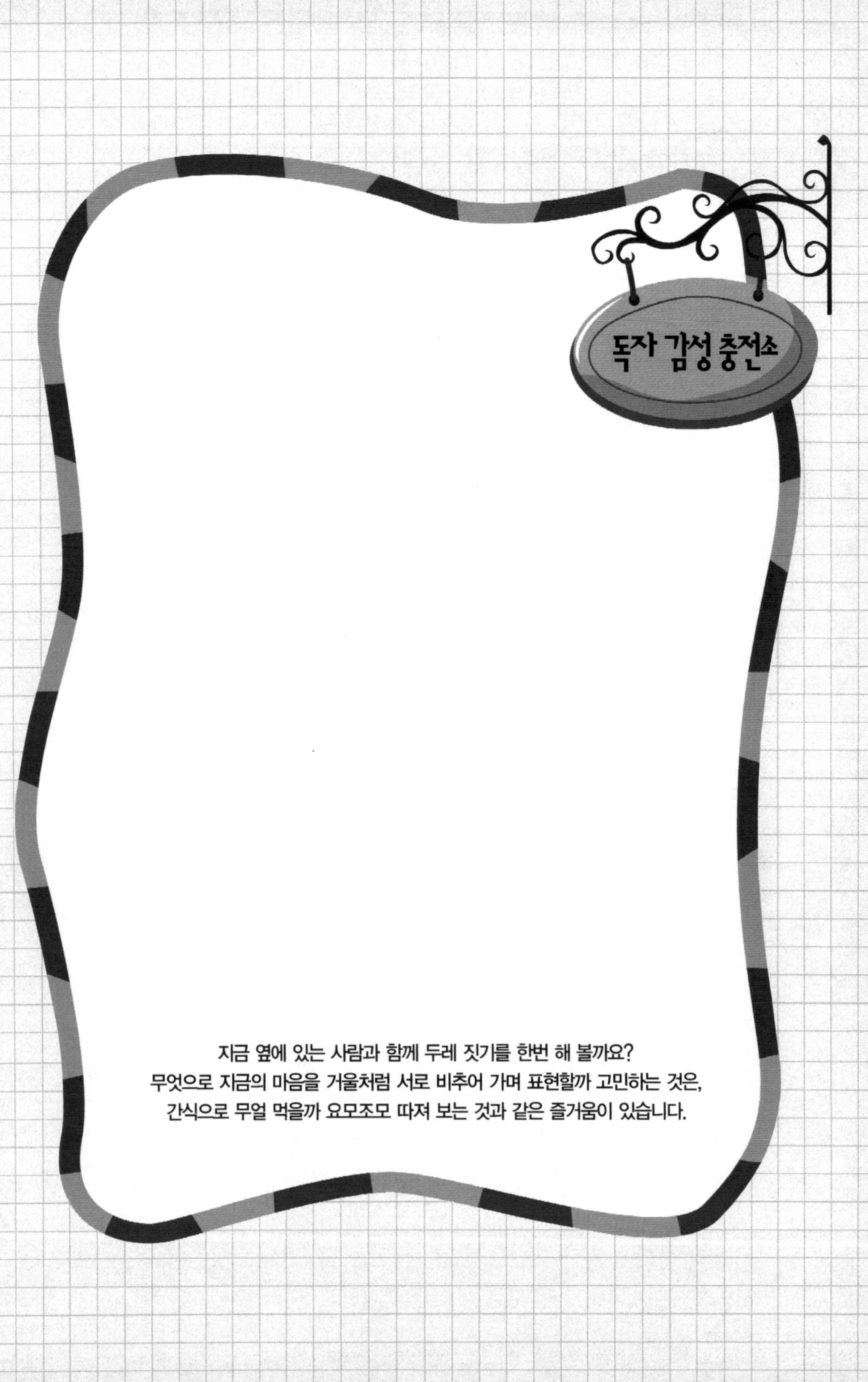

지금 옆에 있는 사람과 함께 두레 짓기를 한번 해 볼까요?
무엇으로 지금의 마음을 거울처럼 서로 비추어 가며 표현할까 고민하는 것은,
간식으로 무얼 먹을까 요모조모 따져 보는 것과 같은 즐거움이 있습니다.

3) 감성 사전 ② – 화살시

- 한 줄로 쓰는 날카롭고 아름다운 표현(마치 화살처럼)
- 개성적이고 창조적인 표현, 향기로운 문학적 표현
- 화살이 정곡(과녁의 한복판)을 꿰뚫을 수 있도록 정성을 다할 것

글감 또는 시제를 보고 한 줄짜리 시를 써 봅시다. 시 쓰기의 곤란함과 어려움을 통쾌하게 날려 버리게끔 각자 자신의 재주대로 '화살시'를 만들어 봅시다.

하늘

- 하늘은 성장해 가는 아이의 눈동자처럼 맑다.
- 언젠가는 우리가 올라가서 편히 쉬는 쉼터이다.
- 단 한 벌밖에 없는 지구의 가장 소중한 옷이다.
- 하늘 속 먼지와 구름, 그 푸르던 봄날은 어디로 갔을까?
- 하늘은 인간의 세 가지 욕망을 보여준다.
  티 없이 맑은 하늘은 천진한 어린이의 소망이며,
  뭉게구름이 떠다니는 하늘은 소년의 꿈이며,
  그리고 먹구름은 인간의 어두운 욕망을 표현한다.
- 하늘은 땅의 힘을 빌려 사람들의 우러름을 받는다.
- 하늘은 착하고 순수한 아이의 눈이다. 우리는 그 눈을 보며 미래를 준비한다.

추억

- 시간에 새겨진 나만의 앨범
- '안타까움'을 가장 잘 나타낸 말
- 생각을 되살려내는 묘약
- 모든 감정의 어머니
- 과거로 향하는 내 마음의 화살표

태극기

- 하얀 세상 속에 태양과 바다가 하나되는 날을 축복하고 있다.
- 온 국민을 감동시키는 햇살 속에 펄럭이는 연애 소설
- 태극기는 총보다 강하다.
- 그는 누구인가? 우리들의 꿈과 희망을 하나로 그려낸 그 사람은? 적룡과 청룡이 서로 꼬리를 잡으려 빙빙 도는 주위에 새까맣게 몰린 구경꾼들
- 남과 북이 하나되지 못함을 슬퍼하는 빛의 조각들
- 하늘에서 본 우리나라의 지도일까?
- 출렁이는 파란 바다 물결 위로 붉은 태양이 뜨고 갈매기들이 평화롭게 날고 있다.
- 윗사람과 아랫사람이 고개 숙여 서로 존경하는 참된 삶의 묘미
- 한 마음 한 뜻이 될 때까지 살아남는 구호
- 바람에 흐느끼는 미친 듯한 춤사위
- 하얀 쌀밥 위에 얹힌 빨간 김치와 파란 시금치, 그 옆에 있는 김 조각들
- 남북이 서로 다투는 동안 네 귀퉁이에서 떨며 안타까워하는 이

교실

- 교실은 선생님을 바꾸어 주는 기계이다.
- 나의 미래를 점치는 곳
- 교실은 꿀통이다. 꿀벌들은 자기만의 꿀을 모아야 한다.
- 교실은 270분의 수업 시간과 60분의 휴식 시간과 50분의 점심 시간이 있는 커다란 시계 장치이다.
- 위인들이 앞서 거쳐 간 배움터
- 교실은 소크라테스가 한숨을 쉬고, 석가모니가 아미타불을 읊고, 성모 마리아가 피눈물을 흘리는 장소이다.
- 교실은 사랑과 긴장감이 교차하는 시공간이다.
- 교실은 쿵푸를 배우려는 오합지졸의 군대이다.
- 교실은 높은 산을 단번에 올라가게 하는 케이블카이다.
- 삶의 현실은 살아 있는 교실이다.
- 교실은 쿵푸 도장이다. 긴장하자.
- 우리는 교실에 흔적을 남기고, 교실은 우리 마음에 추억을 남긴다.
- 교실은 변비이다. 쌓이고 또 쌓이면 병이 된다.
- 교실은 우리들의 미래를 차근차근 보여주는 영화관이다.
- 교실은 하소연하는 소리함이다.
- 교실은 여러 지식이 오가는 사람의 뇌와 같다.
- 교실은 정돈되지 않은 개미집이다.
- 교실은 서로를 바라보며 자신을 다듬어 보는 거울이다.

- 교실은 같은 것으로 닮아 가는 양계장 한구석이다.

꿈

- 꿈은 자기가 생각한 것을 말하는 입이다.
- 꿈은 고무줄이다. 고무줄이 질기듯 꿈도 질기다.
- 꿈은 오바이트처럼 한번에 쏟아내는 정성이다.
- 꿈은 지난 전쟁 역사보다 더 나아간 미래의 역사이다.
- 꿈은 리듬이다. 몸속에 울려 퍼지는 피의 리듬과 같이 요동친다.
- 꿈은 미래에 클 수 있는 힘이다.
- 꿈은 내 어릴 적 가슴속에 남아 있는 영웅을 생각하는 동심의 세계이다.
- 하루의 끝은 꿈으로 장식한다.
- 꿈은 안개 낀 산을 오르는 일과 같다.
- 김빠진 콜라처럼 꿈 없는 삶은 초라하다.
- 아름다운 꿈 뒤에는 가끔 더러운 현실이 있다.
- 꿈은 모든 사람들이 깨끗하게 가질 수 있는 인생의 물감이다.
- 유통기한이 지난 빵을 먹을 수 없는 것처럼 시기가 지난 꿈은 이루어지지 않는다.
- 삶 속에서 꿈을 잃어 버린다면 장미꽃을 피우지 못하는 가시넝쿨에 지나지 않는다.
- 꿈은 현실을 못 보게 가려주는 눈가리개이다.
- 허황되어 보이지만 인생의 대부분을 차지한다.
- 자신이 바라는 꿈, 십 년 뒤를 생각지 말고 지금 그것을 생각

하라.

- 꿈은 피어나는 때를 알 수 없는 꽃봉오리와 같다.
- 꿈은 소망, 바람을 하나하나 담아 놓은 현실과는 다른 세상이다.
- 거울은 닦을수록 빛나듯 꿈도 자주 닦고 매만져야 빛난다.
- 꿈은 식물인간과 정상인을 구별하는 기준이다.
- 자신의 꿈대로 살 때 비로소 성공한 인생이라 말할 수 있다.
- 꿈은 자신의 생각이 지배하는 식민지이다.
- 꿈은 다른 이가 빼앗아 갈 수 없는 자신만의 세상이다.
- 꿈은 인간다움을 만드는 스승과도 같다.
- 꿈은 불가능한 것을 가능토록 만드는 모험이다.
- 꿈은 잠이란 동굴 속에 숨어 있는 보물이다.
- 꿈은 볼 수 있지만 보이지 않는 가장 아름다운 세상이다.
- 꿈은 온천탕 속에서 쉬고 있는 무속인과 같다.
- 꿈은 항상 자신이 주인공인 한 편의 드라마이다.
- 꿈은 결승점을 향해 쉼 없이 기어가는 거북과 같다.
- 꿈은 일생을 두고 부풀었다 꺼졌다 하는 고무 풍선이다.
- 꿈은 잡힐 듯하면서 놓쳐 버리는 신기루
- 꿈은 잠시 스쳐가는 미래 도시이다.
- 꿈은 우리 자신의 무한한 잠재력을 찾아주는 발굴가이다.
- 꿈은 시계 바늘처럼 흘러만 가다가 한순간 울려 퍼지는 알람시계이다.
- 창조와 파괴가 뒤섞인 혼돈의 영역 속에서 정처 없이 떠도는 방랑길–꿈이다.

햇빛

- 햇빛은 꽃들의 심장이다.
- 햇빛이 있기에 나는 내일의 희망을 안고 살아간다.
- 유리창에 반사되는 햇빛은 덕과 겸손을 함께 갖춘 현모양처이다.
- 햇빛은 신발이다. 우리는 그것을 온몸으로 신는다.
- 햇빛은 윤회의 생명이다. 매일 새로 태어나고 매일 죽는다.
- 잊지 못할 우리의 추억을 지켜보는 하늘의 미소
- 내 삶을 주인공으로 만들어 주는 조명등
- 햇빛은 사랑이다. 사랑이 없는 세상을 살아갈 수 없기 때문에.
- 햇빛은 근심이라는 얼음을 녹여서 희망이라는 맑은 물을 만든다.
- 햇빛은 부처님의 손길이다. 우리가 돌보지 못하는 달동네 빈민들의 가슴속까지 손길이 미친다.
- 햇빛은 하나의 연탄이다. 식으면 그리움의 대상이 되고 뜨거울 때 희망이 된다.
- 햇빛은 노력이다. 햇빛이 모여 밝음이 되듯이 노력이 모여 실력이 된다.
- 햇빛은 어둠을 등지고 서 있는 보이지 않는 그림자이다.
- 햇빛이 내 얼굴을 비추는 날 나는 또 다른 시작을 한다.
- 햇빛은 아름다움을 쫓는 여행자이다.
- 나의 닫힌 마음의 한 곳에서 흘러 나오는 희망의 빛줄기
- 빛의 색깔이 빨주노초파남보 일곱 가지이듯, 햇빛의 의미도 '희망, 노력, 봉사, 기쁨, 어머니, 효도, 귀찮음'의 일곱 가지 의미이다.

- 햇빛은 상처를 포근히 감싸며 희망의 새살을 돋게 하는 연고제이다.
- 햇빛은 무한한 가능성이 있는 나에게 제 인생의 절반을 투자한다.
- 햇빛은 무진장의 희망 덩어리이다.
- 아무것도 없는 황폐한 땅, 그 속에 둥그렇게 솟아 있는 나무들과 그 가운데 맑게 고여 있는 호수, 그리고 언젠가 거대한 삼림으로 변할 날을 기약하며 차츰차츰 뻗어 나가는 거대한 뿌리들
- 하늘에 있는 신의 반짝이는 눈동자
- 덜렁대는 지구에게 주는 따스한 가르침
- 적도라는 급소를 찌르기 위해 날아드는 수많은 화살들
- 햇빛의 아름다움에 나 자신의 과거를 잊는다.
- 햇빛은 오만한 너의 눈을 감게 한다.
- 우리가 햇빛을 똑바로 보지 못하는 것은 우리가 자연에 죄를 지은 까닭이다.
- 햇빛에 영광을 느끼면 넌 겸손해진다.
- 햇빛은 희망이다. 한 곳에 힘을 모으면 그곳이 희망의 삶터가 된다.
- 햇빛은 하늘의 환한 미소이다.
- 햇빛은 나의 부모님이다. 내가 태어나고 어른이 되고 죽을 때까지 지켜봐 주고 생명의 기운을 주기 때문이다.
- 햇빛은 생명의 밥이다.
- 햇빛은 자신감이라는 밝은 빛을 주기도 하지만, 자만심이라는 어두운 그림자를 만들기도 한다.

수학 여행

- 꽃다운 청춘이 맞는 황홀한 여행
- 우리가 가는 곳은 웃음과 천국이 기다리는 곳
- 우리 머릿속의 골칫거리를 씻어주는 한줄기 소나기
- 긴장감을 풀어주는 심호흡
- 추억의 힘으로 만들어지는 한 편의 영화
- 일상 탈출을 시도하는 청춘의 고뇌
- 바쁜 생활 끝에 자연으로 돌리는 가쁜 한숨
- 학창 시절이라는 유리창에 묻은 더러운 티끌을 닦아주는 수건
- 3일 만에 10년만큼의 기억을 새겨주는 메모장
- 쓰러져 가는 우리를 잠시 받쳐주는 버팀목
- 도장 통에서 벗어나 머리에 자연을 찍는 도장 여행
- 도시를 떠나 자연으로 돌아가는 추억 여행

낙엽

- 낙엽이 떨어지는 몇 초 동안 낙엽은 좀 더 살고자 한다.
- 낙엽은 황홀한 세월과 거친 파도와 풍랑 끝에 다 부서져 버린 낡은 나룻배
- 바람에 휘날리고 바닥에 떨어져 부서지는 낙엽은 흔들리는 나의 꿈을 비추어 주는 거울이 아닐까?
- 낙엽은 '잃어버림'을 '가지게 된' 나무에겐 만감이 스며 있는 눈물이다.
- 꿈을 이루지 못한 채 무엇인가 애원하듯 하늘을 우러르는 또 한 명의 수감자

- 낙엽이 수직으로 떨어지지 않는 것은 그 사이를 지나는 자연의 숨결을 끊지 않기 위해서이다.
- 낙엽은 고독의 허리춤에 붙어 다니는 쓸쓸함이다.
- 낙엽은 빨갛게 달아오르다 헤어지는 사랑과 같다.
- 낙엽 밟는 소리는 첫사랑의 깨달음이다.
- 낙엽은 훗날 책갈피에서 발견하는 짧고 빛나는 글귀이다.
- 휘날리는 낙엽은 마음속의 아름다운 곳을 비추는 거울이다.
- 낙엽이 한 장 한 장 떨어질 때마다 내 몸도 내 마음도 점점 더 겨울이 되어 간다.
- 낙엽은 가을 남자를 더욱 쓸쓸하게 만드는 그림이다.
- 바닥에 쌓여서 가치 있는, 밟히기 때문에 가치 있는, 힘없이 바스라지기에 가치 있는, 비싸고 강한 낙엽
- 바람의 평원으로 낙하하여 창공의 바다로 헤엄쳐 가리라.
- 연인의 사랑의 열기를 먹고 사는 낙엽
- 전깃줄에서 떨어지는 새똥처럼 낙엽은 떨어진다.
- 너와 나의 미움, 슬픔, 기쁨을 담아 책갈피에 봉인되어 있는 보석상자
- 반년의 시간이 지났음을 알려주는 용지
- 우리가 밟을 때 바스락거리는 소리는 우리가 위험에 처해 있을 때 지르는 비명소리와 같다.
- 낙엽은 고독과 쓸쓸함의 가을 장맛비다.
- 낙엽은 달동네 아이들과 같다. 비록 힘없어 떨어지지만 그들만의 순수한 아름다움이 있다.

얼굴

- 역경을 이겨내고 성공한 사람의 얼굴은 딱딱한 시멘트 바닥을 뚫고 피어난 민들레 꽃과 같다.
- 얼굴은 찰흙이다. 수만 가지 표정을 만들어 낸다.
- 얼굴은 그 사람의 마음이 담긴 한 장의 편지지이다.
- 얼굴은 하늘이다. 화날 때에는 붉게 변했다가 어두워지고 천둥 번개가 친다. 좋을 땐 하얀 하늘에 해가 뜬다. 아플 땐 파랗게 질려 있다. 슬플 땐 비가 온다. 얼굴의 표현은 거울처럼 다 나타난다.
- 얼굴은 마음이라는 호수의 넓고 넓은 수면이다.
- 얼굴은 해이다. 마주볼 수 없을 정도로 밝고 눈부신 얼굴이 있고, 구름에 가려 흐리고 어두운 얼굴도 있다.
- 얼굴은 개성의 뿌리이다.
- 어떤 얼굴을 보고 있어도 하나의 얼굴만이 떠오른다면 당신은 사랑에 빠진 것이다.
- 보고 있어도 보고 싶은 얼굴이 보기 좋은 얼굴이다.
- 웃는 얼굴은 밝게 뛰는 심장의 미소와 같다.
- 얼굴은 오만 가지 감정의 교차로이다.

축구공

- 절규를 생산하는 둥근 기계
- 넓고 푸른 잔디밭을 가르는 한 마리 둥근 새
- 잘 차면 복덩어리, 잘못 차면 절망 덩어리
- 다른 이의 함성을 듣고 움직이는 야생마

- 사람들의 기쁨과 슬픔을 결정해야만 하는 고독한 심판관
- 발이란 화가가 골대 그물 안에 전시하는 여러 아름다운 미술품
- 상대 선수들의 물결을 거슬러 가는 한 마리 연어
- 스물두 명에게 무차별로 당하는 왕따의 존재
- 세계의 심장을 달궈내는 용광로 속의 쇳물덩이
- 건드릴 때마다 온갖 변화가 일어나는 동그란 스위치

봄비

- 봄비는 내 마음의 세척제이자 새싹들의 탯줄
- 봄비는 생존하는 나무들의 핏줄이고, 성장하는 새싹들의 젖줄이고, 이제 막 태어난 씨앗들의 힘줄이며, 세상 모든 생명체의 생명줄이다.
- 계절이 바뀌었다는 환희의 뜻을 담은 구름의 축하 인사말
- 질질 끄는 종례 시간
- 나의 눈은 당신의 파란 향기를 보고 싶어 한다.
- 젊은 무희의 휘날리는 치마 결처럼 내린다.
- 짧은 순간 앞으로 자라날 새싹들의 무한한 미래를 보여주는 공개 수업
- 여운만 남기고 돌아서는 여인의 은밀한 마음

구름

- 구름은 무더운 여름날 햇빛을 가려주는 커다란 양산이다.
- 구름은 거울이다. 순수한 마음을 엿볼 수 있다.

• 구름은 심리 변화가 많은 청소년이다.
• 세상에 맑은 마음을 퍼뜨리는 펌프이다.
• 하늘과 땅의 우정을 이어주는 징검다리
• 저 먼 나라로 가는 또 하나의 문
• 하늘의 고요함 속에서 홀로 희망을 짊어지고 가는 나그네
• 커피 향처럼 눈에 스쳐 보이는 향기

잡초

• 우리 반은 잡초야. 끈질기다. 말려도 계속 떠들지.
• 잡초가 있기에 장미가 아름다우며, 장미가 있어 잡초는 살아간다.
• 잡초는 흔하다. 하지만 그 흔한 잡초의 꿈은 끝까지 사는 일이다.
• 한 뿌리의 잡초가 들판을 이루듯 한 목숨의 사람이 세상을 이룬다.
• 잡초는 삶이라는 공간에서 인내심이 가장 강한 한 인간을 뜻한다.
• 잡초는 소리 없는 아름다움이다. 제 나름의 아름다움을 간직한다.
• 잡초는 다른 것에 현혹되지 않고 다른 것을 유혹하지도 않는 당신의 중심 생각이다.

소나기

• 포도 빛 하늘이 내뿜는 포도알
• 사람들을 달리게 하는 만능 운동 기계
• 잠시 흐르는 눈물 속에 담긴 슬픈 이야기
• 갑작스레 찾아와 사람들을 놀래키는 불청객
• 고요한 댐이 갑자기 갈라져 물이 터지듯 먹구름 속에서 벼락처

럼 내리는 빗방울

- 자기 마음대로 조절할 수 없는 사랑과도 같다.
- 온몸을 쑤시는 엄마의 잔소리와 같은 것
- 잠시 살다 떠나가는 사람의 허무한 일생

길

- 다른 사람에 대한 작은 배려이다.
- 세계의 모든 길은 내 미래의 무대이다.
- 길은 끝없는 상상력이다.
- 인생길은 멈췄다가, 움직여 가다가, 때론 주의해야 하는, 움직이는 신호등이다.

시

- 시는 아침이슬이다. 짧지만 맑고 깨끗하다.
- 시는 어머니의 손길이다.
- 시는 평화로운 세상이다.
- 시는 맛있는 음식
- 시는 마음의 진정제
- 시는 솔잎의 향기이다.
- 시는 물이다. 자유롭다.
- 시는 뇌이다. 그만큼 중요하다.
- 시는 망치이다. 고정관념을 깬다.
- 시는 눈이다. 소리 없이 감동을 준다.

- 시는 과학이다. 점점 발달해 간다.
- 시는 개다. 생각의 훈련을 따른다.
- 시는 늪지대이다. 읽을수록 빠져든다.
- 시는 사람의 손이다. 손이 모든 형태를 만들 듯 시적 표현은 문학의 형태를 갖추게 한다.
- 시는 마음속 적막을 깨는 한 마리의 새 울음소리이다. 짧은 시구가 주는 감동과 느낌은 맑은 새소리로 마음속에 숲을 만든다.
- 시는 함축과 운율이라는 재료가 들어 있는 맛있는 문학 보쌈이다.
- 시는 낚시이다. 내 머릿속의 생각들을 낚으면 단어로 변한다. 그 단어를 모아 시를 만든다.
- 시는 창작과 낭만의 집합이다.
- 시는 항암제이다. 가끔 무료한 암세포 같은 삶 속에서 시는 우리에게 활력을 던져준다.
- 시는 조그만 다이아몬드이다. 작지만 엄청난 값어치가 있다.
- 시는 메마른 땅에 피는 한 송이 꽃이다. 찬란한 꽃밭을 꿈꾼다.
- 시는 수채화 물감이고 물방울이다. 마음이란 벽지에 느낌이란 수채화 물감으로 채색하며 물방울이라는 매개체로 생각이라는 파문을 일으키기 때문이다.
- 시는 낙엽이다. 자신이 갖고 있는 감동의 물을 세상 여러 사람들에게 주입시키고, 자신은 말라 떨어져 사람의 마음이라는 책갈피 속에 영원히 간직된다.
- 시의 표현은 아침보다 상쾌하고 꽃보다 아름답다.
- 내 안의 운율, 내 안의 기쁨
  내 안의 평안, 내 안의 바람

내 안의 생각, 내 안의 노래

시는 내 마음의 노래이다.

- 시는 1급수의 물이다. 보고 마시고 정신을 건강하게 한다.
- 시는 허상이다. 시는 낭만과 꿈, 그리고 인간의 창작성을 집대성한 문학의 꽃이고, 인간의 꿈의 매개체일 뿐, 그 이상도 그리고 어느 무언가도 될 수 없는 망상의 노랫가락일 뿐이다.

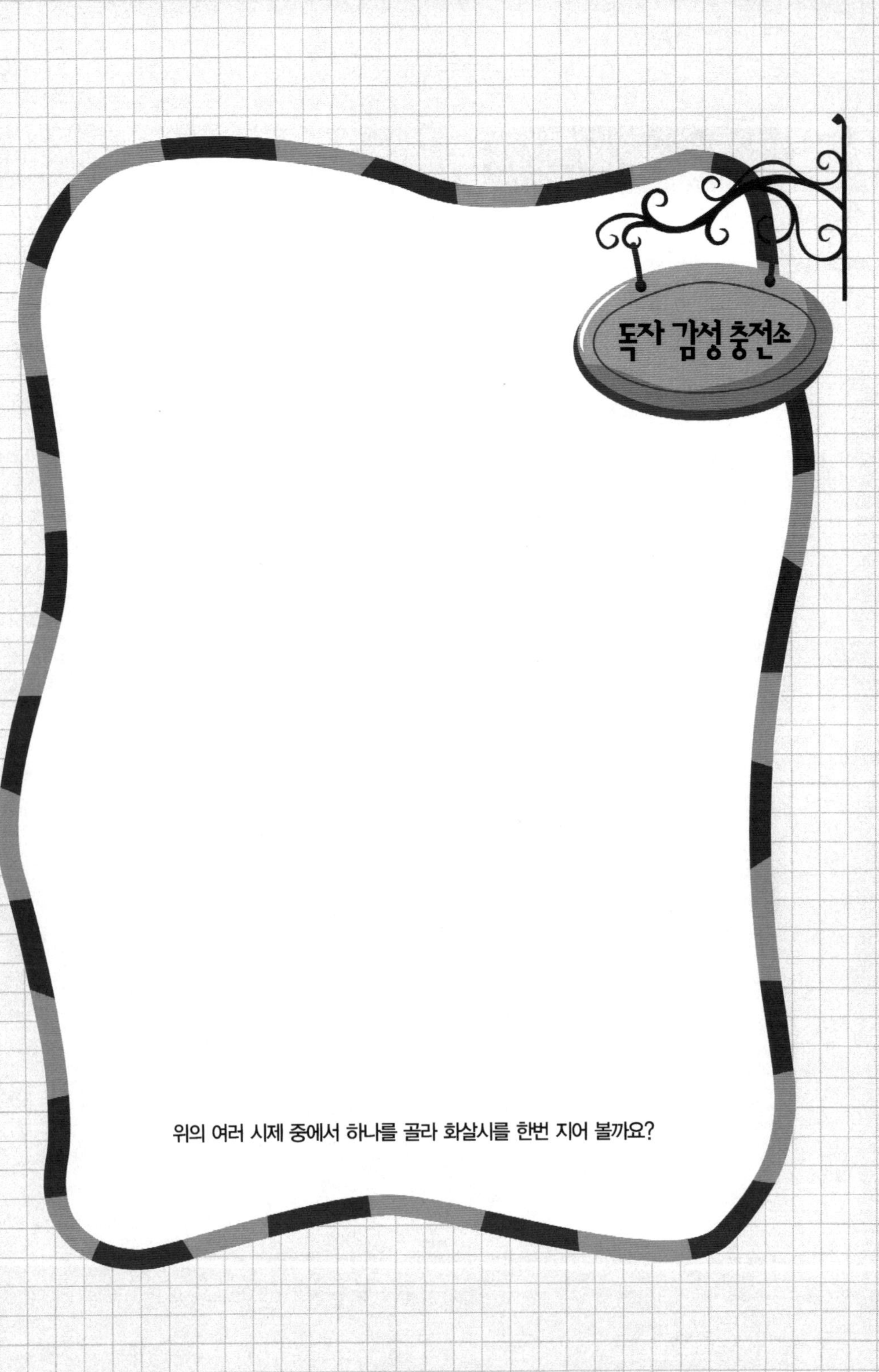
독자 감성 충전소
위의 여러 시제 중에서 하나를 골라 화살시를 한번 지어 볼까요?

6. 신기한 국어

1) 첫 문장으로 시 쓰기

주어진 첫 문장으로 시를 한번 써 볼까요? 언어 표현은 그것이 불러일으키는 환기 작용이 있는 까닭에, 이 같은 시도는 그 자체가 상상력 기르기 훈련이 됩니다. 자, 첫 문장을 한번 볼까요? 상상력으로 이어 붙이기를 한번 해 봅시다. 눈 감고 저마다의 상상력에 날개를 달아 봅시다. 출발~

〈 제시 문장 〉
바람 잔 날 무료히 양지 쪽에 나 앉아서~

가을이 흘러가는 시간에
반쯤 걸린 해와 더불어
아름다운 노을이
이 화려한 도시를 잔잔히 덮는 걸 본다
그럴 때면 나는 나를 둘러싼
수많은 일들을 잊고 그리고 내가
얼마나 많은 것들을 잊고 지내 왔는지
얼마나 많은 것들을 바보처럼 지나쳐 왔는지
……
그리고 문득 일어나 노을 속에 몸을 던진다

— 박종욱

〈 제시 문장 〉
시라는 것은~

추운 겨울을
봄날처럼 느끼게 품어 주는 것이다

시라는 것은
사랑에 굶주린 이들에게
찬란한 웃음 지으며
사랑을 주는 것이다

시라는 것은
밤늦게까지 약속을 기다리는 이들을
은은한 별빛으로
비춰 주는 것이다

— 김해필

〈 제시 문장 〉
해바라기의 하루

뜨거운 태양이
구름에 가리자

해바라기는 울상을 짓는다

뜨거운 태양이
구름에서 빠져나오자
해바라기는 비로소 미소를 짓는다

밤이 되자 해바라기는
보석같이 빛나는
달빛을 받으며
뜨거운 태양을 그리워하고 있다

— 박동원

다음 글을 첫 문장으로 하여 시를 지어 볼까요?

– 풀잎들이 젖은 몸을 털고 있다 –

2) 낱말 조각으로 시 쓰기

낱말을 몇 개 모아 놓고 그것을 활용하여 시를 써 봅시다. 시 쓰는 일에 어려움을 겪는다면, 이것이 하나의 해결책이 될 수도 있습니다. 모자이크처럼 짜맞추어 가는 재미와 즐거움이 있습니다. 별을 모아서 별자리를 만드는 이치라고나 할까요?

낱말 조각 – 산비탈, 아지랑이, 향기로운, 맹세, 단풍나무, 잉잉거리고, 새빨간, 눈물

〈 잊혀진 약속 〉

– 이정만

산비탈 아래 같이 살던 우리
어느 날 한 소년이 이사를 가게 되었다

비가 내리고
단풍나무 아래에서 하게 된 맹세
10년 뒤 만나자고

그렇게 시간이 흘러 흘러……
10년이 지난 뒤
한 소년이 그 자리에서
이사 간 소년을 기다린다

잉잉거리던 파리도 조용한 이 시간에

1시간이 지나고 2시간이 지나서
어느덧 해가 집에 가도
오지 않는 소년

그날의 맹세는 새빨간 거짓말이었나 ?
절규를 하면서 눈물을 흘린다
땅을 치고 통곡을 해 봐도
쉴 새 없이 흐르는 눈물을 억제할 수 없다

향기로운 덕담을 하는 내 동무여
영영 오지 않는가
그리운 내 동무여
아무리 불러도 오지 않는 내 동무여

친구를 그리며 울었던 눈물이
어느덧 아지랑이 되어서
하늘로 떠나가네

〈 가을의 맹세 〉

– 이현기

가을의 하루가 노을이
새빨갛게 지면서 끝이 난다

노을은 참으로 향기롭고도
아름다운 꽃이라고 나는 생각한다

저 노을이 뜨겁지만 않다면
꿀벌들이 아지랑이처럼 꼬불꼬불
줄을 지어서 잉잉거리며
날아갈 것만 같아진다

저 태양, 아니 저 노을을 보며
산비탈에 걸린 단풍나무처럼
나도 곱게 다시 태어나고 싶다고
눈물을 흘리며
맹세하고 싶어진다

낱말 조각 – 고양이, 풀, 가슴, 강둑, 노을, 피리, 쟈스민 향

〈 나그네 〉

– 정동영

노을이 질 무렵
강둑에서 피리 소리가 들려온다
검은 고양이 한 마리가
가슴속에 남아 있는
주인을 찾아
주인의 쟈스민 향을 찾아
마른 풀을 헤치며
외로이 가고 있다

낱말 조각 – 해바라기, 약속, 찬란한, 유리창, 통통거리다, 구름, 미소, 밤하늘

〈 친구 〉

– 최도혁

밤하늘 어느 날
어릴 적 친구의 찬란한 웃음소리가
종소리처럼 머리에 울린다
공을 가지고 통통거리다
유리창을 깼던 기억이 떠오른다
구름같이 몽실몽실 피어오르는 친구의 미소
언젠가 해바라기 피는 날
그곳에서 만나자던 약속

〈 달뜬 밤 〉

– 이은석

유리창 밖으로
달을 보면서
나는 생각한다

달이 달빛으로
온 세상을 환하게 하듯이
나의 뜨거운 마음으로
온 세상을 환하게 만들겠다고
해바라기도 미소 지으며

〈 달빛이 뜨거운 날에 〉

– 지현수

같이 바라보던
달빛처럼 샛노란 해바라기 꽃잎이
그리워질 테지요

항상 옆에 있던
해바라기 꽃잎처럼 아름다운 그때가
그리워질 테지요

함께 즐기던
그대처럼 아리따운 보석 같은 달빛도
그리워질 테지요

그리워서 밤새워 눈물 흘리던 내 맘을
하늘에 뿌리니 달빛도 해바라기 꽃도
더욱더 그리워만 지네요

유리창 밖을 보니
오늘도 달빛이 뜨거워서
구름은 내 맘처럼 새까맣게 타고 있네요

낱말 조각 – 새벽, 까마득한, 꽃잎, 구름, 찬란한, 물방울, 속삭이며, 살포시, 바람결, 나뭇가지

〈 노을빛 우정 〉

– 박진석

찬란히 비치는
저녁노을이 지나고
새벽이 다가온다
친구여 그립구나
돌다리에 앉아
꽃잎 한 장 한 장 떼며
무지개 바라보던
그 옛 생각 까마득하니
절로 눈물 방울이 흐른다

〈 새벽의 새 〉

– 하종환

새벽에 일어난 어린 새가
찬란하게 하늘을 날려고 한다
어느 새 아침이 지나고
노을이 생길 때
어린 새가 울고 있다
그 눈물방울은
희망의 물방울
어린 새는 까마득한

저 하늘을 날려고
눈물을 머금고 날개를 펼쳐
날아가려고 한다

〈 새벽의 꽃잎 〉

– 김명수

까마득한 새벽에 슬픔을 만나
눈물이 나와
하늘을 쳐다본다

아침에 안개가 피어나니
무지갯빛 꽃들이 꽃잎을 펴고 있다
꽃잎에는 물방울이 찬란한 빛을
뿜어내고 있다

내일도 꽃잎이 필까 하고
꽃과의 약속을 생각한다

낱말 조각 – 봄날, 늦게까지, 약속, 통통거리다, 살포시, 창문가, 찬란한, 웃음 지으며, 별들, 속삭이는

〈 창문 한 짝 〉

– 이동헌

고요한 밤늦게까지
책상머리 앞에 앉아

창문 한 짝 너머
찬란한 별들의 세계로 놀러가지요
봄날 늦게까지
찬란한 빛을 뿜으며
창문가를 밝혀 주는 작은 별들

밤하늘에 살포시
눈 내리듯 내려와
고요한 바람에 통통이는
풀잎과 속삭이다 가네요

고요한 밤늦게까지
밤하늘에 걸터앉아
창문 한 짝 너머
작은 세계로 웃음 짓다 가네요

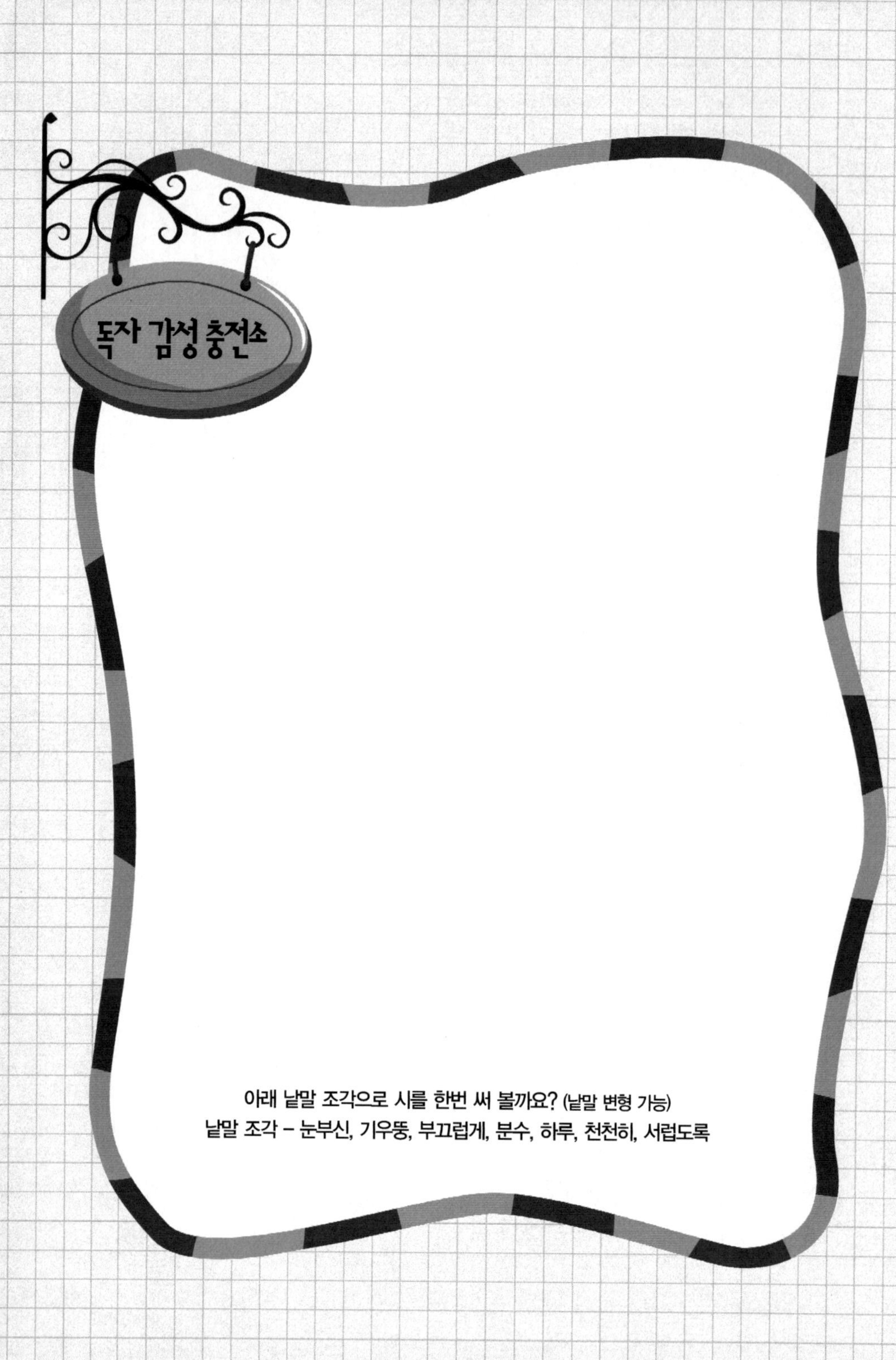

아래 낱말 조각으로 시를 한번 써 볼까요? (낱말 변형 가능)

낱말 조각 – 눈부신, 기우뚱, 부끄럽게, 분수, 하루, 천천히, 서럽도록

3) 오늘의 알짬

알려주고 싶은 지식이나 정보, 시구나 시조 소개, 노래 한 곡 부르기, 애송시 적기, 명언 소개, 나의 좌우명, 들려주고 싶은 이야기, 퀴즈 내기, 글 한 편 읽어주기, 고민 상담하기, 기타 여러 가지 문제

여기는 모든 할 말의 집합소입니다. 온갖 것들이 다 허용되는 시공간입니다. 교탁 앞에 나와서 노래를 한 곡 불러도 좋고, 어제 본 텔레비전 드라마 얘기를 해도 좋습니다. 동생과 싸운 이야기를 해도 좋고, 고민을 털어 놓고 해결책을 찾아달라고 호소하는 것도 좋습니다. 우주에는 끝이 있나 없나 하는 이야기도 좋고, 알쏭달쏭 수수께끼 문제를 내도 좋습니다. 여기는 날것 그대로가 생생하게 전달되는 삶의 활력 충전소입니다.

- 책 속에 (　) 이 있다.
  (　) 안에는 무엇이든지 가능하다.
  길, 교훈, 슬픔, 기쁨, 감동……
  그중에서도 가장 크고 중요한 것은 수박을 먹으면서도 알 수 있는 만물의 진리이다.

- 오징어의 다리 개수는 (10)개다.
  오징어 다리인 것을 서양인들은 이것을 오징어 팔이라고 부른다.
  이것의 생각 차이는?

- 세상아 내가 너를 이기겠다.
  널 꼭 이기겠다.

쓰러지지 않겠다.
꼭 이겨 보이겠다.
나는 나일 뿐이다.
아무리 힘들어도 너를 이겨 보이겠다.

세상아 내가 너를 이기겠다.
아무리 힘들어도
꼭 꼭 꼭 꼭 꼭 꼭 꼭
내가 너를 이겨 보이겠다.

• 시간의 길이는 느낌 + 현실의 길이다.

• 내가 닮은 동물, 나를 닮은 동물은 무엇?
그렇게 생각하는 이유는?

• 진정으로 볼 수 있는 눈을 가진 사람은 모든 것이 새롭고 신기하다.
그 눈을 뜰 때 사람 마음까지도 볼 수 있는 큰 힘을 갖게 된다.

• 세월은 흐르는 물과 같아서 막을 수 없을 바에는 그 물이 잘 흐를 수 있게 튼튼하고 곧은 수로를 만드는 게 낫다.

• 나쁜 사람 = 나뿐인 사람

• 세상에서 가장 어리석은 다섯 가지

1. 종교
2. 진리에 대한 순종
3. 나이 15세가 되도록 사람을 모르는 것
4. 꿈을 접는 것
5. 자살하는 것

• 미쳤다 = 美에 처해 있다.
아름다움이 있는 사람,
아름다움을 창조하는 사람

• 사람은 불완전하다. 그러기에 후회하지만 후회하기에 발전해 나간다.

• 사춘기, 질풍노도의 힘을 잘 관리하자.

• 사춘기는 어른과 아이 사이를 가로지르는 강이다. 아니면 현실 세계와 미지의 세계를 가르는 경계선이다. 여러분 앞에는 사춘기라는 넓고 큰 강이 도도히 흐르고 있다.

• 책을 펼쳤다 덮은 순간, 나는 더 이상 책을 펼치기 전의 내가 아니다.

• (문제) 10층 아파트에 사는 A씨는 내려올 때는 엘리베이터를 타고 내려오고, 올라갈 때는 사방을 두리번거리다가 계단으로 올라간다. 왜?

(답) : 어린애라서 엘리베이터 버튼에 손이 닿지 않음.

• (문제) 강폭이 100미터이고 강변 반대편인 A지점과 B지점의 거리는 300미터이다. 이때 점선 위치를 연결하는 최단거리의 다리는? 단, 사선의 다리는 안 됨

(답) : 다리 길이 100미터, 다리 폭 300미터(시멘트로 폭 넓게 싸 바른다)

• 사람의 마음은 건전지이다. +는 항상 긍정적이고 그 자리에 만족스러워 하지만 −는 모든 것을 부정적이고 빠르게 처리하려고 한다. 하지만 모든 +와 −의 차이는 '마음가짐'이다.

• 기차의 뒷 칸은 앞 칸을 추월할 수 없다.

• 사춘기. 피할 수 없는 길이라면 웃으며 걸어가자.

• 스스로를 매우 좋아하는 사람은 이미 행복의 반을 얻은 것과 같다. 나머지 반은 ?
주위에 있는 모든 것을 사랑하면 된다.

• 인생이란 물에서 수증기로 태어나 구름이라는 학교를 다니고 공기라는 사회에서 어디로 떨어져 내릴 줄 모르는 비로 변해가는 것이다.

• 현재의 태도가 과거를 지배하고 변경시킨다.

• 지혜는 공부와 생각만으로 이루어지는 게 아니다. 잘 참는 것도 지혜다.

• 한 번 참으면 화가 비켜가고, 두 번 참으면 복이 명중한다.

• 몇 번 참아 얻는 것이 없다면, 물질보다 큰 인격이 내 마음에 자라고 있다.

• 송아지 엄마 = A
빡빡머리 스님 = B
남C + 북C = C국
나 + D = 우리
ABCD를 합한 글자는?
(답) : 소중한 너

• 도금한 것은 금방 벗겨지지만 순금은 영원히 벗겨지지 않는다. 진심으로 말하고 성실하게 살아가자.

• 어제 일과 오늘 일이 다른 점이 있다면, 한 쪽은 진짜이고 다른 쪽은 가짜라는 것이다.

• 말뿐이고 실천이 없는 사람은 잡초만 무성한 정원과 같다.

• 친구를 얻는 유일한 방법은 친구가 되는 것이다.

• 천재는 노력이다.

• 세상이 아무리 넓어도 온 세상은 내가 중심이다.

• 자연이 파괴된 꼭 그만큼 인간도 파괴되었다.

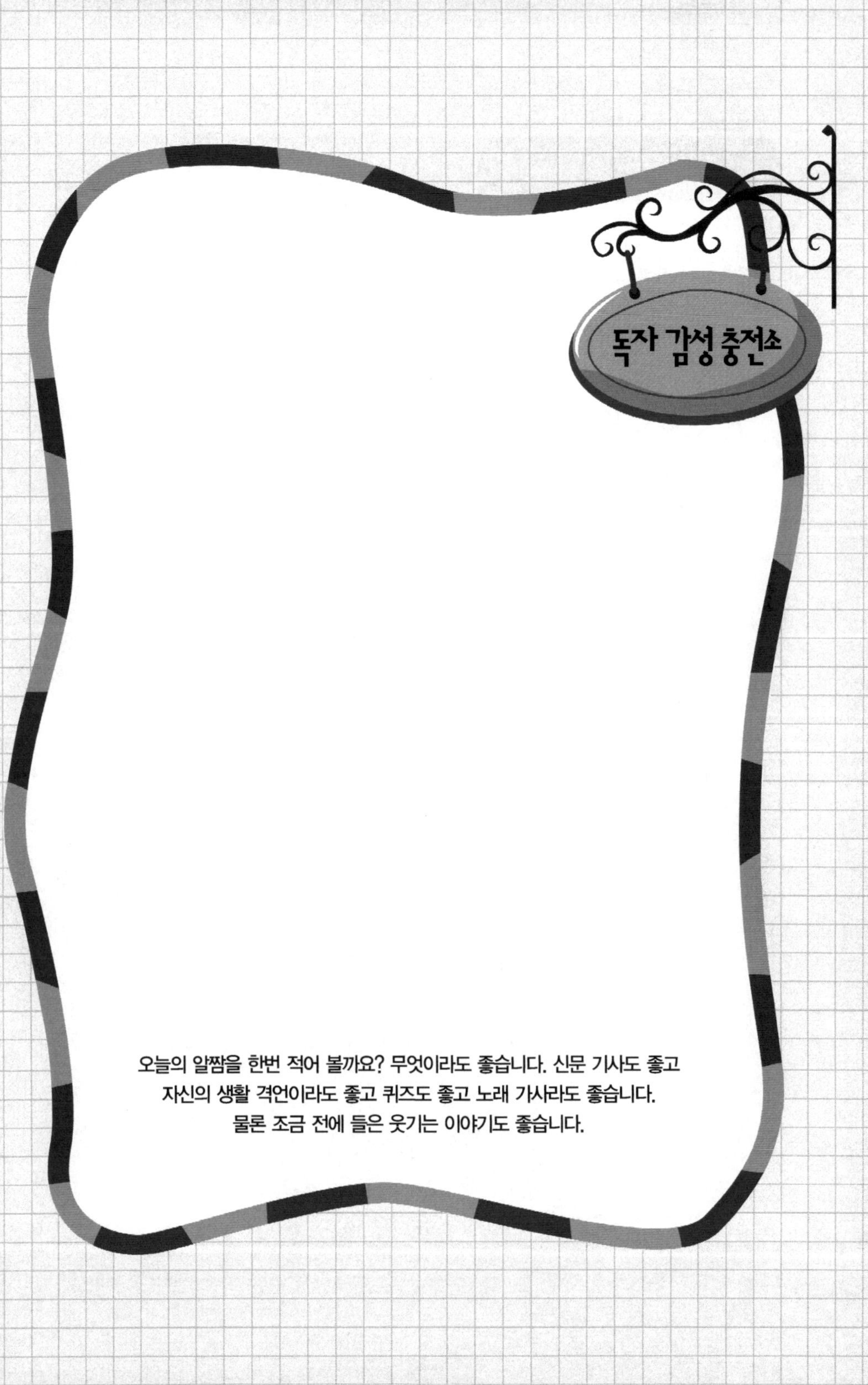

오늘의 알짬을 한번 적어 볼까요? 무엇이라도 좋습니다. 신문 기사도 좋고 자신의 생활 격언이라도 좋고 퀴즈도 좋고 노래 가사라도 좋습니다. 물론 조금 전에 들은 웃기는 이야기도 좋습니다.

7. 열려라 국어

1) 나를 소개하기

여러 가지 다양한 방법으로 자기를 소개하는 시간을 가져 봅니다.

- 내 이름에 담긴 뜻과 이름에 얽힌 이야기
- 별명과 이유(별명이 없는 사람은 자기가 원하는 별명을 쓴다)
- 가족 구성과 가족 집안 분위기
- 나의 특징적인 성격 또는 나의 장점과 단점
- 장래 희망 직업과 선택 이유
- 나의 좌우명(생활 신조) 밝히기
- 나와 친한 친구 소개(이름, 특징, 나와의 특별한 관계 등)
- 내가 가장 아끼는 것 세 가지
- 이름으로 삼행시 짓기
- 나의 인생관을 하나의 낱말로 나타내기

•풍선	•나무늘보	•호박	•계단
•지압판	•마라톤	•시냇물	•자전거
•땀	•농부	•소나무	•사랑

- 이름으로 삼행시 짓기

    •김 – 김이 모락모락 나는 첫사랑을
    준 – 준비되지 않은 채 맞이한다면, 그것은
    호 – 호기심 때문에 하는 장난에 지나지 않는다

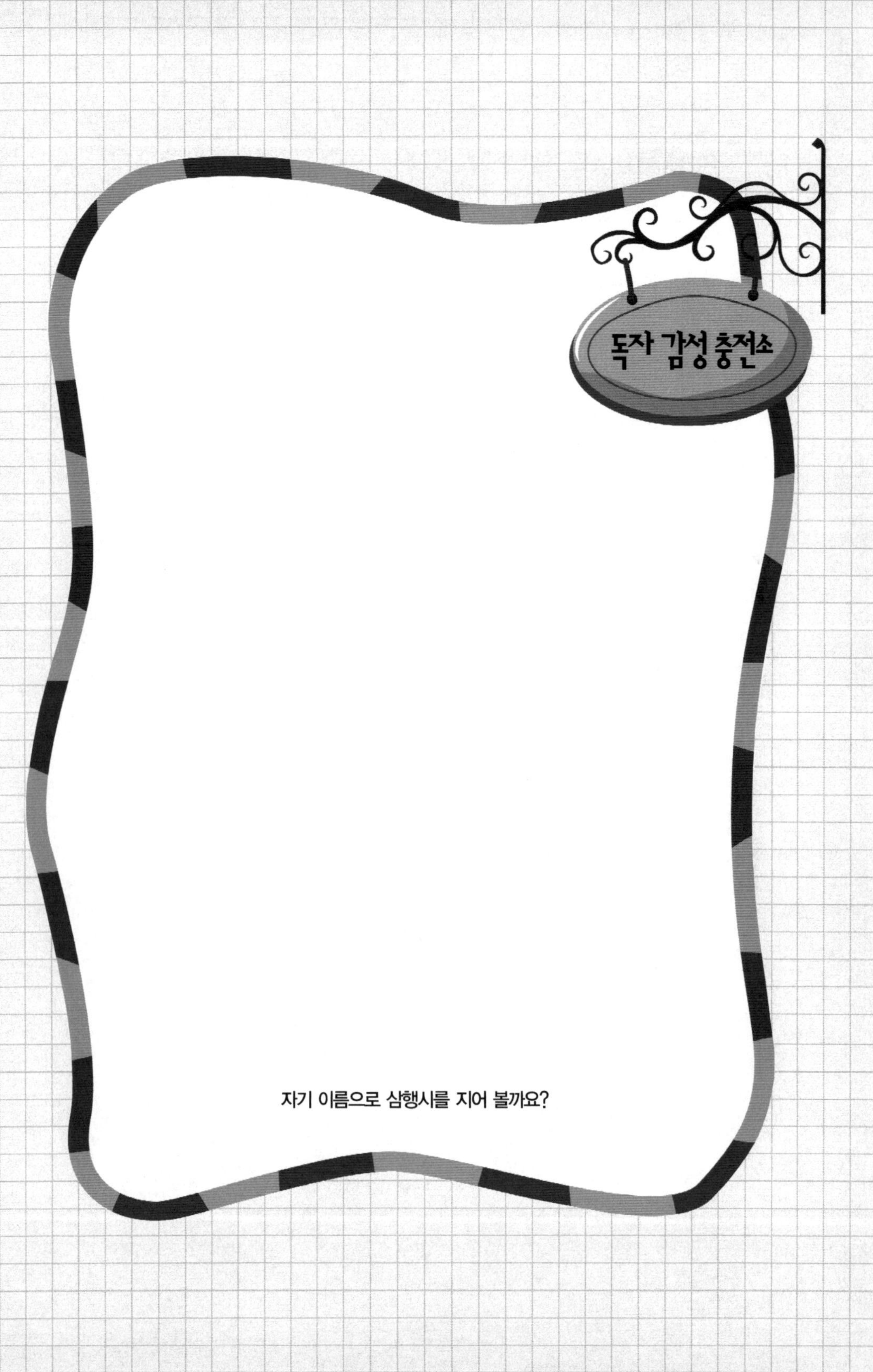
독자 감성 충전소
자기 이름으로 삼행시를 지어 볼까요?

2) 첫 문장으로 소설 쓰기

제시된 첫 문장을 출발선으로 하여 이야기 한 마당을 꾸며 봅시다. 상상력 기르기 훈련입니다. 상상력의 세계는 넓고 크고 깊습니다. 길을 잘 잡아들어 숲 속에 자기만의 오솔길을 한번 만들어 볼까요?

상상력의 세계는 새로운 창조의 세계입니다. 두근두근 새로 열리는…… 그러나 여러분은 창조를 어렵게 생각할 필요가 없습니다. 수많은 것 중에서 하나를 선택하는 것–이것이 창조의 순간입니다. 첫 길을 잘 잡으면 그 순간 새로운 창조가 시작됩니다. 알고 보면 여러분은 일상생활에서도 매순간 창조의 세계를 경험하고 있습니다. 사람의 일생은 선택의 연속으로 꾸며져 있으니까요. 자, 지금 떠오르는 수많은 생각 중에서 하나를 선택하세요. 무엇을 선택하더라도 새로운 창조는 이미 시작되었습니다. 망설이지 말고 선택하세요. 준비됐나요? 자, 각자의 길로 출발~

(첫 문장)

나는 그런 표정을 생전 처음 보는 것처럼 느꼈다.~

아니 뭐랄까, 그래 너무나 친숙해져 있기에 오히려 생전 처음 본 것처럼 느꼈으리라. 그는 그렇게 웃으며 말했다. "잘 있으라"고. 그렇게 웃으며 그는 아침 해에 닿아서 스르륵 흩어지는 별 가루처럼 사라졌다. 아니 사라졌다기보다는 바람에 날리는 모래처럼 그냥 그렇게 바람에 흩트려졌다. 나는 홀로 덩그러니 남아 멍한 눈의 시선을 하늘에 고정시켰다.

털썩 뒤로 허물어졌다. 차가운 바람이 영혼까지 속속들이 훑어갔지만 나는 느끼지도 못했다. 별의 강물이 내 눈 속으로 쏟아져 들어왔다.

– 김상엽

나는 그런 표정을 생전 처음 보는 것처럼 느꼈다.

아니, 처음 보는 것이 맞았다. 눈물범벅이 되어 날 꾸짖는 모습은……

초등학교 2학년 어느 날, 길을 잃었다가 내 힘으로 다시 집으로 돌아온 날이었다. 내가 비를 맞으며 집을 찾아 도착해 보니, 어머니와 아버지는 비를 홀딱 맞은 채 울고 계셨다. 어릴 때부터 인자하시지만 일 때문에 항상 12시 후에나 들어오시고, 일이 바빠서 우릴 돌볼 사이가 없었던 어머니인데, 내가 집으로 돌아오지 않자 걱정이 되셨는지 집에서 엉엉 울고 계셨다.

돌아온 나를 부둥켜 안고 울던 어머니의 얼굴엔 날 찾았다는 기쁨과 아직 슬픔이 섞인 얼굴을 하고서 1시간 동안 우셨다. 그러고 나서 몇 분 만에 표정을 여러 차례 바꾸시며 꾸짖었다. 얼마나 찾았는지 모른다고, 전화를 해야지 않느냐고, 그러면서도 얼굴에는 기쁨만이 흘러 꾸짖는 것이 무엇인가 하고 생각날 정도로 날 대했다. 그만큼 어머니와 아버지가 날 사랑한다는 걸 알게 되니 처음에 길을 잃었을 때 나 자신에 대한 원망까지도, 나 자신이 길을 찾았을 때의 기쁨까지도 사라지고, 한없이 내가 신이라도 된 것 마냥 신나 했었다. 6년이 지난 지금도 그 감정을 이기지 못하고 되씹어 본다.

– 정효수

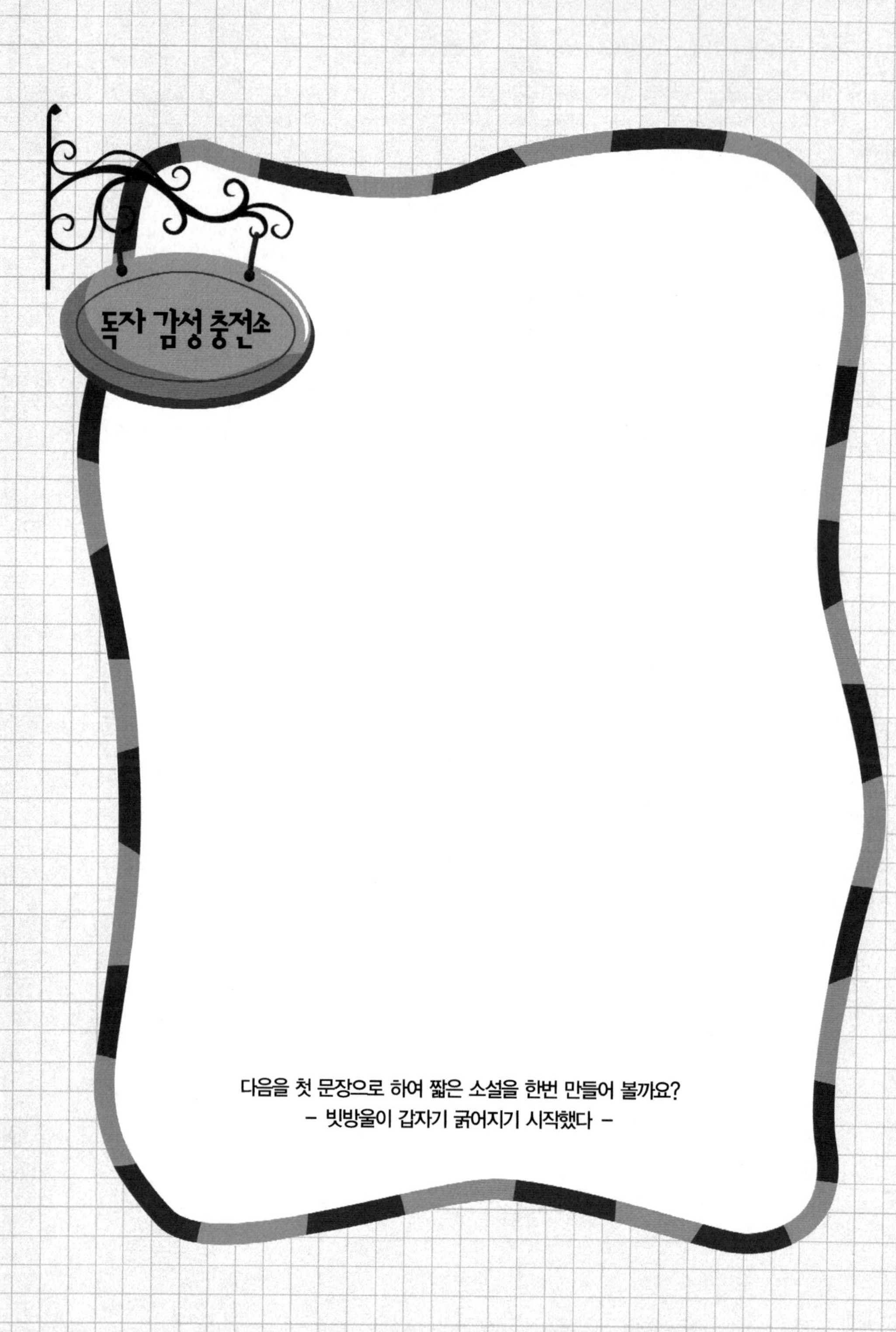

다음을 첫 문장으로 하여 짧은 소설을 한번 만들어 볼까요?

– 빗방울이 갑자기 굵어지기 시작했다 –

3) 비유의 매력

비유의 뜻을 알기 위해 직접 비유를 가지고 표현하는 활동을 해 봅시다. 비유는 'A는 B다'로 표현됩니다. 이때 A는 원관념이고 B는 보조관념이라 하는데, 여기서 중요한 것은 B는 대체로 자연물이거나 구체적 사물이어야 한다는 점입니다. 왜냐하면 보조관념을 구체적 질감을 가진 것으로 내세움으로써 표현 대상은 구체성을 얻게 되고, 생동감과 운동성 그리고 율동감을 얻게 됩니다. ('내 마음은 낙엽'에서 '내 마음'이 A, '낙엽'이 B임)

대상을 비유로 표현할 수 있을 때 비로소 문학예술에 눈을 뜬 것이라 말할 수 있습니다. 비유는 평범을 비범으로, 일상을 예술로 승화시키는 놀라운 예술적 기예입니다. 종교 경전은 대체로 비유로 내용이 채워져 있기도 하지요. 비유는 아름다움이며 놀라움이며 생명이며 감동인 까닭입니다.

그리움은 (   ) 이다.
그리움 = (   )
A   B

- 별을 따려는 사람이다.
  왜냐하면 별을 따는 게 힘들 듯 그리움도 잊기 힘들기 때문이다.
- 부서진 안경이다.
  왜냐하면 자꾸만 그곳으로 생각이 쏠리고 원래 보던 세상이 빈 것 같고, 보게 되면 마음도 부서질 듯 아프기 때문이다.
- 담배 피우는 사람이다.
  왜냐하면 담배 연기가 자기 주변을 휘감으며 맴돌기 때문이다.
- 호수에 떨어지는 돌멩이다.
  그리움의 호수에 잔잔한 파문이 일어난다.

• 한 발자국 모양이다.

한 발자국 모양은 두 발자국 모양보다 외로워 보이기 때문이다.

• 겨울바람이다.

언젠가는 봄바람이 되어 우리 마음을 녹여주기 때문이다.

• 연어이다.

바다로 떠난 후 그리움을 달래려 힘차게 강물을 거스르며 헤엄치기 때문이다.

• 쓴 약이다.

기다릴 때는 씁쓸하지만 찾고 나면 마음의 아픔들이 사라지기 때문이다.

• 늪이다.

한 번 빠지면 헤어 나오기가 힘들다.

• 한쪽 다리가 없는 의자이다.

자꾸 기울어지고 안정되지 않는다.

• 가로등이다.

떠나 있을 때는 불이 꺼져 어둡고 다시 찾아올 때는 가로등 불빛이 켜져 환하기 때문이다.

• 철새이다.

잠시 내 마음에 머물다 떠난다.

• 꺼지지 않는 등대 불빛이다.

빛을 뿜어 그리움의 흔적을 언제까지 비추기 때문이다.

• 못이다.

박을 땐 쉽지만 뺄 때는 힘이 들고 흔적이 남는다.

• 흐르는 강물에 비춰진 내 얼굴이다.

시간이 흘러가는 듯하나 그리움은 영원히 내 마음 한구석을 비추기 때문이다.

- **블랙홀이다.**

생각할수록 더 깊이 빠져든다.

- **우연히 스쳐 들은 노래이다.**

모든 것이 기억은 나지 않지만 가끔 나도 모르게 흥얼거리며 알려고 애쓸수록 더욱 기억이 나지 않는다.

- **깨끗한 생수 속에 떨어뜨린 검은 물감 한 방울이다.**

비록 양은 적지만 언젠가는 전체의 물속으로 섞여드는 검은 물감처럼 내 마음은 그리움으로 물들 것이다.

- **방 안에서 잃어버린 물건들이다.**

왜냐하면 잃어버린 후 잊고 살다가 어느 날 불쑥 이곳저곳에서 나와 무언가를 떠올리게 한다.

- **시계 가게의 멈춘 시계 하나이다.**

왜냐하면 시간이 흐르지만 갑자기 홀로 멈추어 돌아가지 않게 되고, 언젠가 스스로 시간이 흐를 수 있게 된다고 해도 다른 시계와는 다른 시간 속을 살고 있다.

- **필통이다.**

왜냐하면 그리움에는 많은 생각이 들어 있기 때문이다.

친구는 고추잠자리의 겹눈이다.
왜냐하면 ( )

- 같이 있되 경계를 지키기 때문이다.
- 넓은 시야로 길을 잡아주기 때문이다.
- 겹눈이 겹쳐 있듯 항상 붙어 있기 때문이다.

- 마음과 마음이 맞닿는 겹친 부분이 있기 때문이다.
- 한 눈을 감아도 친구는 보인다.
- 이중, 삼중으로 겹쳐져 친구의 나약한 부분을 보호해 준다.
- 겹눈의 한 쪽은 친구의 행복을 찾고 보고 그 행복을 간절히 기원하고, 다른 쪽으로는 친구의 슬픔을 찾고 보고 그것을 위로하기 위해서이다.

고독은 비에 젖은 이삿짐이다.
왜냐하면 (   )

- 누군가가 도와 주어야만 그 차가운 세계에서 빠져나올 수 있으므로.
- 축 늘어진 채 아무 말 없이 누군가 자신을 따뜻한 곳으로 데려갔으면 하기 때문에.
- 누구 하나 보아 주지 않기에.
- 고독 역시 마음의 품속에 내리는 차가운 빗줄기이므로.
- 비 맞은 이삿짐을 정리하기 힘들 듯 마음의 고독도 정리하기 힘겹다.
- 기쁨이 햇빛처럼 찾아와서 고독의 젖은 옷을 마르게 하니까.
- 그 이면에는 젖지 않는 부분이 있듯이 고독 속에는 밝은 깨달음이 있기 때문이다.
- 무엇인가를 기다리게 하고 또 오래 가지고 있을수록 부담스럽기 때문이다.
- 차갑게 얼어붙은 주위를 벗어나기 위해 발버둥치며 어딘가로 흘러가기 때문이다.

슬픔은 금붕어이다.
왜냐하면 (   )

• 금붕어가 어항 속을 휘젓고 다니듯 슬픔도 마음이라는 어항 속을 끊임없이 휘젓고 다니기 때문이다.

사랑하는 마음은 (   )이다.
왜냐하면 (   )

• 반지이다.
왜냐하면 녹아내려 허물어진 적이 있어도 다시 굳어져 모양과 빛깔을 갖추고 사랑의 증표가 되기 때문이다.
• 겨울 나무이다.
온갖 고통과 어려움을 겪어 나가는 한편, 외로움 속에 기다림을 품고 있기 때문이다.
• 골목길 가로등이다.
사랑하는 사람과 나를 밝게 비춰주기 때문이다.
• 시계이다.
멈출 수 없기 때문이다.
• 바람이다.
한 곳에 머물다가 이내 다른 곳으로 옮겨 간다.
• 리코더이다.
리코더를 불 듯 사랑하는 이의 이름을 자꾸 부르고 싶다.
• 휘발유이다.
사랑은 누군가를 끌어당기며 중독될 수도 있고, 활활 타오르는 그 일순간 아니면 오랜 시간이 지나 사라지기 때문이다.

- **칠월칠석에만 놓이는 오작교이다.**

견우와 직녀가 365일 중 하루에 잠시 동안 만나기 위해 1년을 기다리고 참아야 하는 것처럼, 사랑은 참고 참고 또 참아야 이루어질 수 있기 때문이다.

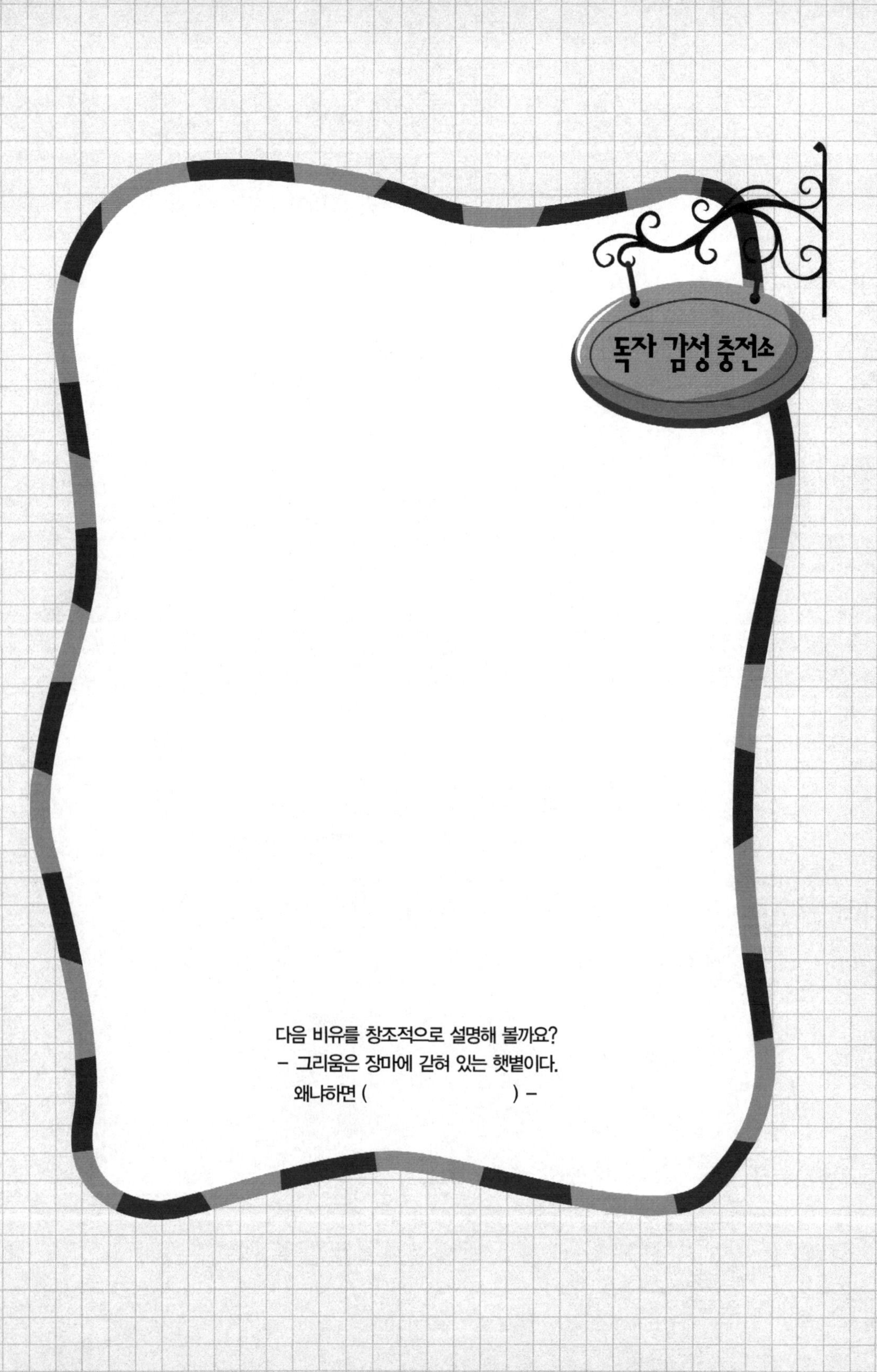
독자 감성 충전소
다음 비유를 창조적으로 설명해 볼까요?
- 그리움은 장마에 갇혀 있는 햇볕이다.
왜냐하면 ( ) -

Ⅱ. 공감의 즐거움을 나누다

문학 창작은 이 세상 행복 체험의 고갱이와 같은 것입니다. 국어 공부는 문학 체험을 통해 감수성 훈련, 정서 교육, 그리고 말랑말랑한 감성 교육을 꽃피웁니다. 자잘한 일상에서도 매양 느꺼워하는 마음이 행복의 씨앗이 될 테지요. 결국 공부가 행복지수를 높여주는 일에 이바지하도록 해야 합니다. 행복한 국어 공부가 행복한 인생을 만들어 줍니다.

수업 시간에 또는 특별한 활동 시간에 함께 해 보는 국어 공부는 모두에게 공감의 즐거움을 나누는 시간이 되었습니다. 우리는 다른 친구들의 발표를 듣고 그의 생각이나 표현과 나의 그것을 비교하면서 생각의 세계가 더욱 넓어지고 깊어지고 풍부하게 변하게 됨을 자못 느끼게 됩니다. 반복의 과정 속에서 비로소 생각의 키가 자라고 감수성이 섬세해지며 행복지수와 창조지수가 부쩍 높아짐을 알게 됩니다. 학생들은 서로가 서로에게 가르침을 주고받는 관계로 발전하게 되는 놀라운 경험을 하게 됩니다.

내가 열심히 해서 하나의 내용을 정리해 발표하면 그것이 자극이 되어 또 다른 친구가 새로운 내용을 정리해서 발표하고, 이런 식으로 해서 공감의 즐거움이 시냇물 흘러가듯 자연스럽게 교실을 흘러가게 됩니다. 이런 일들이 거듭되면서 아이들은 누구보다 행복한 사람이 되어 가며, 저도 모르게 행복하게 사는 법을 익히게 될 것입니다.

공감하고 배려하고 마음을 나누는 일이 인성 교육의 핵심입니다. 민주 시민 의식의 알맹이라 할 것입니다. 길 없는 길을 걸으며 자기만의 길을 만들고, 답 없는 문제에 자기 나름의 답을 마련하면서 주변 이웃과 함께 걸어가는 일—이것이 인생길입니다.

1. 피어라 국어

1) 나만의 한 줄 정의

더덜없이 딱 한 줄로 어떤 것에 대한 정의를 독특하게 내려 봅시다.

'시'를 한 줄로 풀이해 봅시다.

- 시는 고급 오락이다. — 엘리어트
- 시는 인생의 비평이다. — 메슈 아놀드
- 세계는 하나의 시구에 들어가기 위해 존재한다.
  — 말라르메(1842~1898, 프랑스 시인)
- 문장은 經國之大業이다. — 魏나라 文帝

시험

- 시험은 흔들리는 과녁이며, 자신을 비추는 거울이다.
- 시험은 정신력이다. 시험이란 존재를 정신력으로 이겨내야 시험을 상대할 수 있기 때문에.
- 내가 오기를 기다리는 멋진 친구이다.
- 시험은 여드름이다. 억지로 짜내면 아프고 짤 때를 놓치면 곪아 터지듯이 시험 공부에도 적절한 때가 있다.

- 시험 공부는 홀랑 벗은 맨몸으로 등산하는 것과 같다. 한 과목씩 공부할 때마다 속옷과 겉옷, 옷가지가 하나씩 생겨나서 부끄러움이 가려지고, 자신 있게 자신을 세상에 드러낼 수 있게 된다.
- 시험은 미끄럼틀이다. 시험 성적이 떨어지긴 쉬워도 올라가긴 어렵기 때문이다.
- 시험은 로또 복권이다. OMR 카드하고 똑같다.
- 세상이 빡시듯 시험도 빡시다.
- 시험 성공의 비결은 99%의 노력과 1%의 운이다.
- 꼴찌라도 좋다. 다만 최선을 다하자.
- 시험은 맑은 하늘에 갑작스레 몰려오는 먹구름이다.
- 시험 치는 날은 제일 즐거운 휴일이다. ㅋㅋ
- 당신이 처음 숨 쉴 때부터 시험은 이미 시작되었다.
- 최선을 다하는 것이 최고의 답안지이다.
- 시험은 여자의 생리와 같다. 고통스럽지만 주기적으로 겪어야 하는 삶의 과정이다.
- 시험은 약물이다. 짧은 시간 안에 사람을 폐인으로 만든다.
- 시험 친다는 하나의 이유만으로 우리는 그 험난한 벼랑길을 걸어야 한다.
- 시험은 전기 의자다. 의자에 앉으면 몸이 달달달 떨린다.
- 시험은 자신이 지고 가는 무거운 짐이다. 그러나 그 짐의 무게를 정하는 것은 사람의 노력이다.
- 석가탄신일에 국어와 과학 시험을 치는 행위는 크리스마스 때 길거리에서 반야심경을 외는 것과 같다.
- 잠 못 이루게 하는 카페인이다.

- 공부가 음식물이라면 시험은 그 배설물이다.
- 물은 건너봐야 알고 사람은 겪어봐야 알며 시험은 쳐봐야 안다.
- 시험은 살아가기 위한 최소한의 노력이다.
- 시험에서 긴장하지 않으면 정답은 단지 보이지 않는 도시 밤하늘의 별과 같다.
- 겐토(見当)로 맞추었다고 욕하지 마라. 그는 찍어 맞추기 위해 죽을힘을 다하였다.
- 한 번 왔다 사라지는 태풍
- 자신의 삶을 정직하게 평가하는 보고서
- 사람의 한평생을 싣고 가는 짐수레
- 느릿느릿 기어가는 거북이처럼 미쳐 버릴 것 같은 지루함. 거기다 죽음과도 같은 피곤함까지
- 시험지는 나를 상처 내는 종이로 만든 칼이다.
- 행복과 불행을 가져다 주는 거대한 UFO
- 우리는 인생이라는 커다란 시험 속에서 '청소년'이라는 가장 중요한 시험을 치르고 있다.
- 나의 생명을 위협하는 어둠 속의 암살자
- 시험은 절벽이다. 우리는 살기 위해 절벽을 오른다.
- 시험은 온고지신의 실천 여부를 확인하는 마당이다.
- 시험은 언제 터질지 모르는 시한폭탄. 갈수록 시간이 멎는다.
- 시험은 나를 확인시키는 거대한 종이 거울이다.
- 시험은 벼농사다. 공부한 결실을 알 수 있다.
- 시험은 임종을 앞둔 순간과도 같다. 시험 치는 당일이 되면 그동안 허무하게 살아왔던 것이 마치 사람이 죽기 전 모든 인생이 주마등처럼 스쳐가듯이 느껴진다.

- 시험은 염라대왕이다. 천국과 지옥을 결정한다.
- 시험은 보석이다. 늘 반짝이게 하자.
- 시험! 이 한 단어에 희망과 절망을 매다는 학생들이 있다.
- 시험과 시험 결과는 먼 훗날 나의 명함이다.

시

- 시는 하나의 창의적인 생각이며 발명품이다.
- 시는 마음속 적막을 깨는 한 마디 새 울음이다.
- 시의 표현은 만리장성보다 길고 튼튼하다.
- 시 쓰기는 정신 체조이다.
- 시를 읽는 것은 세상의 좋은 책을 다 읽는 것과 같은 즐거움이다.
- 성의 없는 시 쓰기는 다만 하나의 주절거림에 불과하다.
- 생각하지 않는 시 쓰기는 넝마 조각에 글자를 휘갈겨 놓은 것밖에 되지 않는다.
- 시는 소행성과 같다. 갑자기 나타나 큰 감동을 준다.
- 시는 유도와 같다. 말과 생각을 엎어뜨리고 뒤집어 놓고 조르고 메다꽂는다.
- 시는 각종 조미료가 들어 있는 글 중의 불량 식품이다.
- 시는 현실이란 껍질을 깨는, 고통스런 창작의 과정을 거친 종달새이다.
- 시는 햇빛이다. 햇빛이 모든 사물을 비추어 주듯 시는 모든 문학을 비추어 준다.

- 시는 커다란 바윗돌을 자기 생각대로 다듬어 가는 조각품이다.
- 시는 Zip 파일이다.
- 생각을 펴고 펴고 펼쳐 거기에 앉음으로써 내 것으로 만드는 돗자리이다.
- 시는 물과 같다. 무수히 많고 또 미지의 세계이다.
- 생각할수록 더욱 깊이 빠져드는 늪이다.
- 나의 생각을 예쁘게 만들어 주는 마법사
- 또 다른 세상의 또 다른 나
- 시는 꽃밭이다. 아름다우며 여러 독특한 향기가 있다.
- 시는 감정 속에 싹튼 새싹이다.
- 시는 나에게서 악한 감정을 빼앗아 가는 칼 들지 않은 강도이다.
- 시는 감정이란 메마른 우물에 물을 채워 넣는 것
- 시는 구겨진 투명 비닐로 본 세상이다. 흐릿하고 이상하게 보이지만 내가 보고 있는 것은 세상이라는 게 쉬 변하지 않는다는 것이다.
- 장미 백 송이보다 더 아름답고 감동적인 언어 다발
- 시는 먹구름이다. 생각이나 느낌이 먹구름 속에 들어 있다.
- 시인 자신은 한 세계를 새로 만드는 창조자이다.
- 시는 머릿속에 떠오르는 생각을 음악처럼 밖으로 흘려보내는 것이다.
- 시는 걸레이다. 젖은 걸레에서 물을 짜내듯 생각을 풀어낸다.
- 시는 잠과 같다. 편안함을 준다.
- 시는 먼지 속에 파묻힌 창문을 걸레로 닦는 것과 같다.
- 시는 고정관념을 깨는 망치이다.
- 시는 사람을 따뜻하게 덮어주는 감동의 이불이다.

- 시는 트로이의 목마와 같다. 아무도 모르게 내 마음에 들어와 감동을 터뜨린다.
- 시는 벚꽃과 같다. 금방 시작하여 금방 끝나지만 큰 감동을 준다.

독자 감성 충전소

시의 정의를 한 줄로 만들어 볼까요?

2) 나는 ~이다, 비유 30개

비유를 하되 구체성과 현장성이 나타나도록 자세히 써 봅시다. 마치 영화의 한 장면처럼 또는 소설의 한 대목처럼 영상이 떠오를 수 있게끔 구체적인 비유를 하도록 합시다.

- 나는 비 오는 날 배달되는 신문을 감싸주는 비닐 봉지이다.
- 나는 진흙 속에 파묻힌, 갈 곳 없는 100원짜리 동전이다.
- 나는 햇빛을 받으며 무덤 안으로 스며들어 가고 있는 막걸리이다.
- 나는 흰 눈을 보고 좋아라 짖어대는 개의 입 속에 들어간 눈송이다.
- 나는 저 멀리 옛날 고주몽에게 활 쏘는 법을 처음 가르쳐준 사부이다.
- 나는 책 속에 있는 '다'라는 검은 글씨이다.
- 나는 지뢰를 밟고 서 있는 군인의 파들파들 떨리는 왼쪽 손에 잡힌 가족 사진이다.
- 나는 땀에 절어 있는 옷을 아무 말 없이 걸어주는 옷걸이이다.
- 나는 공장의 매연에 숨 막혀 괴로워하는 한 마리의 늙은 파랑새이다.
- 나는 대자연을 조각하는 새들의 울음소리이다.
- 나는 잠든 대지를 감싸주는 황혼의 실없는 웃음이다.
- 나는 바람 길 따라 살며시 내려앉는 참새의 쉼터이다.
- 나는 큰 나무 아래서 혼자 태어난 버섯이다.
- 나는 떨어지는 나뭇잎의 안 보이는 눈물이다.
- 나는 비누 방울에 비친 동그란 세상이다.

- 나는 메아리치는 영혼의 고동이다.
- 나는 옥상 위의 벌거벗은 바람이다.
- 나는 오후와 저녁의 경계선에 걸린 황혼의 불바다이다.
- 나는 의지를 앞서간 본능의 달음질이다.
- 나는 햇빛을 한 번씩 가려주는 큰 구름이다.
- 나는 풀잎을 타는 작은 물방울이다.
- 나는 아무도 들르지 않는 고요한 사찰이다.
- 나는 소나무의 한 개 솔잎이다.

(보기)

'나는 국어 책 속에 있는 '다'라는 검은 글씨이다'를 바탕으로 하여 짧은 시 쓰기

〈 다 〉

– 도민재

나는 국어 책 속에 있는 '다'라는 검은 글씨이다.
나는 주목받지 못하는 글씨이다.
아이들은 내 옆에 늘어선 '했습니'만 본다.
나는 주목받지 못해서 고독하다.

나는 국어 책 속에 있는 '다'라는 검은 글씨이다.
나는 책 속에 무수히 많은 글씨이다.
아이들은 나를 보지 않는다.

하지만 나는 알고 있다.

내가 있음으로써 이 문장이 완벽하다는 것을……

독자 감성 충전소

'나는~이다'로 비유 10개를 한번 만들어 볼까요?
아니, 아니, 많겠군요. 3개만 만들어 봅시다.

3) 나는 ~을(를) 바란다, 비유 30개

- 나는 저 멀리 우뚝한 건물처럼 높고 높은 사람이 되기를 바란다.
- 나는 내가 버린 쓰레기가 빨리 분해되기를 바란다.
- 나는 절벽에 있는 민들레 씨가 넓은 들로 날아가 자리 잡길 바란다.
- 나는 게임만 즐기는 손가락이 열심히 공부해 주기를 바란다.
- 나는 제발 공부에 도가 터서 한 번이라도 일등해 보기를 바란다.
- 나는 쉴 새 없이 돌아가는 시계 초침이 시침과 교대를 하면서 편히 쉬기를 바란다.
- 나는 운동장 사방에 깔린 모래알 하나하나가 주위에 있는 다른 것들과 다른 특별한 것이라고 생각하기를 바란다.
- 나는 도시의 아이들이 과거의 아이들처럼 눈에 샛별이 녹아들기를 바란다.
- 나는 모래 한 알을 옮기고 있는 개미보다 더 행복하기를 바란다.
- 나는 안개꽃이 장미꽃보다 더 찬사받는 시대가 오길 바란다.
- 나는 주위 사람들이 위험하다고 해도 계속하는 고집이 없어지기를 바란다.
- 나는 끊어진 한반도의 허리가 다시 붙기를 바란다.
- 나는 다시 푸른 지구가 되기를 바란다.
- 나는 수채화 물감처럼 모든 일이 조화로워지기를 바란다.
- 나는 달력의 유통기한이 1년 이상이 되기를 바란다.
- 나는 한 번도 만나지 못한 막대자석의 N극과 S극이, 자석이 반으로 쪼개져 만나보기를 바란다.

• 나는 텔레토비들이 다이어트에 성공하기를 바란다.
• 나는 만화 속 사람들이 한 번이라도 바깥 세상에 나오기를 바란다.

독자 감성 충전소

'나는 ~을(를) 바란다'로 10가지를 적어 볼까요?

(보기)

'나는 ~을(를) 바란다'로 시 쓰기

〈 하늘 같은 사람 〉

– 곽성용

나는 하늘 같은 사람이 되기를 바란다
희망을 잃은 사람에게 하늘의 별 같은
용기를 심어줄 수 있는

마음이 검은 사람에게 환한 한낮의 햇빛처럼
따스한 미소를 건네줄 수 있는

삶이 고단한 사람에게 새하얀 구름처럼
자유롭고 푸른 세상을 만들 수 있는

어려운 사람에게 어머니의 손길처럼
사랑으로 품어줄 수 있는

그런 하늘 같은 사람이 되기를
나는 바란다

〈 나는 시계 〉

– 김동철

나는 바란다
전 세계의 시계들이

쉬엄쉬엄 일을 할 수 있기를
나는 바란다
전 세계의 초침이
잠시나마 쉴 수 있기를

나는 바란다
전 세계의 시침이
단 몇 초 몇 분이라도
초침과 바꾸어지기를

나는 바란다
전 세계의 시계가 되어
단 몇 초 몇 분이라도
대신 일을 할 수 있게 되기를

1) 빈 곳 채워 완성하기

빈 곳을 상상력으로 채워 넣는 연습을 통해 감수성을 기르고 정서의 샘터를 맑게 가꾸어 볼까요? 문학 창작 활동은 아이들에게 정서 교육과 감성 교육, 그리고 공감 교육의 근본 토양을 다지는 일에 이바지할 것입니다.

하나의 나뭇잎이 흔들릴 때 (   )

- 우주의 숨결이 스쳐 지나는 것을 보았다.
- 내가 왜 혼자인가를 알았다.
- 나는 나뭇잎의 아름다움을 느꼈다.
- 바람이 말하는 것과 숨쉬는 소리를 들었다.
- 반항하는 나뭇잎이 하나도 없다는 걸 느꼈다.
- 그것이 보잘것없는 나의 몸짓이라고 느꼈다.
- 나의 신념과 꿈들이 함께 흔들리고 있음을 깨달았다.
- 저 나뭇잎을 보며 하찮게 생각했던 나의 인생에 중요한 것들과 사랑의 감정을 찾아보고 느껴보고 되새겨보는 탐험과 추억의 시간을 가졌다.
- 저 멀리 날아가는 풍선의 목표 없는 꿈을 생각했다.
- 쓰레기 더미 속에서 아주 작은 빛의 메아리를 들었다.

독자 감성 충전소

아래 표현에서 빈칸을 채워 볼까요?

먼 바람 소리가 기타 선율로 울릴 때 (   )

사랑의 비밀은 (   ) 이다 / 에 있다

- 얼마만큼 진도가 나가느냐에 달려 있다.
- 흐르는 물에 있다. 의심과 실망의 돌에 부딪혀도 사랑의 물줄기가 크고 강하면 쉽게 지나가기 때문이다.
- 비밀이다. 가르쳐줄 수 없다. 스스로 깨쳐라.
- 안경 도수에 있다. 왜냐하면 초점이 맞지 않으면 시야가 흐릿해지듯이 사랑에 빠지면 정신이 흐려지기 때문이다.

행복의 비밀은 (   )

- 사랑했을 때 혹은 사랑하고 있을 때 다가온다.
- 남에게 인정받는 게 아니라 자신을 스스로 인정하는 것이다.
- 없다. 행복은 비밀스러운 게 아니라 모두에게 개방되어 있는 아름다움이다.
- 사람들 모두가 행복을 공유하고 있기 때문에 누구나 언젠가는 알게 된다.
- 남이 모르는 자신의 마음속에 있다.
- 여유 있고 편안할 때 불을 밝힌다.
- 끝없이 내리는 욕망의 빗줄기에 자신을 흠뻑 적시는 것이다.
- 태극 마크이다. 행복은 피와 땀과 눈물로 만들어지기 때문에.

역사는 (   )이다

- 나에게 보내준 옛 사람의 편지이다.

- 점이다. 감추려 해도 보인다.
- 싸움꾼이다. 늘 논쟁의 한복판에 서 있다.
- 모래사장이다. 파도에 쓸리고 지워지고 새로워진다.
- 별이다. 먼 곳에 있어도 지금 반짝인다.
- 바퀴벌레이다. 오래 살아 남는다.

다음 아래 시의 종장을 채워보자

〈 노을 〉
태양이 파란 물 위에 물감을 풀었다
오늘의 슬픈 이별을 아쉬워하면서
(   )

- 일출의 바알간 빛을 물속으로 던진다.
- 내일을 데려오려고 붉게 붉게 물든다.
- 붉어진 얼굴 그대로 고개를 숙인다.

2) 비유 바꾸기

기존에 있던 비유를 자기 취향대로 비틀어서 다른 비유로 나타내는 활동입니다. 비유가 익숙해지도록 반복 연습하는 게 중요합니다. 비유는 시적 표현의 핵심이며, 문학의 아름다움을 가장 직접적으로 드러내는 장치입니다.

검정 돼지 떼

– 강상기(1946~)

돼지 떼여
돼지 떼여
저 무수한 돼지 떼여
검정 돼지 떼여
서로들 몸을 비벼대면서
비벼대면서
꿈틀꿈틀 기어가는
돼지 떼여

(파도를 돼지 떼로 비유해서 표현한 시)

아래는 학생들이 비유를 바꾸어서 표현한 보기 작품이다.

〈 파도 〉

독립 운동가들의 숨소리가 들려온다
독립 열사들의 울음소리가 들려온다
하아얀 태극기를 들고

하아얀 옷을 입고
하아얀 물결을 만들어
내 가슴속에 밀려온다
점점 밀려온다.

〈 파도 〉

친구들이 친구들이
어깨동무를 하고
앉았다 일어섰다 하며 걸어간다
친구들이 친구들이

독자 감성 충전소

다음 비유를 독자적으로 바꾸어서 표현해 볼까요?

– 바람에 펄럭이는 깃발 –

3) 낱말 조각으로 소설 쓰기

낱말을 몇 개 던져 놓고 그것을 바탕으로 하여 연상의 가지를 펼쳐가며 이야기를 한 편 만들어 봅시다.

낱말 조각 – 우주인, 무지개, 시계, 거울, 선풍기, 전화, 비, 칠판, 달력

〈 지구인이 된 우주인 〉

– 김상철

우주인이 비가 온 뒤 나타나는 무지개를 보기 위해 지구로 왔다. 그 우주인은 지구가 현재 덥다는 것을 알고 선풍기도 가지고 왔다. 그러나 무지개를 보기 전에 시계를 보니, 돌아가야 할 시간이었다. 가려는 순간 칠판에 글을 쓰고 있던 선생님에게 걸리고 말았다. 그래서 전화기 속으로 숨어 들어갔다. 그렇지만 전화를 받는 바람에 들키고 말았다. 그 다음에는 거울에 숨었는데 거울을 보던 사람에게 걸려서 그 우주인은 끝내 지구에서 살게 되었다.

〈 노빈손과 미궁의 크로스로드 〉

– 이동인

내 이름은 노빈손이다. 이름에서 알 수 있듯 빈손이 아니다. 오랜만에 한국에 돌아왔다. 어째서인지 뭘 타기만 하면 이상한 데로 흘러가더군. 도대체 무슨 귀신이 붙었는지……

오랜만에 앞마당에서 낮잠을 잤다. 얼마 후 깨어났다.

처음 보는 배경. 다시 둘러보았다.

몸통이 입술뿐인 엽기적인 우주인이 있었다. 헉, 이게 웬일이래. 난 앞마당에서 자고 있었는데, 그 이상한 우주인이 말하기를,

"어느 날 전화로 신탁이 내려졌어요. 신탁을 해결하기 위해선 빈손 씨가 필요했어요. 빛의 신의 노여움을 사서 빛을 거둬 가고 우릴 이렇게 만들었어요."

칠판에 열심히 써 가며 떠들었다.

"안타깝지만 이미 끌려온 것, 실력 발휘해 봐야지……"

그 외계인이 사는 곳에는 미궁이 있는데 그곳에 있는 무지개 거울을 찾아와야 했다…… 쿵……

'역시' 우려했던 일이 터졌다. 우주선이 추락했다. 운도 없지.

이곳은 미궁…… 여기가 저기 같고 저기가 여기 같았다. 한참을 걸어가다 보니 바람이 불어왔다. 점점 바람이 세지고 있다. 휙~ 거대한 선풍기가 있었다. 헉, 이걸 어째…… 두리번두리번 거리다 보니 전기 코드가 있었다. 전기 코드를 뽑으니까 선풍기가 꺼지면서 새로운 미궁이 만들어졌다. (다음에 계속)

〈 소나기 왕자 이야기 〉

– 김정엽

옛날 아주 먼 옛날 소나기라는 이름을 가진 사람이 있었습니다. 그 사람은 원래 비의 나라에서 살던 왕자였습니다. 그 왕자는 한국이라는 곳에 10년 동안 여행을 온 것입니다. 그러던 어느 날 소나기 왕자가 계곡에서 목욕을 하고 있었습니다. 그런데 목욕을 마치고 옷이 있는 곳으로 가니, 옷과 비의 날개가 없었습니다. 비의 날개가 없으면 다시 비의 나라로 갈 수 없습니다.

그래서 소나기 왕자는 손목에 찼던 시계를 보고 휴대용 전화기로 112분실센터로 전화를 해서 옷과 비의 날개가 없어졌다고 하였습니다. 그런데 분실센터의 사람이 이 세상에 그런 게 어디 있냐며 소나기 왕자에게 마구 고함을 퍼부었습니다. 그날 소나기 왕자는 열 받아서 선풍기를 작동시키고 선풍기 앞에서 바람을 쐬었습니다.

일주일이 지난 어느 날 아침, 비가 많이 와서 소나기 왕자는 입술이 젖어 버렸습니다. 오랜만에 비를 본다며 소나기 왕자는 무척 좋아했습니다. 소나기가 그치자 빨주노초파남보의 아름다운 무지개가 생겨났습니다. 그날 거울로 비에 젖은 자기의 모습을 보자 흐뭇해 하였습니다. 3년이 지나던 어느 날 우연히 비의 날개가 분실센터에 있었습니다. 비의 날개를 찾아서 집으로 갔습니다.

소나기 왕자는 비의 날개를 찾은 나머지 너무 기뻐서 그날을 비의 나라의 공휴일로 만들었고, 그날 파티를 열어 사람들에게 많은 음식을 나누어 주었습니다. 아주 큰 칠판에는 날개옷을 찾아 축하한다는 멘트가 한가득 쌓여 있었습니다.

낱말 조각 – 암탉, 탄생, 저녁, 먹구름, 처녀, 자전거, 꿈, 가로수, 떠드는, 연기,

〈 꿈 〉

– 송천일

저녁이 지나고 새벽녘 굴뚝에서는 벌써부터 연기가 나고 있다. 해가 떠오르며 떠들어대는 저 닭들과 알을 낳은 암탉들. 대개는 우리 가족들의 아침식사가 되지만 가끔씩은 아기 병아리의 탄생을 위해 하루 정도는 먹지 않을 때도 있다. 대략 앞의 내용을 봐서 알겠지만 시골 마을의 가난한 농부의 집이 떠오를 것이다. 어느 날이었다. 며칠 전까지만 해도 먹구름이 잔뜩 끼여 있었는데, 오늘은 웬일인지 화창했다.

오랜만에 날이 좋아 도로가에서 자전거를 타고 있었는데, 웬 누더기 옷을 입고 처녀로 보이는 여자가 나에게로 걸어왔다. 그 처녀는 안색도 좋지 않았으며 며칠을 굶은 듯 얼굴이 광대뼈가 튀어나올 듯해서 보기에 안쓰러웠다. 무슨 일인지는 몰라도 나는 집으로 데려와 어머니의 옷과 먹을 것을 줬다. 일주일 정도 우리 집에서 눌러 살던 그녀의 이름은 알 수 없었지만 처음 봤을 때보다 얼굴에 혈색도 좋아지고 볼 살도 생겨 훨씬 나아졌다.

그녀는 얼마 전에 근처 나라에서 생긴 전쟁터에서 간신히 목숨만 부지하여 살아남고 가족은 모두 잃었다고 한다. 할 수 없이 우리 가족이 되어 함께 살게 되었고, 그녀는 건강을 되찾아 가며 밭일도 도왔다. 세월이 흘러 다음 해 씨를 뿌릴 때 높은 들에 농사를 지으라고 하였다. 그해 마을 홍수가 났을 때 대부분의 농가에서는 침수 피해를 입었다. 다행히 우리 집은 그 피해를 피했다. 다음 해도 그 다음 해도 그녀가 지정한 곳에 농사를 지으니 매해 풍년이었다. 행복한 날들이 계속되던 어느 날 그녀는 사라졌다. 나는 그녀를 찾아 다녔다. 하지만 어디에서도 그녀를 찾아볼 수 없었다. 그녀를 찾는데 지친 나는 물을 마시기 위해 물 컵을 들었다. 한 쪽지가 있었다. 거기에는 놀랄만한 내용이 적혀 있었다.

> 저는 본디 천계에서는 천사였으나 하느님의 노여움을 사 지상으로 내려오게 되었습니다. 하지만 하느님이 절 불쌍히 여겨 저에게 은혜를 베푼 사람에게 은혜를 갚으면 다시 천계로 돌아올 수 있게 하겠다고 하셨습니다. 그래서 저는 당신에게 은혜를 갚고 돌아갑니다.

쪽지를 다 읽은 순간 나는 깨어났다. 모든 것이 꿈이었던 것 같다. 하지만 아주 생생했다. 해는 중천에 떠 있었고 화창한 날씨였다. 나는 꿈인가 생시인가 하며 일하러 갔다.

〈 강아지의 꿈 따윈 필요 없다 〉

– 김재영

어느 날 강아지 한 마리가 태어났다. 종류는 진돗개와 삽살개 사이에서 태어난 잡종견. 이름은 잡종이었다. 이 강아지는 어느 강아지보다 활발하고 어느 강아지보다 착했다. 햇볕이 가득한 어느 날이었다. 잡종이는 여느 때처럼 암탉처럼 떠들고 있었다. 그런데 주변의 순수 혈통 강아지들이 와서 시비를 거는 것이었다.

"너. 잡종이지. 그래서 이름도 잡종이지?"

이 시비 거는 말에 잡종이는 대답할 수 없었다. 그 말은 부정할 수 없는 사실이었기 때문이었다.

하지만 그는 누구보다 싸움을 잘했기 때문에 시비 거는 강아지들을 거뜬히 패주고는 집으로 돌아왔다. 오늘 일을 계기로 그는 꿈이 생겼다. 순수 혈통 강아지들을 꺾고 동네 짱이 되는 것이다. 그 때문에 잡종이는 오늘 저녁에 가로수마다 돌면서 ○을 누며 심하게 영역 표시를 해 나갔다. 하지만 며칠 후 잡종이는 ○냄새 때문에 가마솥으로 들어갔다는 소문만 동네에 나돌았다.

낱말 조각 – 수업, 사춘기, 토요일, 눈물, 유혹, 모자, 그림, 지갑, 콧노래

〈 눈물의 그림 〉

– 류승훈

난 나의 그림에 모든 것을 건 한 젊은이이다. 사춘기 시절부터 외로움에 시달리며 있던 나에게 토요일 미술 시간에 들은 선생님의 칭찬은 날 그림의 유혹에 빠지게 했고, 결국은 아직 잘 알려지지 못하고 그저 먹고 살 수 있을 정도로만 있는 한 화가이다. 모자 속에 감춰진 나의 생각은 모두 그림으로 옮겨졌다.

어느 날 나는 창고 속에 있던 어느 학 그림을 보게 되었다. 학의 눈을 그린 물감이 녹아서 눈물을 흘리는 듯한 그림이 되어 있었다. 왠지 모를 유혹에 나는 그 그림을 대회에 내게 되었고 웬 행운인지 1등을 하여 두터워진 지갑에 절로 콧노래가 나오기까지 하였다. 그런데 사춘기 시절 날 여기까지 있게 해준 학 같던 그 선생님이 돌아가셨다는 소식에 절로 나던 콧노래도 멈추고 슬픔에 빠지게 되었다. 어쩌면 그 그림은 선생님이 나에게 마지막으로 주신 눈물의 선물인지도 모르겠다.

3. 다채로운 글밥들

1) 새로운 연 만들기

기성 시인의 시 작품에서 연 하나를 비워두거나 또는 한 연을 새로 추가하여 시인의 생각과 구상에 사뭇 가까이 다가서는 연습을 한번 해 봅시다. 상상력 훈련, 감수성 연습으로 아주 좋습니다.

(보기) 4연 구성의 시에서 제5연을 만들어 표현하기

이런 벗 하나 있었으면

– 도종환(1954~)

마음이 울적할 때 저녁 강물 같은
벗 하나 있었으면
날이 저무는데 마음 산그리메처럼 어두워 올 때
내 그림자를 안고 조용히 흐르는 강물 같은
친구 하나 있었으면

울리지 않는 악기처럼 마음이 비어 있을 때
낮은 소리로 내게 오는 벗 하나 있었으면
그와 함께 노래가 되어 들에 가득 번지는
벗 하나 있었으면

오늘도 어제처럼 고개를 다 못 넘고 지쳐 있는데
달빛으로 다가와 등을 쓰다듬어 주는
벗 하나 있었으면

그와 함께라면 칠흑 속에서도
다시 먼 길 갈 수 있는
벗 하나 있었으면

〈 학생 작 〉

• 나뭇잎 떨어진 자리에
새 나뭇잎 나는 것처럼
나의 허전한 마음을 채워 주는
벗 하나 있었으면

• 울창한 숲처럼 내 마음이 기쁨으로 가득 차 있을 때
아침 이슬처럼 조용히 내 마음을 울리고 가는
벗 하나 있었으면

• 다리 하나 없는 의자처럼
내 마음 한구석 허전할 때
머리카락 한 올이라도 되려 하는

벗 하나 있었으면

• 연기가 나지 않는 담배처럼 마음이 심란할 때
아침 햇살처럼 다가와 나를 살포시 깨워 주는
벗 하나 있었으면

• 하늘로 우뚝 솟은 대나무처럼
나의 마음에 솟아올라 내가 하는 일을 위해 앞장서 주는
벗 하나 있었으면

• 해가 진 노을처럼 내 마음이 외로울 때
날 향해 쏘는 화살같이 일편단심인
벗 하나 있었으면

• 뜯다 만 칡넝쿨처럼
끊을래야 끊을 수 없는
그런 벗 하나 있었으면

• 기분이 우울할 때
갇혀 있는 스마일을 꺼내 주는 그런

벗 하나 있었으면

• 내 마음이 아플 때 따끔한 주사 같은
벗 하나 있었으면

• 아픈 마음 톡 쏘아
내 마음 환하게 비춰 줄
벗 하나 있었으면

독자 감성 충전소

여러분도 다음 시에서 새로운 연을 하나 지어 볼까요?
– '이런 벗 하나 있었으면' –

2) '가나다 시' 쓰기

'가나다 ~' 차례대로 운자에 맞추어 다행시를 써 봅시다. 이때 다행시는 14행짜리 시가 되며, '가나다 시'는 호흡이 길기 때문에 긴장미를 잃지 않도록 시의 흐름을 잘 잡는 게 중요합니다.

〈 음식 노래 〉

가 : 가오리찜
나 : 나박김치
다 : 다슬기국
라 : 라면
마 : 마늘장아찌
바 : 바나나
사 : 사과
아 : 아몬드
자 : 자장면
차 : 차
카 : 카스테라 빵
타 : 타조알 후라이
파 : 파김치
하 : 하마 고기 등은 다 맛있는 음식이다.

〈 그대여 〉

가 : 가슴속에 묻혀 있던 나의 여러 마음들
나 : 나도 모르게 어느샌가 없어진 듯합니다.

다 : 다 잃어버린 듯한 이 속마음

라 : 라이터 불에 태우면 재가 남듯이

마 : 마음속 그리움의 불꽃 때문에 슬픔의 재만 남는군요.

바 : 바라보는 것만으로 힘을 준 그대여

사 : 사막같이 외로운 땅 속에도

아 : 아름다운 오아시스가 있다는 걸 알려 준 그대여

자 : 자신감을 항상 심어 주었고

차 : 차 한잔처럼 따뜻하고

카 : 카스테라같이 부드럽게

타 : 타악기처럼 내 마음을 두들겼던 그대여

파 : 파도에 내 마음 담긴 편지를 그대에게 보내어 봅니다.

하 : 하늘은 내 마음을 아는지…… 그리움과 슬픔만이 나의 편지의 답장이 되어 파도를 타고 흘러 옵니다.

〈 나는 누구 〉

가 : 가위질 소리에 잠이 깬 나

나 : 나는 누구?

다 : 다락방 음습한 공간 속을 헤매던 나는

라 : 라디오 속 잡음 같은 세상을 살아온 나는

마 : 마음의 고치를 쌓아 온 나는

바 : 바람 부는 대로 시련의 실을 뽑아낸 나는

사 : 사는 이유가 없는 나는 버려진 실뭉치

아 : 소리가 들린다. 가위질 소리가

자 : 자연의 품속에서 눈을 뜨던 나는

차 : 차디찬 바깥 공기를 맡던 나는

카 : 카네이션 향기에 울부짖던 나는
타 : 타악~탁 날개를 펼치는 나는
파 : 파아란 창공을
하 : 하늘하늘 날아다니는 나는 '나비'

〈 내 마음 〉

가 : 가을이 되니
나 : 나의 마음이 고장 난 거 같다.
다 : 다른 사람이 곁에 있어도 고독하다.
라 : 라디오의 노랫소리가 점점 희미해진다.
마 : 마음의 병이 든 것일까, 마음이 겨울
바 : 바다처럼 어둡고 싸늘하다.
사 : 사는 게 힘들다.
아 : 아름다웠던 것들이 하나둘씩 사라져 간다.
자 : 자줏빛 따뜻한 노을도
차 : 차가운 얼음 같다.
카 : 카메라에 담겨 있는 내 과거들이 하나둘
타 : 타들어 간다.
파 : 파인 나무 같은 내 마음을 어떻게
하 : 하면 나아질까?

〈 친구 생각 〉

가 : 가을이 지나기 전
나 : 나의 친구들을 떠올린다.
다 : 다시 보는 개 박사 상준이

라 : 라면처럼 구수하게 생긴 인엽이

마 : 마빡 잘 때리는 인철이

바 : 바지보단 치마가 어울릴 것 같은 지윤이

사 : 사는 게 힘들어 보이는 영훈이

아 : 아주 큰 머리 대현이

자 : 자는 거 좋아하는 용희

차 : 차는 거 잘 하는 영길이

카 : 카메라 특종 용준이

타 : 타인 구타 유발자 태웅이

파 : 파란 세상을 검은 세상으로 바꾸길 원하는 재학이

하 : 하늘에 떠 있는 구름 얼굴이 꼭 친구들을 닮았구나.

〈 선생님 생각 〉

가 : 가을이 되니 이상하게 울 학교 선생님들 생각이 난다.

나 : 나름대로 눈 커 보이려고 노력하는 ○○선생님

다 : 다 쓴 건전지처럼 힘없어 보이는 ○○쌤과

라 : 라이터와 담배 냄새를 언제나 풍기는 ○○선생님

마 : 마음씨 되게 착할 것 같은 목소리를 가진 ○○선생님

바 : 바지를 거의 안 입는 ○○쌤

사 : 사람이 사람 안 같아 보이는 ○○쌤

아 : 아저씨인가 총각인가 잘 모르는 ○○쌤

자 : 자기 건강 때문에 시도 때도 없이 태극권을 하는 ○○쌤

차 : 차 좀 바꾸었으면 하는 ○○쌤

카 : 카메라로 찍어보고 싶은

타 : 타입의 선생님들이 울 학교엔 너무 많다.

파 : 파란만장한 이 가을에

하 : 하품만 나는 이런 생각이, 도대체 왜 날까?

〈 사랑하는 마음 〉

가 : 가지런한 젓가락같이 바꾸고픈 내 마음을 위해

나 : 나는 온갖 힘을 다합니다.

다 : 다 주고픈 내 마음을

라 : 라디오 볼륨을 높인 것처럼 고백하고픈 내

마 : 마음을 당신은 모릅니다.

바 : 바다의 수평선을 바라보듯

사 : 사지가 후들거리는 이유는

아 : 아름다운 당신의 자태를 보고 있기 때문입니다.

자 : 자신에게 거듭 다짐하지만

차 : 차마 말할 수 없어

카 : 카메라에 담긴 당신의 얼굴을 말없이 바라봅니다.

타 : 타이어같이 굴러가는 내 마음을

파 : 파이프같이 깊고 깊은 내 마음을

하 : 하마 당신은 모릅니다.

〈 다짐 〉

가 : 가슴속에 묻힌 꿈을

나 : 나는 이루고 싶다.

다 : 다른 사람이 뭐래도

라 : 라디오의 한 노래처럼

마 : 마음을 다해서

바 : 바라는 꿈을 이룰 것이다.

사 : 사랑하는 가족이 날 지켜보고 있고

아 : 아직 내 꿈을 이룰 시간이 있다.

자 : 자신의 힘으로 이루길 바라는 아버지

차 : 차근차근 이루어지길 바라는 어머니

카 : 카센터에 다녀온 차처럼

타 : 타 넘지 못하는 건 아무것도 없다.

파 : 파란 하늘이 날 지켜보고 있다.

하 : 하늘에 맹세한다. 나 자신과 부모님을 실망시키지 않겠다.

〈 한 줌의 희망 〉

가 : 가느다란 실 한 줄도

나 : 나름대로 길이 있는데

다 : 다양하고 무한하며

라 : 라면같이 꼬불꼬불한 내 길엔

마 : 마지막이 보이지 않는다.

바 : 바로 이 순간을

사 : 사랑하는 이에겐

아 : 아지랑이처럼 피어나는 밝은 미래가 있을 것이니

자 : 자신이 걸어가야 할 이 길을

차 : 차를 타고 편히 가기보다는

카 : 카메라 속에 비춰지는 껍데기를 중시하기보다는

타 : 타인의 마음속에 영원히 남을 수 있는

파 : 파란 한 줌의 희망이 되어

하 : 하늘을 우러러 부끄럽지 않는 삶을 살 테다.

〈 나무 〉

가 : 가지가 나무에 많은 이유는

나 : 나무는 너그럽기 때문이다.

다 : 다 받아주는 착한 나무

라 : 라이터는 무서워하지만

마 : 마음만은 굳센 나무

바 : 바람이 불어도

사 : 사람이 와서 도끼질을 해도

아 : 아랑곳하지 않고 꿋꿋이 서 있는 나무

자 : 자신은 있으나 오만하지 않고

차 : 차갑지도 않은 마음

카 : 카메라 한 폭에다 담을 수 없는 마음

타 : 타악기 음악처럼 부드럽고

파 : 파도처럼 굳센

하 : 하늘만큼 아름다운 나무가 우리 마음속에도 있습니다.

〈 나의 길 〉

가 : 가도 가도 끝이 없는 이 길을

나 : 나는 걸어가고 있네.

다 : 다 왔다 싶으면 또 나타나는 길

라 : 라디오 하나 가지고

마 : 마루에 누워 쉬고 싶기도 하고

바 : 바닷가로 나가서

사 : 사진기 하나 들고 사진도 찍고 싶지만

아 : 아침부터

자 : 자기 전까지 바쁜 이 생활 때문에
차 : 차마 그러지 못하는 나
카 : 카드 한 장에 내 바람 가득 적어
타 : 타오르는 불 속으로 던져
파 : 파란 하늘로 날려 보내고
하 : 하루하루를, 끝이 안 보이는 이 길을 나는 걸어간다.

〈 꿈 〉

가 : 가시 틈에서 피어나는 장미처럼
나 : 나의 마음속에 피어나는 꽃도
다 : 다시 피었으면 좋겠습니다.
라 : 라이터에 타들어 가는 종이처럼
마 : 마음으로 무너져 버렸지만
바 : 바로 지금 이 순간
사 : 사랑하고 행복했던 날들이
아 : 아련히 떠오릅니다.
자 : 자유롭게 저 하늘을 날아다니는 새처럼
차 : 차갑게 얼어붙은 내 마음이
카 : 카스테라같이 부드럽게 녹아
타 : 타오르는 불꽃에서 날개를 펴는 불사조처럼
파 : 파랗고 넓은
하 : 하늘을 날고 싶습니다.

독자 감성 충전소

자기 나름의 멋과 맛을 살려 '가나다 시'를 한번 써 볼까요?

3) 발표 구호 만들기

발표를 색다르게 하고 발표 능력을 향상시키기 위해 발표 구호를 독특하게 만들어서 붙여 보도록 주문해 보겠습니다. 각자 자기 이름 앞에 멋진 구호를 하나씩 만들어 붙여 보세요. 자신의 개성이 잘 드러나도록 하면 금상첨화가 되겠지요.

(보기)

- 생각의 푸른 하늘을 날아다니는 남자 ○○○입니다.
- 세상에서 하나밖에 없는 남자 ○○○입니다.
- 물 같고 산소 같은 남자 ○○○입니다.
- 미래를 위해 웃는 남자 ○○○입니다.
- 야인이 되고픈 사나이 ○○○입니다.
- 가을 향기를 담은 남자 ○○○입니다.
- 순수한 열정을 가지고 노력하자. ○○○입니다.
- 늘 새롭게 생각하는 남자 ○○○입니다.
- 점심시간만 기다리는 못난 남자 ○○○입니다.
- 인생의 한두 수 앞을 보자. ○○○입니다.
- 새벽 이슬 같은 마음을 가지자. ○○○입니다.
- 진리의 혁명을 일으킵시다. ○○○입니다.
- 귀인 ○○○입니다.
- 천상천하 유아독존 ○○○입니다.
- 인생은 자기 표현이다. ○○○입니다.
- 하늘에 닿지 못해도 하늘을 향해 날아가는 새가 되자. ○○○입니다.

- 길가의 돌을 욕하는 사람보다 그 돌을 치우는 사람이 되자. ○○○입니다.
- 수다는 자기만의 낙원으로부터 나오는 것이라고 믿는 ○○○입니다.
- 자신의 심장과 뇌를 보이지 않는 칼로 해부해 보십시오. ○○○입니다.
- 나만의 절대 진리를 간직하고 삽시다. ○○○입니다.
- 마음속의 썩은 종기를 도려내고 새 살을 돋울 자리를 만듭시다. ○○○입니다.
- 상상은 고급 오락이다. ○○○입니다.

독자 감성 충전소

자기를 잘 표현할 수 있는 생활 구호를 한번 만들어 봅시다.
자기의 개성이 한껏 드러나게~

4. 아름다운 국어

1) 공감 표현 – 사물의 꿈

〈 나는 '운동복'입니다 〉

나는 땀으로 찌들린 운동복입니다. 더우면 사람들이 벗어나기도 하고 매일 땀으로 적시는 운동복입니다. 사람들이 나를 냄새난다 하고 멸시하지만 저는 언제나 사람들 몸에 붙어서 즐겁게 있답니다. 저는 사람들의 마음을 알 수 있습니다. 예를 들어 경기 시작 신호로 호루라기를 불기 몇 초 전이 되면 사람들은 설렘으로 땀을 흘리고, 또 늦게까지 놀다가 집에 갔을 때 부모님을 만나면 두려움으로 식은땀을 흘린다는 걸 알 수 있습니다.

운동 뒤에는 언제나 눈살을 찌푸리며 저를 벗어 놓지만 또 운동을 할 때에는 어김없이 저를 찾을 것입니다. 제 주인님은 농구를 즐겨 합니다. 저는 언젠가 주인님 곁에서 우승컵을 안고 멋지게 사진 찍을 때 그 사진 속의 추억으로 영원히 간직되고 싶습니다.

〈 나무의 꿈 〉

– 정현종(1939~)

그 잎새 위에 흘러내리는 햇빛과 입 맞추며
나무는 그의 힘을 꿈꾸고
그 위에 내리는 비와 빰 비비며
나무는 소리 내어 그의 피를 꿈꾸고

가지에 부는 바람의 푸른 힘으로
나무는 자기의 생이 흔들리는 소리를 듣는다

〈 석양의 꿈 〉

노오란 태양 빛도
몸을 숨길 시간

나도 친구 손을 잡고
어제와 같은 길을 걷는다

오늘도 내 친구의
땀방울을 느끼면
비로소 나를 느낀다

〈 봄비의 꿈 〉

지금은 새싹들을 키우는 중이지요. 새싹들은 내 새끼들 같아요. 커가는 모습만 봐도 정말 뿌듯하지요. 나는 시간 시간 흘러 다닙니다. 그래서 많은 사람들을 만나지요. 내가 본 사람들은 이렇습니다. 나를 보고 귀찮아하는 사람들, 나를 보고도 주저하지 않고 뛰어다니는 어린아이들, 집 안에서 커피를 마시며 책도 보고 나도 물끄러미 보는 사람, 자기의 꿈을 위해 노력하는 사람, 특히 나는 꿈을 위해 노력하고 있는 사람들을 보면서 힘을 내라고 응원하며 시원하게 떨어집니다. 여러분도 자신의 꿈을 위해 힘차게 뛰어가세요. 제가 꼭 하늘에서 응원할게요. 앗, 이런 해가 뜨기 시작하네요. 다음에 또 만나요.

〈 단풍나무의 꿈 〉

내가 한창 물이 오를 때입니다. 학교 정문 앞에 서서 아이들이 등교하는 것을 지켜봅니다. 요즘은 어떻게 된 일인지 가을님께서 매년 늦으십니다. 원래는 한 달 전에 찾아오셔서 나와 내 동무들에게 알록달록한 물을 들여 주셔야만 하는데, 요즘은 매년 늦으시네요. 이유는 저도 잘 모르겠어요. 단지 사람들 때문이라는 말밖엔…….

나는 올해로 32살이에요. 나무들에겐 아직은 조금 어린 나이지요. 예전에는 어여쁜 소녀들이 나의 잎을 많이 따 가고는 했는데 요즘은 별로 거들떠보는 사람도 없어요. 그리고 또 달라진 게 있어요. 전에는 정숙하던 저 너머 학교가 요즘은 매우 시끄럽습니다. 감히 입에 올리지 못하는 말을 하기도 하고 듣기 매우 민망한 소리도 해요. 아니 그런 소리가 대부분이죠. 어, 저기 한 무리 아이들이 지나가네요. 벌써 학교가 파한 것일까요? 그런데 한참 후 더 많은 아이들이 우르르 몰려옵니다. 먼저 갔던 아이들은 왜 먼저 가 버렸을까요? 참 궁금하군요.

저에게 꿈이 있다면 내 아이들만은 자연의 품으로 돌려보내고 싶습니다. 숲이라는, 친구가 많은 곳으로……. 학교는 정말 지긋지긋해요. 몇 년 전만 해도 그렇진 않았지만 말이죠. 이젠 썩은 냄새가 나고 입에 올리기 힘든 언어들로 가득 찬 학교를 내 아이들에게 보여주기는 싫습니다.

〈 돌멩이의 꿈 〉

저는 돌멩이입니다. 저의 장기는 물수제비입니다. 사람들은 저를 물속으로 던져 버리지만, 저는 두렵지 않습니다. 물 위를 날 때 잠시나마 기쁨은 말로 표현할 수 없지만…… 사실 말할 수도 없지만 저는 그 기쁨이 있기에 컴컴한 물속도 두렵지 않습니다.

〈 꿈은 입이다 〉

꿈은 입이 있다
하지만 꿈이란 건
말을 못한다

꿈은 언제나 혼자
주절거리기만 할 뿐
나 이외의 누구도
듣지 못할 말만 한다

꿈은 나의 이상
꿈은 나의 바람
꿈은 나의 소망
꿈은 나의 정서

꿈은 이 모든 걸
혼잣말로 주절거릴 뿐
남은 알지 못하는
나만의 꿈일 뿐

꿈은 말하지 못한다
꿈은 벙어리일 뿐
꿈의 혼잣말이 끝날 때

우리의 행복도 종지부를 찍을 뿐……

〈 가로등의 꿈 〉

나는 가로등입니다. 밤만 되면 눈에 불을 켜고 길거리의 한구석을 비추어 주는 가로등. 사람들은 자기가 혼자라고 외롭다고 하지만 저보다 외로운 사람은 존재하기 힘들 거예요. 언제나 어두운 거리에 서서 아래만 내려다보고 제 기분을 아는 사람들은 잘 없을 거예요. 언제나 제 머리 밑은 밝으니까요.

그중에서 제일 많이 보는 사람들의 유형은 뭔가 슬픈 일이 있는 사람들입니다. 제 머리 밑에서 하소연하며 울고 가거나 아예 집을 나와 제 몸에 기대어 잠시 생각하거나 잠들어 버리는 사람들. 나는 비록 능력 없는 가로등이지만 그런 사람들의 마음까지도 밝게 비추어 주고 싶어요.

귀여운 아이들은 밤 골목은 어두운데 가로등이 켜져 있죠. 그러면 그 가로등이 켜져 있는 불 아래로 가로등과 가로등 사이를 뛰어다니며 가로등 밑에만 오면 숨을 고르고 골목을 빠져나가는 아이들의 얼굴에는 밤은 왜 있는 거지 하는 모습이에요. 언제나 전 혼자 있고 외롭지만 사람들이 나의 존재를 알아주는 것이 좋아요. 그런 생각을 할 때마다 저는 혼자가 아니라는 생각이 듭니다.

어둠이 없어졌으면 하는 아이들에게 말하고 싶네요.

"빛이 강하면 강할수록 그림자는 짙어진다."

〈 봄비의 꿈 〉

오랜만에 이렇게 땅에 내려와 보네요. 지난번과는 달리 꽃이 활짝 폈네요. 저번에는 꽃봉오리만 있더니……. 이젠 날씨도 따뜻해지고 사람들도 얇은 옷을 입은 것이 많이 보이네요. 오늘은 어떤 집 창문으로 떨어졌습니다. 창문 너머로 한 아이가 울고 있습니다. 초등학생인 것 같은데 저를 보더니 기뻐하지 않고 울음으로 터뜨리네요. 저도 점점 슬퍼졌습니다. 그 아이 옆에는 예쁘게 싼 도시락, 과자, 음료수가 있었습니다. 아마 저 때문에 소풍을 가지 못해서인가 봅니다. 하늘에서는 제가 내려오면 모두 기뻐할 줄 알았는데 슬퍼하는 사람이 있다니……. 더 슬퍼집니다. 그래서 오늘도 떠나야 할 것 같네요. 해님을 통해 대신 무지개라는 선물을 그 아이에게 남기고 말입니다.

〈 돌멩이의 꿈 〉

나는 신발 밑창에 박혀 있는 작은 돌멩이입니다. 저는 다른 돌과는 다르게 많은 세상을 경험하고 있습니다. 저 혼자만 있는 것이 아니고 옆에도 많은 동료들이 있습니다. 비록 땅바닥밖에 못 보지만 다양한 종류의 바닥을 날마다 봅니다. 가장 많이 보는 것이 아스팔트 바닥이고 그 외에도 시멘트 바닥, 공사장 근처의 철로 된 바닥 등등 많은 바닥들을 봅니다. 이렇게 여행을 하다보면 저의 몸은 뜨거워집니다. 신발 주인도 느끼는지 차가운 물이 있는 곳에서 신발에 물이 새지 않을 정도로만 살짝 신발을 담급니다. 제가 질식하여 죽기 전에 다시 신발을 뺍니다. 사실 돌멩이는 숨을 안 쉽니다. ㅋㅋ. 어느 순간 신발에서 빠져나와 긴 여행은 끝이 납니다.

독자 감성 충전소

사물을 하나 선택하여 그가 하고 싶은 말을 대신 전해 볼까요?
하소연도 좋고 재미난 이야기도 좋고, 시도 좋고,
수필도 좋고 어떤 이야기라도 가능합니다.

2) 비유로 설명하기

사물이나 상황을 설명하되 그것을 비유로 표현하도록 해 봅시다. 비유를 통한 설명은 새로운 시각, 참신한 발상을 가져다 줍니다. 이 작업을 통해 감성지수와 창의지수가 한 단계 올라갈 것임은 형광등 불을 보듯이 환한 일일 테지요.

설명 대상 : 〈 안개 〉

안개는
재능과 수많은 능력이
힘과 천재적인 두뇌가
부옇게 덮여 있는
달마대사의 얼굴이다

– 김기영

안개는
이 세상
어느 집에나
찾아가서
나 몰래
들어가서

사람들의

기분을

바꿔 놓는

도둑고양이이다

– 채수찬

안개는 갑자기 나타나고

안개는 도둑고양이처럼 순식간에 나타나고

안개는 너무 짙으면 사람이 앞을 못 보고

안개는 천천히 없어진다

안개는 갑자기 나타나고 천천히 없어지는

무지개와 같다

– 이민희

안개 낀 조용한 아침

창문이 열린 후의 시원한 바람

나는 조용한 세상에서

눈을 뜬다

하얗고 조용한 세상에서

하얀 안개처럼 내 머릿속은

아무 생각하지 않고

이 하루를 보낸다

– 최수현

헝클어진 일련의 시간
지울 수 있다면
고칠 수 있다면

안개는 산을 지운다
안개는 바다를 지운다
안개는 세상을 지우는 수정펜이다

안개는 지울 수 없다
지울 수 없는 것이 있다

그 속은 안개

– 김두엽

안개는 희미하게 켜진 등불처럼 마치 피어오르는 연기 같은 존재
항상 보일 듯이 말 듯이 희미한 등불이 켜져 있듯
밝지도 않고 어둡지도 않지

안개는 안개는 불청객
오지 말라고 해도 오고
오라고 해도 오는 불청객

– 조형수

독자 감성 충전소

아래 대상을 비유로 설명해 볼까요?
비유는 새로운 시선, 새로운 생각, 새로운 즐거움입니다.
– 달력 –

3) 시조 공부

자유시가 바람이라면 시조는 그 바람에 실려 흐르는 향기입니다. 외국인의 눈으로 볼 때 시조는 한국 문화의 몇 안 되는 매력 덩어리임에 틀림없습니다. 시조의 완결성은 창호지처럼 햇빛과 바람을 받아들입니다. 안개와 바람마저 통과시키는 전통 한지의 은은함—닫힌 듯 열려있는 형식 미학은 시조 문학의 으뜸가는 매력이 아닐 수 없습니다. 시조의 멋은 동양화의 여백입니다.

우리 민족 고유의 정형시로서 많은 사랑을 받아야 함에도 불구하고 시조는 이 시대에 오히려 그 문화적 가치가 자못 낮게 평가되고 있습니다. 이에 분발하여 시조를 공부하고 시조를 직접 창작하여 한국인 고유의 호흡과 신명과 가락을 느껴보는 시간을 가져보는 것은 의미 있고 보람찬 국어 공부가 아닐 수 없습니다.

시조에 대한 간략 설명

1. 명칭 : 우리 민족 고유의 정형시
   '시절가조'의 준말 / 단가 또는 시여
2. 발생 : 고려 중엽에 발생, 고려 말엽에 완성
3. 형식 : 3장 6구 45자 안팎 / 4음보
   (종장 첫마디 3자는 꼭 지킴)
4. 다른 나라의 정형시
   – 일본(와카, 하이쿠)
   – 중국(절구, 율시), 서양(소네트)
5. 시조 작품 보기

태산이 높다 하되 하늘 아래 뫼이로다
오르고 또 오르면 못 오를 리 없건마는
사람이 제 아니 오르고 뫼만 높다 하더라

– 양사언

분꽃

– 이은상

빨강이 노랑이로 어여삐 단장하고
게으른 잠을 자다 저녁밥 지으렬 제
살포시 그 잠을 깨어 방글방글 웃는다

복사꽃

– 정완영

산골짝 외딴집에 복사꽃 혼자 핀다
사립문 열어 놓고 물소리도 열어 놓고
사람은 집 다 비운 채 복사꽃만 혼자 진다

'시조'를 톡톡톡~ 한 줄로 표현해 보자.

- 첫사랑의 느낌이다. 그녀라는 틀에 갇혀 아름다운 향기를 풍긴다.
- 자유시가 청량 음료라면 시조는 분위기 잡으며 마시는 차 한 잔이다.

• 옛 선비들의 고급 오락이다.

• 자유시가 내 맘대로의 요리 음식이라면 시조는 정해진 메뉴에서 골라 먹는 음식이다.

• 옛사람의 슬픔과 기쁨을 노래한 하나의 악보이다.

• 시조는 시냇물이다. 오랜 옛날 역사와 함께 흘러왔다.

〈 거북선 〉

– 정대수

거북인 양 바다 위에 조용히 떠올라
짙은 안개 이른 새벽 적진을 향하노니
적선은 백기 매고서 줄행랑을 친다네

적막한 새벽에 승전고 울리며
승리의 깃을 올리고 다리 못 펴고 자다가
승전고 울리니 두 다리 쭉 펴고 자나니……

〈 갈매기의 꿈 〉

– 이용인

하늘이 높다 하되 내 손 안에 있으리라
날고 또 날면 못 오를리 없건마는
주린 배 채우기 급급하여 오를 생각도 안 하구나

〈 국어 시간 〉

– 김동석

오늘도 찾아온 즐거운 국어 시간

시 쓰기 어려워도 장난쳐선 안 되지
애들아 무슨 짓들 하니 여기는 교실이다

〈 단풍 〉

– 김현식

붉은 빛 가지가지 단풍잎 만발하고
제 평생 붉디붉게 가지 위 지키더니
초겨울 찾아서 들 때 조용하게 떨지리

시를 시조로 표현해 보자.

(보기)
어떤 마을

– 도종환(1954~)

사람들이 착하게 사는지 별들이 많이 떴다
개울물 맑게 흐르는 곳에 마을을 이루고
물바가지에 떠 담던 접동새 소리 별 그림자
그 물로 쌀을 씻어 밥 짓는 냄새 나면
굴뚝 가까이 내려오던
밥티처럼 따스한 별들이 뜬 마을을 지난다

사람들이 순하게 사는지 별들이 참 많이 떴다

〈 마을 〉

사람들이 사는 마을 별들이 많이 떴다
사람들이 착하게 사는지 별들이 많이 떴다
개울물 흐르는 곳에 마을을 이루고

물 떠 담던 바가지에 별 그림자 생겼네
그 물로 밥 짓는 냄새 포근히 내려오면
따스한 고운 별들이 순한 마을을 지켜보네

〈 착한 마을 〉

사람들이 착해서 별들이 많이 떴다
착한 사람 살아서 별들이 많이 떴다
개울물 맑게 흘러서 마을을 이루네

바가지에 물 담아 쌀 씻어 밥 지으면
그 냄새가 따스히 별 마을을 지난다
사람들 순하게 살아 별들이 참 많이 떴다

즐거운 편지

– 황동규(1938~)

1)

내 그대를 생각함은 항상 그대가 앉아 있는 배경에서 해가 지고 바람이 부는 일처럼 사소한 일일 것이나 언젠가 그대가 한없이 괴로움 속을 헤매일 때에 오랫동안 전해 오던 그 사소함으로 그대를 불러 보리라.

2)

진실로 진실로 내가 그대를 사랑하는 까닭은 내 나의 사랑을 한없이 잇닿은 그 기다림으로 바꾸어 버린 데 있었다. 밤이 들면서 골짜기엔 눈이 퍼붓기 시작했다. 내 사랑도 어디쯤에선 반드시 그칠 것을 믿는다. 다만, 그때 내 기다림의 자세를 생각하는 것뿐이다. 그 동안에 눈이 그치고 꽃이 피어나고 낙엽이 떨어지고 또 눈이 퍼붓고 할 것을 믿는다.

〈 눈은 〉

눈은 그치지 않고 내리고 있음에
눈은 마음속에 점점 쌓여 가고 있음에
먼 훗날 눈 그친 후에도 쌓인 눈은 반짝이리

〈 편지 〉

그대를 생각하며 그대를 불러 보네
그대가 남겨둔 건 사랑과 그리움뿐
언젠가 돌아오리라 그리움이 나를 덮네

〈 낮과 밤 〉

그대가 나를 마치 밤처럼 잊어도
나는 그대를 해처럼 바라보리
날마다 아니 잊고서 그대를 생각하리

독자 감성 충전소

아래 시제를 가지고 시조를 한번 지어 볼까요?

– 벚꽃 –

5. 말랑말랑 국어

1) 감성 사전 ③ – 명언 만들기

세계의 명언들과 어깨를 나란히 할 수 있는 멋진 표현을 기대해 봅니다. 깜냥껏 마음이 끌리는 대로 명언을 하나 만들어 봅시다. 진심과 정성이 담긴 말이 곧 명언입니다. 삶의 소박한 진리를 몇 마디 말로 자연스럽게 풀어놓으면 그것이 곧 명언일 테지요.

- **별처럼 서둘지 말고 그리고 쉬지도 말고** – 괴테
- **공상은 지식보다 중요하다.** – 아인슈타인
- **고뇌를 빠져나가 환희에 이른다.** – 베토벤
- **여행은 나의 정신을 되살리는 원리이다.** – 안데르센
- **세월은 사람을 기다리지 않는다.** – 도연명

중학생 톡톡톡~ 명언

〈 책 〉

- 책은 두뇌를 움직이게 하는 연료이다.
- 빵을 보면 배고프지만 책을 보면 배부르다.
- 책은 가장 아름답고 가장 단순하고 가장 놀라운 여행이다.
- 책은 사는 순간의 용기와 펴는 순간의 여유와 읽는 순간의 인내

와 읽은 후의 감동이 있어야만이 책과 가까워질 수 있다.

— 양동훈

- 책이 씨앗이라면 성공은 가을의 수확이다.

— 배정주

- 책에서 나를 찾을 수는 없다. 다만 나에게 가는 길을 발견할 뿐이다.

〈 인생과 포부 〉

- 도전은 끝이 없다. 희망을 가지고 살자.
- 진리는 파도치는 해안선처럼 늘 변한다. 변화에 주목하라.
- 우리는 모두 꽃봉오리다. 자기만의 꽃을 피우자.
- 현실은 빠르게 넘겨지는 책장과 같으며 넘어가는 책장은 우리가 놓여 있는 상황이다.
- 너 자신을 알되 너 자신만 알지 마라.

— 김경섭

- 여자는 모든 남자의 마음을 뒤흔드는 힘센 장사이다.
- 여유를 가지고 시간을 잘 사용하는 자가 진정한 부자이다.
- 여러 계단을 밟고 올라가지 마라. 오히려 넘어질 뿐이다.
- 하나를 배워서 대충 2개를 아는 것보다 하나를 배워 그 하나를 정확히 아는 것이 중요하다.
- 머리를 쓰며 살아가는 세상보다 마음을 쓰며 살아가는 세상이 더 아름답다.
- 희망은 삶의 안내자이다.
- 내일의 태양이 뜬다 하여 모든 걸 내일로 미루지 말라.
- 세상의 걸림돌이 되지 말고 세상의 디딤돌이 되어라.

• 한 번의 약은 산삼이지만 두 번 이상의 약은 독이다.
• 남을 생각해 주는 마음은 만병을 치유하는 약이다.
• 밝은 이웃은 우리를 건강하게 해 주는 약이다.
• 정해진 인생이라면 살 가치가 없다.
우리는 불확실한 미래가 있기에 행복하다.

— 송혜근

• 인생을 목표 없이 반복해 산다는 것은 자신이 만든 미래를 향한 단 하나의 길을 스스로 파괴하는 것과 같고, 목표를 갖고 산다는 것은 확고한 자신의 미래를 손바닥 보듯 사는 것이다.

— 김빛

• 인생의 1/4을 흙먼지를 뚫어가며 힘든 삶을 살아 승리의 깃발을 얻어 인생의 3/4을 금과 보석을 캐어가며 편하게 살 것인가? 인생의 1/4을 금과 보석으로 뒤덮여 멋지게 살고 인생의 3/4을 흙먼지에 휩싸이며 죽어갈 것인가? 공부 시간은 10년이다.

— 김대철

• 후회해 봤자 소용없다는 말이 있지만 후회한다고 이미 늦은 것은 아니다.

— 남상규

• 세상의 가치는 곧 나의 가치이다. 왜냐하면 나를 제외한 세상은 존재할 가치가 없으니까.
• 대자연은 우리를 그저 자신을 먹어가며 살아가는 벌레로 볼 뿐이다.

〈 지식과 지혜 〉

• 지식은 몸이고 지혜는 뇌이다.

- 지식은 연필이고 지혜는 볼펜이다.
- 지식은 지혜를 흉내 내지만 지혜는 지식을 창조한다.
- 지식은 과거이고 지혜는 미래이다.
- 지식은 현실이고 지혜는 상상에 의한 창조이다.
- 지식은 정복할 수 있지만 지혜는 정복할 수 없다.
- 지식은 분침이고 지혜는 시침이다. 지식을 쌓아 지혜를 만들자.
- 지식은 복습이고 지혜는 예습이다.
- 지식이 지구라면 지혜는 우주이다.
- 지식에는 재료와 방법이 있지만 지혜에는 재료만 있다.
- 지식은 머리로 기억하지만 지혜는 몸으로 기억한다.
- 지식은 남의 것을 모방하는 것이고 지혜는 스스로 터득하는 것이다.
- 지식은 즉석식품이고 지혜는 발효 식품이다.
- 지식이 돼지비계라면 지혜는 한우 꽃등심이다.
- 지식은 순간적인 오로라이고 지혜는 늘 뜨거운 태양이다.
- 지식이라는 깃털을 모으면 지혜라는 날개가 생긴다.
- 지식이라는 밥을 잘 먹으면 지혜라는 키가 쑥쑥 큰다.
- 지식은 남에게 훔치는 것이고 지혜는 스스로 창조하는 것이다.
- 지식은 누구나 먹을 수 있는 열매이지만 지혜는 스스로 심어서 키워야 하는 나무이다.

〈 인생 〉

- 인생은 시간을 기록하는 연필이다. 쓰면 쓸수록 닳아 없어지지만 그 흔적은 어디에서나 찾아볼 수 있다.
- 인생을 어렵다 여기지 마라. 자신의 꿈대로 인생을 조각하라.

- 어느 작은 놀이터의 모래판
사정없이 짓밟히고 바람에 흩날리고
비에 젖으며 이따금 고요 속에 묻혀 버린다.
이것이 나의 인생이다.
그러나 흙장난을 하는 어린아이의 동심과
웃음이 있다면 나의 인생은 몇 번이고
'희망'이라는 모래성이 쌓일 것이다.
- 인생이란, 물에서 수증기로 태어나 구름이라는 학교를 다니고 공기라는 사회에서 어디로 떨어져 버릴지 모르는 '비'로 변하는 것이다.
- 인생은 복합 예술이다. 살아가면서 많은 작품을 남기고 가기 때문이다.
- 인생은 끝나지 않은 식사와 같다. 젓가락으로 인생의 몇 안 되는 기회를 집고 숟가락으로 자신이 만든 인생의 추억을 떠먹는 것이다. 그리하여 자신의 기회를 잘 볼 줄 알고 추억을 잘 만들 줄 아는 자가 인생을 맛있게 사는 사람이다.
- 인생은 비밀이다. 가르쳐줄 수 없다. 스스로 깨쳐라.
- 인생은 비 오는 날 비를 맞는 것이다. 하늘에서 내리는 비를 모두 다 피할 수 없듯이 인생에서 시련을 모조리 피한다는 것은 불가능하다. 그러므로 우산을 쓰면서 비를 피하듯이 우리는 인생의 시련을 극복하기 위해서 노력해야 한다.
- 인생은 고장 난 비디오다. 자신의 잘 녹화한 삶이 있었다는 생각과는 달리 후회했던 삶이 더 많지만 되돌릴 수는 없다.
- 인생은 달팽이와 표범이다. 하루하루는 느린 달팽이와 같지만 먼 훗날 돌아 보면, 우리 모두는 표범처럼 달려온 것이다.

• 인생은 바다와 같은 것이다. 용오름처럼 큰 울음을 내며 태어나서 격동하는 파도처럼 열심히 살아가다 웅덩이에 고인 물처럼 알게 모르게 삶을 마감하는 것이다.

• 인생은 애벌레가 허물을 벗는 과정이다. 그 이유는 애벌레처럼 우리 인생에도 시련이 찾아 오는데, 그 시련의 허물을 벗어야만 미래에 아름다운 나비가 되기 때문이다.

• 인생은 동전 쌓기이다. 그 이유는 동전을 쌓으면서 약간 비뚤어진 동전을 바로 잡을 수 있지만, 너무나 많이 삐뚤어진 동전은 나중에 바로 잡으려면 동전이 모두 쓰러지기 때문이다. 인생도 그와 같다.

• 인생은 시험이다. 틀린 답을 되돌아가서 고칠 수 없지만 잘 보완해서 다음 시험의 디딤돌로 삼을 수 있다.

• 인생은 먹구름 속에 잠겨 있다가 환히 얼굴을 내미는 태양과 같으니, 성공의 그날까지 희망을 갖고 노력하자.

• 인생은 미간 사이의 거리이다. 미간이 눈에 보이지 않아 긴 듯하지만 실제로는 짧은 것처럼 인생도 그러하다.

• 인생의 고통을 피하려 마라. 고통 역시 내가 성숙해가야 할 하나의 단계이기 때문에.

• 인생은 흐르는 물이다. 온갖 역경을 겪고서 끝내 바다에 이르고 마는 강물처럼 우리도 흘러간다. 걸어간다. 달려간다.

• 인생은 단 한번이다. 하지만 반전 기회는 여러 번 있다. 기회는 주어지는 것이 아니라 창조하는 것이다.

• 인생은 찬 새벽 나뭇잎의 물방울처럼 흘러 내리기도 하고 한곳에 머무르면서 삶의 의미를 깨달아 가는 과정이다.

• 인생은 불이다. 밝게 빛나든 어둡게 쪼그라들든 일단은 타오르

고 있고 때가 되면 꺼지게 되어 있다.

- 인생은 바다와 같은 것이라서 용오름 파도처럼 살다가 웅덩이 고인 물처럼 남몰래 사라진다.

독자 감성 충전소

지금 이 순간 명언을 한번 만들어 볼까요?
가장 멋진 표현, 가장 세련된 표현이 되게끔 정성과 능력을 다하기 바랍니다.
정성을 쏟을 수 있는 대상이 있다는 게 생활의 행복이고 즐거움입니다.
이 마음을 변함없이 누릴 수 있도록 하는 게
톡톡~감성 여행의 중요한 목적이 되겠지요?

2) 무지개 시 짓기

무지개 색깔로 시를 지어 알록달록 마음을 수놓아 봅시다. 비 갠 뒤의 산천이 더욱더 아름다워 보이듯이 말입니다. 무지개는 우리 식으로는 오색 무지개(청홍흑백황)이며, 서양식으로는 칠색 무지개입니다. 그래서 우리는 칠색 무지개와 오색 무지개를 골고루 섞어서 무지개 시를 지어 보겠습니다. 두 개 중에 하나를 선택해서 시를 지어 볼까요?

빨 – 빨간 하늘에
주 – 주의보가 떨어졌다
노 – 노인들과 주민들이
초 – 초록색 방공호에서
파 – 파랗게 질려
남 – 남편을 애타게 기다린다
보 – 보라색 이불을 덮고 구조를 기다린다

빨 – 빨간 나비가
주 – 주위를 살피면서 기지개를 편다
노 – 노랑나비 친구와 함께
초 – 초록 풀을 지킨다
파 – 파란 꽃과 어울려
남 – 남보다 더 많은 꿀을 모으면서
보 – 보다 힘차고 아름답게 날고 있다

파 — 파란 하늘
빨 — 빨간 태양 아래
까 — 까만 청바지
하 — 하얀 티셔츠를 입은 그녀
노 — 노란 단풍 아래의 첫사랑

파 — 파란 하늘 위로 날아올라
빨 — 빨주노초파남보 칠색 무지개를 보고
까 — 까만 밤이 되자
하 — 하늘엔 반짝이는 별들로 넘쳐나고
노 — 노란 침대에서 잠에 빠져든다

파 — 파랗고 푸른 나의 이름
빨 — 빨간 나의 피
까 — 까만 나의 눈
하 — 하얗고 뽀얀 내 피부
노 — 노란 나의 후드 티

독자 감성 충전소

무지개 시(오행시)를 한번 지어 볼까요?
내 가슴에 무지개가 뜨는지 아닌지 한번 확인해 봅시다.

3) 사계절 시 짓기

사계절을 운자로 하여 한 편의 시를 지어 봅시다.

– 봄, 여름, 가을, 겨울
– 춘(봄), 하(화), 추, 동

춘(봄) – 봄 하늘 아래
하(화) – 화려하게 빛나는 꽃
추 – 추위에서도 꿋꿋하게 서 있는
동 – 동백꽃

춘(봄) – 춘천 닭갈비를 먹으러 갔다
하(화) – 화려한 손놀림이 끝내 주었다
추 – 추석에
동 – 동생들이랑 다시 먹으러 와야겠다

독자 감성 충전소

춘하추동으로 사계절 시를 한번 지어 볼까요?
글자를 살짝 바꾸어 위의 ( ) 안에 있는 글자로 운자를 잡아도 좋습니다.

6. 상쾌한 국어

1) 한 줄 생각 구슬

내가 생각하는 '무엇'이라는 형식의 문장을 한번 써 봅시다. 줄레줄레 많은 생각들을 그냥 내버려둘 게 아니라 오롱조롱 붐비도록 생각 구슬을 예쁘게 만들어 봅시다.

내가 생각하는 (성실한 사람)

- 지루함을 즐거움으로 바꿀 줄 아는 사람
- 작은 일에도 정성과 사랑을 쏟는 사람
- 시간을 쪼개어 잘 이용하는 사람
- 모래와 마른 씨앗 한 개로 자기 마음에 큰 숲을 만드는 사람
- 자신의 일을 긍정적으로 생각하는 사람
- 모든 일에 희망을 가지고 도전적으로 사는 사람
- 귀찮은 마음을 밖으로 드러내지 않는 사람

내가 생각하는 (수업)

- 수업은 조용한 기다림이다.
- 수업은 미래라는 노래를 부르기 위해 우리가 만드는 작곡 과정이다.
- 우리는 수업에 중독되었다. 산소처럼 늘 함께 하지만 그 중요

성을 모른다. 그러나 자신도 모르게 오늘 배운 것을 실천하고 있다.

- 잘 들으면 돈 덩어리, 못 들으면 후회 덩어리
- 규모가 엄청나게 큰 , 미래의 퍼즐 맞추기 게임이다.
- 수업은 종합 선물 세트이다. 한 가지만이 아니라 여러 가지, 이를테면 인간성과 도덕, 예절 등이다.
- 수업은 인생의 밧줄이다. 수업을 게을리 하고 노는 일은 그 밧줄을 놓아버리는 것과 같다.
- 수업과 싸워라. 그리고 이겨라.
- 수업은 침대가 아니라 인쇄기이다. 지금 나는 10년 후의 내 명함을 만드는 중이다.
- 수업을 즐겨라. 즐기는 자만이 살아남을 수 있다.
- 수업은 결승전이다. 이기면 자유롭기 때문이다.
- 수업시간에 겪는 고통과 즐거움이나 온갖 감정은 우리 미래의 그것과 일치한다.
- 수업의 방향은 자기 자신이 선택한다. 그리고 그 선택의 끝에는 선생님이 아니라 자신이 서 있다.
- 수업의 성패는 무조건의 입력이 아니라, 자신의 창조적 선택과 편집에 달려 있다.
- 수업은 미로 속을 탐험하여 자기 길을 찾아내는 과정이다.
- 수업은 어둠 속이다. 어둠이 빛에 가려지듯이 수업은 지루함 속에 배움이 숨겨져 있다.

내가 생각하는 (통일)

- 통일은 세상에서 가장 큰 가정을 만드는 일이다.
- 통일은 눈물이다. 이산가족의 눈물로 이루어진다.
- 통일은 하늘이다. 하늘은 올라가기 어렵고 통일은 어렵다.
- 통일은 우리 민족이 함께 풀어가야 할 가장 큰 숙제이다.
- 통일은 땅이 하나 되는 것이 아니라 마음이 하나되는 것이다.

내가 생각하는 (학교)

- 학교는 문제의 답을 가르치는 곳이 아니라 문제 풀이 과정을 보여주는 곳이다.
- 학교는 현미경으로 확대해서 보는 천 원짜리 연습장이다.
  거기서 우리는 인생의 기본을 배우고 사회 생활을 연습한다.
- 학교는 선생님이라는 두뇌와 학생이라는 심장의 조화로 살아가는 하나의 생명체이다.
- 학교는 갈림길에서 바른 길을 찾도록 도와주는 표지판이다.
- 학교는 시냇물이며 우리는 그 속에서 노니는 어린 물고기이다.
  우리는 시냇가에서 어린 시절을 보내고 그 다음 강으로…… 그 다음 더 큰 사회인 바다로 나간다.
- 학교에서 배우는 여러 과목은 제 나름의 목표가 있으며, 그것은 조화로운 인간을 만들기 위함이다.
- 학교는 사회라는 큰 세상으로 가기 위해 신는 신발이다.
- 학교는 공부방이 아니라 사회 적응력을 키우는 헬스클럽이다.
- 학교는 진종일 들들 볶는 산꼭대기 위의 새 둥우리이다.
- 사회의 낙오자들을 생산하는 곳이다.

- 밥 먹으러 오는 사람이 많다.
- 학교는 우주의 티끌이다.
- 학교는 돈 조금 내고 밥 주고 잠자리도 주고 시간도 때울 수 있고 화장실도 있는 값싼 호텔이다.
- 학교는 자신의 최대치를 발견하고 높여주는 곳이다.

내가 생각하는 (공부)

- 삶의 되새김질 훈련
- 미래를 위한 현재의 최대의 노력
- 감옥 안으로 밀어 넣는 경찰관
- 보이지 않는 계급을 나누는 가장 흔한 수단
- 나 자신을 나타낼 수 있는 가장 좋은 방법
- 나의 미래를 조종하는 비행사
- 모든 학생들에게 공평하게 주어지는 성공의 수단
- 죽기 전까지 받는 벌
- '나'라는 지도를 완성해 가는 모험
- 작은 노력으로 큰 결실을 얻는 것
- 공부하다 쉴 때는 간단한 운동이 좋다.
- 억지 공부는 하지 말고 자연스럽게 공부하자.
- 암기 과목은 폴더 형식으로 요약, 정리한다. 소제목, 주요 개념, 핵심 용어를 중심으로 정리한다.
- 목표를 세워 공부한다.
- 단 10분을 공부하더라도 잡생각을 버리고 집중한다.
- 암기 과목은 자기만의 비밀 노트를 만들어 요약, 정리한다.

독자 감성 충전소

다음 소재로 한 줄 생각 구슬을 지어 볼까요?

– 내가 생각하는 (가족) –

2) 국어 공부를 잘 하는 방법

국어 공부를 잘 하는 방법을 한 번 정리해 봅시다. 실천하기 힘든 내용도 발표와 정리가 가능합니다. 왜냐하면 이것은 순전히 공부에 도움을 받고자 하는 연습이니까요.

- 국어 시험은 책 속에, 그리고 글 속에 답이 있으니 책을 주의 깊게 읽는다.
- 어떤 낱말이나 문장이 자신의 무엇인가를 자극하면, 글자가 생소해질 정도로 되풀이해서 읽고 말하고 써 본다.
- 책을 읽으며 자기 삶을 돌아보고 읽은 끝에는 촌평을 달아 자기 생각을 정리하고 가다듬는다.
- '표'는 사각형이라는 고정관념을 깨라. 자기 개성대로 표를 만들고 필요할 때마다 활용해라.
- 항상 생각에 투자하여 아날로그의 낡은 틀을 디지털의 물결로 바꾸어야 한다.
- 까도 까도 나오는 양파 속처럼 생각 안에 또 생각을 키워 단단한 심지를 만들어야 한다.
- 국어 책의 미로를 탐험하여 삶의 재미와 감동을 맛보아라.
- 글을 읽을 때마다 자기 생각을 반영한다.
- '보편적, 올바른'이라는 말을 없앤다. 사람들이 시를 보고 보편적으로 어렵다느니 하는 생각을 반대로 돌려 다르게 보는 게 좋지 않을까?
- 자연과 인간과 사회 속에서 직접 체험, 자기 느낌을 소중하게 느끼자.

- 국어 공부는 모든 공부의 꽃이다. 느끼자. 표현하자. 소통하자.
- 남의 발표를 귀 기울여 잘 듣는다.
- 책을 많이 읽는다. 닥치는 대로. 그리고 국어 책의 내용을 요약 정리한다.
- 국어 책을 한 20번쯤 읽는다.
- 독서를 열심히 하여 자기 생각을 깊게 가다듬고 토론이나 발표에 적극 참여하여 비판하고 반박하여 되먹임하는 힘을 기른다.
- 교과서 본문 날개 글에 답을 해가면서 읽어보고 모르는 낱말이 나오면 반드시 전자사전에서 찾아 정리한다.
- 교과서 글을 주의 깊게 읽고 자기 생각과 의문점을 적어 친구나 선생님께 물어본다.
- 무엇이든 읽어라. 읽으면 읽을수록 요령이 는다.
- 글을 읽을 때 '왜'라는 말을 집어넣어 자신의 의견을 집어 보아라.
- 이야기를 머릿속 그림으로 만들어 이해를 분명히 한다.
- 생각의 틀을 깨고 여러 각도의 시선을 가지려고 힘쓴다.
- 책을 읽고 나름대로 비평을 해본다. 그러면 책의 내용이 더욱 또렷이 이해되고 자기 생각이 밝아진다.
- 문장 하나하나에 내포된 의미를 쥐어짜내라. 마치 어머니가 녹즙 한 방울이라도 더 짜내려는 듯이 그 의미를 생각해보고 내 것으로 소화해야 한다. 반드시 자신의 생각으로 정리하는 것을 잊지 않는다.

독자 감성 충전소

'국어 공부를 잘 하는 방법'을 한번 적어 볼까요?
현실적이든 이상적이든 실현 불가능하든, 가리지 말고 일단 적는 게 중요합니다.
새로운 생각이 열릴 수 있도록 말이죠.
이 문제에는 정답이 없지만 모든 답변이 또한 정답이기도 합니다.

3) 언어유희 – 재미난 발음

재미난 발음이나 유머를 모아서 함께 나누어 보는 시간을 한번 가져 봅시다. 아마도 행복감이 가슴 깊은 곳에서 밀려올 것입니다.

- 저 기린 그린 그림은 암 기린 그린 그림이냐 숫 기린 그린 그림이냐?
- 마당에 널린 저 콩깍지는 깐 콩 콩깍지냐 안 깐 콩 콩깍지냐?
- 간장 공장 공장장은 강공장장이고, 된장 공장 공장장은 장공장장이다.
- 소주 좀 주소 (앞뒤 같은 소리 찾아서 적기)

독자 감성 충전소

내가 알고 있는 재미난 언어유희를 한번 적어 볼까요?
이런 걸 하나하나 모아서 사람들과 주고받는 기회를 자주 가진다면,
우리의 일상이 저절로 즐거워지겠지요?

7. 중학생 작가

1) 소설에 도전하다

늑대전

– 이하늘(중1)

때는 늦가을이었다.

시린 바람이 불어 움츠러든 몸처럼 풍요롭던 마음도 조금씩 움츠러들고 있었다. 여유롭게 넓게 펼쳐졌던 노을빛 파스텔 하늘엔 낮게 깔린 초라한 겨울이 조금씩 물들고 있었고 산과 들 역시 차츰 겨울옷으로 갈아입고 있었다.

저 만치서 검은 염소 두 마리가 돌부리를 차며 언덕을 올라온다. 언덕 아래로는 금색 장관을 이루었을 논과 밭이 누런 볏짚을 덮고 누워 있었고 언덕을 따라 자갈이 가득 넘치는 좁은 시냇물이 차가울 만큼 맑게 흐르고 있었다. 그리 추운 날씨는 아니었지만 흰 수염을 길게 늘어뜨린 염소의 입김에서 설익은 서리가 피어올랐다. 삶이 힘든 겐가 아니면 몸이 힘든 겐가. 저 한 줌의 입김에서 뜨거운 몸속의 고뇌가 느껴진다.

쩔룩거리며 뒤를 쫓는 어린염소 눈망울에 슬피 서린 눈물은 차가운 바람결에 얼어 가시로 떨어지고 언덕을 따라 졸졸 흐르는 냇물은 냉정한 웃음소리만 흘리누나…… 저리도 서러운 눈물 잠시라도 달래주려 잠시라도 멎어줄만 하건만, 냉정한 저 웃음소리 끊이질 않는구나. 한잎 두잎 떨어지는 녹슨 나뭇잎들이 영화 속의 단편처럼 흩뿌려졌다. 언제나 낙엽은 떨어지고 언제나

처럼 소수 사람들의 심리를 흔들어 놓았다. 허나 머지않아 낙엽은 썩어갈 것이고 머지않아 사람들은 잊어갈 것이다. 지금 이 순간을 그리고 지금 이 모든 것을…… 떨어지던 낙엽은 아련한 가을에 기억으로 마음을 흔들어 놓았지만 뒤돌아서면 낙엽은 떨어져 버린 휴지조각처럼 아무 감흥도 주지 못한다. 떨어지는 낙엽과 떨어져 버린 낙엽의 차이 또한 나뒹구는 낙엽의 차이는 무엇인가.

바람에 흔들리는 가을 들녘만이 평화로움으로 눈속임을 하는구나. 가을빛 언덕을 오르던 염소들 눈앞엔 늑대 한 마리가 서 있다. 우락부락한 모습은 아니더라도 날카로운 이빨은 날이 번뜩이는 한 자루 칼처럼 위용을 뽐낸다. 늑대의 표정은 무표정하다. 언제나 했던 일처럼 늑대는 자기가 할일을 하고자 하겠다는 뜻이다. 흰 수염의 늙은 염소가 부들부들 떨고 있는 어린 젤룩이 염소 앞을 지키며 섰다. 늙은 염소는 떨림이 없었다. 무표정한 늑대보다도 더욱 무표정한 표정으로 말을 던졌다.

"무슨 볼일이신가."

자신의 목숨을 쥐고 있는 사신 같은 존재에게 어떻게 저런 여유가 나올 수 있을까? 늑대의 무표정엔 섬광처럼 스치는 이빨이 번뜩였다.

"무슨 연유로 하늘같이 고귀하신 분이 이런 외간까지 나와 계신지요, 라고 물어야지! 이 버릇없는 쭈그렁탱이 할배 놈아!"

늙은 염소는 자신의 처지는 생각지도 않은 듯 알 수 없는 웃음만 보였다. 늙은 염소는 자신이 아무리 늙었다 해도 젊은 늑대에게 대접받을 수 없는 절대관계를 망각한 듯했다. 노예와 주인과의 관계처럼 자신은 먹이의 자세로 살아야 하고 언제든 주인이 원하면 목숨을 내주어야 하는 절대관계. 자신은 그 절대관계의 하급계층에 있다는 것을 잊은 듯했다.

"그래, 무슨 연유로 하늘같이 고귀하신 분이 이런 외간까지 나오게 되신 겐가."

염소는 늑대를 어린아이 다루듯 부드럽게 말했다.

'그렇게 고귀하신 분이 뭣 하러 이런 변두리에 까지 어슬렁대며 나왔느냐' 하는 비웃음이 섞여 있었지만 듣는 이로 하여금 그런 뜻이 숨어있는지조차 알 수 없을 정도로 온화한 말투였다. 그래서 멍청한 늑대는 알 길이 없었다. 다만 마지막 부분이 높임말이 아닌 것 같은 거슬림뿐. 약간의 비위가 거슬린 늑대의 표정이 일그러졌다.

"이 몸이 몹시 배가 고픈 터에 마침 네놈들이 이곳을 지나가 주더구나. 너희 같은 놈들을 발톱부터 산채로 오그작 오그작 씹어 먹어주러 내려오셨단다. 크흐흐흐"

처음의 무표정하던 표정은 간데없고 흉측한 얼굴을 드러내며 으르릉 거리자 어린염소는 왜 무서운지도 모르면서 떨고 있었다. 그저 본능에 의해 전해져 오는 무서움 때문인지 공포를 못 이겨 오줌을 지렸다.

가을빛으로 물든 벼 이삭처럼 오줌 역시 가을빛이었다. 심오한 이치다. 가을에만 가을빛이 성립이 되는…… 어린 염소의 눈을 걱정스레 가리며 늙은 염소가 또 다시 점잖게 말했다.

"어찌하여 고귀하신 존재께서 한낱 염소 따위로 배를 채우려 드는 겐가? 이, 늙은이는 가죽만 남아 질겅거리는 칡뿌리만도 못하고 이 어린 것은 보시

다시피 뼈다귀밖에 없질 않나. 고귀하신 입에 우리 같은 천한 음식은 어울리질 않는다네."

늑대는 염소의 말이 간교한 말솜씨로 자신 목숨이나 연명하려는 것으로 보였다. 늑대의 얼굴에 비웃음이 어렸다.

"나이 좀 처먹었다는 염소가 말 같지도 않은 말로 나를 꾀려 드는 거냐? 나를 우습게 본 모양이구나. 크흐흐흐 그래 어디 말장난 짓거리 좀 더 구경해 보자꾸나. 고귀하신 입에 천한 것 따윈 어울리지 않는다 했더냐? 천하고 귀하고 간에 먹으면 배가 부르다는 것은 당연한 이치 아니더냐! 크흐흐…… 가죽만 남았든 뼈만 남았든 난 네 녀석들 털 한 오라기 하나 남기지 않고 먹어 버릴 테다."

늑대는 의기양양했다. 먹을 것을 앞에 두고 잠시나마의 유희를 즐기고 있다. 유희란 돈이든 권력이든 간에 가진 자만의 여유이리라. 늑대만의 여유로운 시간을 낙엽 쪼가리 하나가 빙글 가르면서 떨어졌다. 가을빛 산세에 가을빛 늑대라…… 어울리지 않을 듯하면서도 어울리는 구나. 다시금 늙은 염소가 입을 열었다.

"허허…… 늑대 선생…… 하나는 알고 둘은 모르는구려. 선생 말처럼 무엇을 먹든 간에 배가 부른 것은 마찬가지일세. 먹으면 또 다시 변으로 나온다는 것 역시 당연한 이치이고. 그렇게 보자면 먹어도 늙어 죽고 먹지 않아도 굶어 죽는다네. 결국 죽는다는 것은 변치 않는 진리 아닌가! 죽는다는 것은 어떤 동물이고 당연한 것인데 자네는 어찌하여 그렇게 먹는 것에 연연하는가!"

늑대는 당황했다. 한번도 생각지 않아 본 문제에 봉착한 것이다. 먹어도 죽고 먹지 않아도 죽는다. 당연한 이치다. 자신은 왜 먹으려고 기를 쓰는가! 어차피 죽으면 그만인 것을…… 늑대는 염소의 교묘한 화술에 걸려버린 듯했다. 늑대는 배가 고플 뿐이었지만 염소는 늑대가 배가 고프다 보면 결국 죽는다는 것을 생각하게 만들었다. 배가 고파서 먹으려던 것을 죽지 않기 위해 먹으려는 것으로 인식을 바꿔 버린 것이다. 거기서 끝난 것이 아니다. 당연지사 살려면 먹어야 하는 것이었지만 염소의 질문은 왜 살려고 하는지, 왜 먹어야 하는지를 늑대가 생각지도 못하게 삶에 대한 모두가 부질없음을 염소 자신이 미리 이유를 없애 버리곤 묻는 질문이었다. 먹어도 죽고 안 먹어도 죽는다. 그런데 왜 먹는 것에 연연하는가? 가진 자의 여유를 부리던 늑대의 얼굴이 일그러졌다.

"그러는 네놈은 먹어도 죽고 먹지 않아도 죽는데 왜 풀을 뜯어 처먹는게냐?"

말도 안 되는 소리를 지껄인다면 '순간' 안에 잡아먹겠다는 뜻이 내포된 협박성의 물음이었다. 자신이 마음만 먹으면 단 몇 초 안에 목숨을 뺏을 수 있다는 협박의 효과를 더욱 올리기 위하여 늑대는 염소들과의 거리를 더욱 좁혔다. 하지만 두려워해야 할 늙은 염소의 입가엔 아직도 사태의 심각성을 모른 채 희미한 미소만 흐르고 있었다. 졸졸 흐르는 냇물의 냉소처럼……

"우린 지금 죽음을 찾으러 가는 중이라네. 어차피 찾아오는 죽음이라면 미리 찾아나서 마중을 하는 것도 매력적이잖은가. 그런 연유로 나와 손주 놈은 풀 따윈 먹지 않는다네. 물론 풀 따위를 떠나서 물 한 모금도 마시질 않는다네. 죽으면 그만인 것을 먹으면 무엇 하겠나. 또한 마시면 무엇하겠나. 어차피 죽으면 그만인 것을 살면 무에 하겠나. 어차피 죽으면 그만인 것을……."

늙은 염소는 어린 염소를 가리키며 말을 계속 이었다.

"우리도 알지 못했었다네. 이 어린것의 애비가 허무하게 죽고 그제야 알게 되었지. 자네도 일찌감치 깨우치는 것이 좋을 걸세. 살면 무엇하겠나? 살면 심신만 피곤하지 않나. 시도 때도 없이 배가 고프고 또 배가 고프면 이것저것 먹어야 하고. 먹기만 하나? 사냥을 해야 먹을 것이 아닌가. 자네도 알다시피 사냥이란 것이 얼마나 고단하고 힘이 드는가! 하루 종일 쫄쫄 굶어 배가 등가죽에 붙는 고통이 일어도 그 사냥이란 것이 그렇게 쉽게 되느냐 이 말일세. 뭘 하러 살겠다고 매일 매일 배고픔에 시달리는 겐가. 그냥 죽어버리면 아무 고통도 없는 것을. 죽으면 때마다 배고픈 것도, 때마다 먹일 찾아다니는 번거로움도 없지. 곧 있으면 찾아올 추위도 고통도 그 어떤 것도 느껴지지 않는다네. 왜 굳이 살려고 발버둥치며 그 고생을 해대는가! 우리도 마찬가지라네…… 이제 곧 찾아올 겨울이 되면 어디 하나 수월하게 풀을 뜯을 곳이나 있겠나. 이리 걷고 저리 걷다 동상에 걸려 얼어 죽고 말겠지. 그래서 결심하게 됐다네. 죽음을 기다리기보단 찾아 나서기로. 이 애비 놈이 먼저 보여 주었다네. 죽으면 고통이 없어진다는 것을. 죽으면 얼마나 평온해지는가를……."

한참을 생각에 잠긴 늑대. 언덕 꼭대기 바람에 흔들리는 가을빛 밤나무 잎이. 툴툴거리며 떨어지는 가을빛 밤송이가 고요한 정적 속에도 시간은 흐르고 있음을 자각시킨다. 어깨의 떨림이 보인다. 우는 것인가? 염소의 말이 그렇게나 감명 깊은 것이었나? 혹은 자신이 사냥을 하며 느꼈던, 엄동설한에 먹이를 찾아 헤매던 고생이 떠오른 것인가? 아니다. 늑대는 웃고 있었다. 가슴 깊은 곳부터 끓어올라 폭발하는 웃음. 잔잔한 어깨의 떨림이 고개가 뒤로 젖혀지면서 더욱 큰 떨림을 보였다. 폭발한 웃음소리에 놀라 날아 가버리는 산새들의 표정. 겨울에게 먹힐 운명인 가을의 두려움을 닮았구나…… 산 고등을 따라 메아리치는 웃음소리. 나무마다 하얀 눈이라도 걸려 있었다면. 메아리의 울림에 눈이 우르르 떨어지는 절경을 볼 수 있었으리라. 한참을 웃던 늑대가 입을 열었다.

"그래…… 겨울이 다가오는구나…… 이번 겨울 역시 잘 넘길 수 있으려나 모르겠군. 어이 늙은이. 내 잠시나마 늙은이의 말에 넘어갈 뻔했는데 당신의 말엔 오류가 있어. 죽음을 찾아다니고 있다면서 왜 살려고 그렇게 버둥대는 것이지? 죽으면 고통이 없어진다면서, 죽으면 모든 것이 평온해진다면서 왜 내겐 목숨을 내놓지 않고 그렇게 설교만 해대는 거지? 그래, 네놈이 그렇게 설교한 죽음의 미학을 먼저 보여줘 봐. 내가 늙은이 네가 그렇게 찾아 헤매던 죽음을 선물해줄 테니까. 네놈이 먼저 내 앞에서 죽어 내게 교훈을 준다면 네가 설교한, 그 죽으면 편해진다는 말을 믿어 보마. 물론 저 꼬맹이 염소까지 잡아먹을 필요 없게 되겠지. 어차피 먹어도 죽고 안 먹어도 죽는 것. 죽으면 평온해진다는 것. 모두가 네놈 말한 그대로일 것이니 나도 더 이상 살려고 바둥거리진 않을 거야."

여태껏 유지하고 있던 늙은 염소의 미소가 한순간에 사라져 버렸다. 정곡을 찔러 버린 것이다. 멍청한 줄 알았던 늑대는 생각보다 멍청하진 않았다. 벌써 며칠째 몇몇의 포식자들을 궤변으로 속이며 거의 완벽한 레퍼토리를 완성해 온 염소다. 헌데 멍청한 줄로만 알았던 늑대가 그것을 간파하고는 '허튼 소리 하지 말고 네놈의 목숨만 내놓으면 손자는 살려준다'라는 얘기를 돌려서 얘기하고 있다.

염소는 난감했다. 늙은 염소는 지금과 똑같은 상황으로 인해 가까운 얼마 전 아들까지 잃었었다. 가을 들녘 들판을 걷다 한 마리 늑대의 기습에 전부 죽을 뻔하였지만 지금처럼 똑같은 궤변으로 목숨을 연명했다. 아들 목숨 대가로 손주 녀석과 자신의 목숨은 건졌지만 또다시 둘 중 하나의 목숨을 내놓아야 하는 상황. 지금 상황에 도망쳐 봐야 둘 중에 하나는 먹잇감이 될 터. 애석하게도 자신의 손주는 다리까지 절고 있었다.

운이 나쁘면 둘 다 죽는다. 추워지기 전에 남쪽으로 가면 먹을 걱정은 없을 거라던 아들놈의 말을 먹을 것 하나만 생각하고 말리지 못한 자신의 어리석음을 탓해 본다. 염소의 땅이 꺼질 듯한 깊은 한숨이 공기 중에 얼어붙었다. 잠시 생각에 잠겼던 염소의 입가엔 다시금 여유가 배어 났다.

"꼭 눈으로 보아야지만 믿을 수 있는 겐가? 내 자네 같은 젊은이에게 죽음을 구걸해 볼 생각을 안 해본 것이 아니라네. 생각해 보게나. 이 늙은이 하나 먼저 죽겠다고 자네 같은 젊은이들에게 고통을 더 줄 순 없지 않은가! 내 몸뚱이 내 목숨 덕에 자네 같은 젊은이가 조금의 배고픔은 덜 수 있게 되겠지. 허나 잠시간의 배부름 뒤엔 또 다시 배고픔과 고통에 허덕여야 하네. 내가 겪어야 할 고통의 시간을 자네 같은 젊은이가 더 짊어지고 가야 할 뿐이란 말일세. 그런데 어떻게 '날 잡아 잡수'하면서 목을 건넬 수 있겠나…… 허나 자네는 눈으로 보아야만 믿을 수 있다니. 어쩔 수 있나. 내 자네에게 내 짐을 맡김세."

늙은 염소는 말을 마치곤 눈을 감았다. 늙은 염소는 한 가닥의 희망을 품었다. 자신이 생각해도 그 짧은 순간의 겨를에 완벽한 대답을 생각해 냈기 때문이다. 너무도 그럴 듯하게 대답을 했기에 혹시라도 늑대가 자기 꾐에 넘어갈 수도 있다는 생각 때문이었다. 눈을 감은 이유도 자신의 결백함을 증명하기 위함이었다. 자신은 결코 죽음을 두려워하지 않는다는 모습을 보여 주어야 늑대가 믿고 속아 넘어가리라 믿었기 때문이다. 허나 결말은 염소가 원하는 대로 끝나지 않았다.

점점 저물어 가는 늦가을 하늘엔 가을빛과 파스텔 노을이 영글고 있었고 점점 저물어 가는 시린 늦가을 들녘엔 붉은빛 유채화 물감이 물들고 있었다. 어린 염소는 붉은빛 유채화 물감의 끈적임을 모른다. 어린 염소는 그것이 무엇을 의미하는지도 모른다. 허벅지부터 드러나는 뻘건 뼈다귀의 공포가 무엇을 뜻하는지 모른다. 우그적거리는 늑대 주둥이 밖으로 흘러내리는 침방울이 무엇을 뜻하는지 모른다. 다만 꺼져 가는 할배의 나지막한 신음소리가 가슴을 서늘하게 만들 뿐. 어린 염소는 저 신음소리가 무엇을 뜻하는지 안다. 꺼져 가던 어머니의 숨소리도, 꺼져 가던 아버지의 숨소리도 지금 꺼져 가는 할배의 숨소리처럼 모두 저렇게 싸늘한 신음소리만 남기곤 움직이지 않았다. 모두 다 윙윙거리는 벌레들과만 얘기를 나누었고 무언지 도통 알 수 없는 역겨운 냄새만 풍겼다. 그리곤 그렇게 그곳에서 멀어져 또 길을 걷다 보면 또 누군가가 저런 숨소리를 내고 또 다시 역겨운 냄새만 풍겼으며 또 다시는 그와는 대화를 할 수 없었다. 그는 그곳에서 머물렀고 자신은 그렇게 또 걸었다. 점점 가슴이 비어 얼어 버리는 것만 같았다. 외로움이란 것을 아직 모르는 염소의 표현이었다. 그리고 지금 또 다시 가슴이 비어가고 있고 얼어가고 있다.

"할배……"

싸늘히 얼어 가는 가을 들녘에 싸늘히 얼어 가는 염소의 가슴이 무의미한 부름을 토해내게 만들었다. 그 부름엔 슬픔이 묻어났다. 그 부름엔 눈물이 묻어났다. 한 방울 떨어진 눈물이 붉은빛 수채화로 변하고 가을빛 캔버스 위엔 시뻘건 입을 벌린 채 사납게 서 있는 늑대와 가슴이 얼어 버린 어린 염소 한 마리가 그려졌다. 어린 염소의 눈은 늑대보다 더 사나운 분노를 표출한다.

"크크크…… 배부르다. 노망난 늙은이 같으니. 크크크…… 그런 궤변으로 내가 자살이라도 할 줄 알았나 보지?"

포만감과 만족감을 한 움큼 맛보았지만 늑대는 아직도 모자란 듯 아쉬움으로 물든 긴 혀로 피로 물든 긴 주둥이를 한 바퀴 둘러 핥았다. 싸늘한 가을빛 언덕이 끈적끈적한 붉은빛으로 물들어 있었고 늑대는 아무렇지 않은 듯 그 위로 추벅추벅 한 걸음씩 옮긴다. 늑대의 발이 땅에 닿으면 사방으로 흩어 넓어지는 붉은 피의 요동. 차츰 늑대와 어린 염소의 거리가 좁혀진다. 어린 염소의 눈은 차츰 분노를 싸늘히 얼려간다. 아버지와 어머니처럼 할아버지 역시 움직이지 못하게 하고 더는 자신과 대화할 수 없게 만든 늑대에 대한 분노였지만 어쩔 도리가 없다는 것을 본능으로 느끼고 있었기 때문이다.

"그 눈빛은 뭐지? 나를 물기라고 하려는 거야? 큿큿큿…… 할애비나 손자나 뭐 별반 다를 것 없는 똥통머리를 달고 다니는구나. 크크크크"

늑대는 자신의 사나운 얼굴을 염소의 얼굴에 들이댔다. 역겨운 피 냄새가 추잡하게 벌어진 입 틈새를 비집고 염소의 코를 찌른다. 염소는 두려움이 아닌 역겨움 때문에 뒷걸음질친다. 늑대는 자신을 두려워하는 줄로 착각하며 오만함을 듬뿍 담아 계속해서 역겨운 구린내를 피워댄다.

"먹어도 죽고 안 먹어도 죽는다고? 크크크 안 먹으면 배가 고파서 죽겠으니까 먹는 거야. 살려니까 먹으려는 것이고 이렇게 얘기했으면 네 할애비가 또 물었겠지. 왜 살려고 드느냐고. 네 할애비 놈은 정말 어리석어. 크크 네 할애비처럼 말만 번지르하게 하는 놈들은 꼭 자기 꾀에 자기가 빠져들지. 케케케케. 내가 너희 두 놈을 보자마자 달려들어 너희를 잡아먹을 수도 있었지만 네 놈들 앞을 얼쩡거리며 나타나 말을 걸어 준 것은 혹시 모르는 실패를 걱정했기 때문이었지. 늙은 염소 하나 잡자고 뒤쫓다 싱싱한 어린놈을 놓치면 배는 부르겠지만 고기가 맛이 없어 입가심을 안 하면 입 안이 텁텁해지기 때문이고, 어린놈을 쫓다 늙은 놈을 놓치면 싱싱하고 맛은 좋은데 정작 배는 부르지 않고 허기만 질 것 같아 두 놈 다 잡을 궁리를 해낸 것이지. 또한 내 배를 부리는 것도 중요하지만 우리의 왕에게 바쳐야 할 몫이 너무 많아서 한 놈 가지고는 너무도 모자란 양이거든. 그래서 네 할애비 말을 경청해 주는 척했다 이 말이지. 떠드는 입은 두뇌의 회전을 막거든. 크크…… 두뇌 회전이 없으면 언제든 빈틈이 생기기 마련이고, 그때를 틈타 살금살금 거리를 좁혀 덮치면 늙은 염소도 잡고 싱싱한 네놈도 잡고. 이게 바로 일석이조라고 하는 것이지 크크크…… 역시 진정 현명한 자는 말을 아껴야 하는 거야. 잠자코 들어주기만 했더니 자신의 무덤을 자신이 파지 않았느냐, 크하하핫! 먹어도 죽고 안 먹어도 죽는 것이거늘 왜 먹는 것에 연연하느냐고? 생각할수록 재미있는 물음이야. 앞으로 나도 써먹어야겠어. 도망가도 늙어 죽고 지금 나에게 잡혀 먹혀 죽어도 어쨌든 죽는 것은 매한가진데 왜 그렇게 살려고 바둥거리냐고 말이야, 큿큿큿큿! 노망난 늙은이한테 하나 배웠네 그려. 크크크……"

늙은 염소는 왜 자신의 목숨을 그렇게 쉽게 내놓을 생각을 했던 것일까? 늑대가 그 말을 정말 믿을 거라 생각했던 것일까? 늙은 염소는 삶의 이유를 몰랐던 것 같다. 삶에 영원한 자들의 삶의 의지를 말이다. 지금 이 한 순간 한 순간을 살아갈 수 있다는 것 자체가 얼마나 축복된 일인지를 말이다. 당신이 무의미하게 살아가는 오늘이 어제 죽은 이가 그토록 염원하던 내일이라는 말처럼, 지금 이 한 순간을 숨을 쉬며 살아가고 있다는 것 자체가 얼마나 행복한 일인지를 말이다. 늙은 염소는 잠시 망각했었나 보다. 자신 또한 얼마나 삶을 열망했으며 얼마나 가치 있는 삶을 영위하려 했었는지를. 아내를 잃고 며느리를 잃고 아들을 잃으면서 자신이 살아가는 이유를 잃어버렸겠지. 모든 것이 죽으면 그만인 것을 알아버렸겠지. 허나 늙은 염소는 너무도 안타깝게도 한 가지 사실을 알지 못했기 때문에 그렇게 쉽게 목숨을 내놓았을 것이다. 모든 것이 죽으면 그만인 것을 깨닫기 위해선 꼭 죽음의 문턱이 눈앞에 보여야만 한다는 것을 말이다. 그리고 대부분은 죽음을 자각하지 못하고 살아가는 것을 말이다. 처음부터 죽음을 생각지도 않아 본 늑대에겐 처음부터 먹혀들지 않을 궤변으로만 들렸을 것이다. 몇몇의 포식자를 자살하게 만든 늙은 염소는 참 운이 좋았던 것 같다. 그 포식자들은 이미 죽음을 의미심장하게 생각해 본 자들이었기 때문이다. 그만큼 나이가 있었다는 얘기이기도 하다. 죽음은 죽음을 생각해 본 자들에게만 안식이며 평온이다. 하지만 오류가 많은 안식이며 오류가 많은 평온이다. 죽으면 아무것도 없다. 죽으면 지옥에 간다는 것도, 천국으로 간다는 것도. 또한 죽으면 극락으로 간다는 것도. 생각해 보라. 고작 100년도 채 살지 못한 인생의 잘못이나 선행으로 평생 영원의 지옥과 평생 영원의 극락에서 살게 되는 평가의 기준이 된다면, 100년이란 것이 얼마나 덧없고 얼마나 짧은 것인가. 이 짧은 생으로 지옥이니 극락이니 떠들어대는 것을 믿는 인간들의 머리는 또 얼마나 어리석은가. 어린 염소가 여린 목소리로 늑대에게 물었다.

"삶은 뭐고 죽음은 뭐예요?"

늑대가 당연한 것도 모르냐는 듯 코웃음을 치며 대답했다.

"삶이란 숨을 쉬고 살아가며 세상 모든 것을 느끼고 생각하는 것이며, 죽음이란 숨이 멎고 모든 것을 느낄 수 없으며 더는 움직일 수 없는 것을 뜻하지."

"그렇다면 저희 할아버지도 죽은 건가요?"

"그렇지, 죽었지"

"왜 죽은 거예요?"

"왜 죽었느냐고?"

아직 채 죽음이 무엇인지도 모르던 어린 염소였다. 어린 염소는 아직 모르는 게 많다. 자신의 먹잇감 즉, 자신의 요깃감에게 늑대가 이런 쓸데없는 물음에 답해줘야 할 의무가 없다는 것도 역시나 모른다. 다행히도 늑대는 가진 자의 여유와 유희에 빠져 있었다. 게다가 배도 부른 상태이니 서두를 필요가 없다. 늑대는 싸늘한 가을과 가을빛 풍경을 즐기며 팔짱을 낀 채 먹잇감을 음미하듯 바라보며 느긋하게 말한다.

"내가 죽였으니까 죽었지. 크크크…… 너도 이제 곧 죽을 거란다."

죽음의 의미를 알게 된 어린 염소의 몸은 자신에게 죽음이 다가온다는 것을 직시하자 몸이 떨리기 시작했다. 늑대가 자신을 움직이지 못하게 한다. 움직이지 못한다는 것은 추위를 피해 걷지도 못한다는 것이며, 맛있는 풀을 뜯기 위해 걷지도 못한다는 것이 된다. 또한 느끼지 못한다는 것은 풀을 먹어도 맛있다는 것을 모르게 된다는 것이며, 한 순간 한 순간의 기쁨으로 인한 쾌락을 더 이상은 느낄 수 없게 한다는 것이 된다. 모든 것을 할 수 없게 한다는 말이 죽여 버린다는 말이다. 그 말이 정말 사실로 실현될 수 있을 때 그 두려움은 최고조에 달한다. 두려움에 벌벌 떨면서도 염소는 묻는다.

"왜 왜 제가 죽어야 하는 거죠?"

금방이라도 달려들 듯 쏘아보던 염소의 두 눈에 두려움이 가득 차자 더욱 더 늑대는 우월감과 자아도취에 빠져 유희의 즐거움을 만끽한다.

"큿큿크…… 네 놈이 풀을 뜯어먹으면서 배를 채우듯 나도 네놈을 뜯어먹으면서 배를 채워야 살아갈 것이 아니냐? 네놈에게 살아야 하는 이유까지 답해주길 바라는 건 아니겠지? 게다가 나는 왕에게 바칠 제물이 아직도 턱없이 부족하단 말이지."

염소는 풀을 뜯어먹는 것과 자신을 뜯어먹는 것을 생각해 본다. 배가 고프면 여지없이 풀을 뜯어먹었듯이 또는 배가 고프지 않아도 입이 심심해 풀을 뜯어먹었듯이 늑대도 자신을 뜯어먹으려 하는 것이고 자신도 역시 풀을 죽였다는 것을, 풀을 움직일 수 없게 만들었다는 것을 이제야 알았다. 풀 역시 살아있는 것이다. 풀 역시 삶을 갈망하며 더욱 번식하길 원한다. 풀에게 입이 있다면 아마 아무도 풀을 밟지 않을 것이며 풀을 먹으려 들지도 않을 것이다. 풀잎 한 잎 한 잎마다 질러대는 그 비명소리를 어떻게 감당할 텐가. 살기 위해 풀을 죽인 어린 염소는 유죄인가 무죄인가. 살기 위해 염소를 죽였고 조금 더 배를 채우기 위해 필요 이상의 욕심을 내는 늑대는 유죄인가 무죄인가.

어린 염소의 눈이 한없이 슬퍼 보인다. 대부분의 모든 이들이 삶의 이유도 제대로 깨닫지 못한 채 죽음을 먼저 배운다. 죽지 않으려고 바둥거리는 것이 삶의 이유가 되고, 죽음 이후의 세상이 두려워 값진 삶의 시간을 있지도 않은 사후 세계의 고민으로 갉아먹는다. 또 다른 이들은 고민만 하지 않고 아예 미리 죽음 이후의 세상을 위해 현 세상에서 보험을 들어둔다. 정말 사후 세계가 있다 하여도 현세에서 돈을 냈다고 사후 세계에서 좋은 곳으로 갈 수 있을까? 만기일도 없고 환불도 받을 수 없는 불확실한 보험에 왜 가입을 하고 왜 자신의 배를 곪아가며 왜 보험사의 배에 기름칠만 해주고 있는 것일까? 어린 염소는 이제 막 죽음을 알았다. 살아온 시간이 너무 적어 아직 알지 못해 면죄부도 보험도 가입하지 못한 어린 염소는 지옥으로 가는 것일까 극락으로 가는 것일까? 죽음을 알자마자 죽어야 하는 어린 염소. 삶도 미처 깨닫지 못했는데 떨어지는 저 눈물은 죽음이 슬퍼서 떨어지는 것일까? 뚝뚝 떨어지는 저 눈물이 냇가로 흐르는구나…… 울먹이며 힘없는 소리였지만 간절한 한마디가 들렸다.

"사…… 사…… 사…… 살려주……"

염소의 간절한 애원이 채 끝나기도 전에 싸늘한 공기를 가르며 더욱 싸늘한 고음이 울려 퍼졌다. 또 다시 세상은 붉은빛 유채화로 물들었고, 또 다시 세상 빛 바탕의 투명 캔버스에 홀로 서 있는 늑대 한 마리가 그려졌다. 늑대의 입에 목이 물린 한 마리가 아닌 한 개의 염소와 함께…… 그림 속의 염소는 점점 작아졌다. 머리도 없어졌고 몸통도 없어졌고 꼬리도 없어졌다. 캔버스 안의 풍경은 흰 염소의 다리 한 짝을 물고 가는 늑대 한 마리가 남았다.

"이 정도 남겨 가면 되려나? 아 배부르다. 크크크 보람된 하루, 행복한 하루였어. 큿큿 배운 것도 많고 크크크."

2) 시나리오에 도전하다

꿈

–금경락(중1)

나오는 사람들 : 민철 , 정수, 원준(재윤의 친구), 재윤(주인공), 어머니, 아버지, 동윤(재윤의 형), 진유(재윤의 반 반장), 최 선생님(재윤의 학교 선생님, 사회 담당),정 선생님(재윤의 학교 선생님, 수학 담당), 박 선생님(재윤의 학교 선생님 과학 담당), 임 선생님(재윤의 학교 선생님, 국어 담당)

F. I. (Fade In)

S# 1 집

월요일 재윤의 집이다. 이층 계단에서 눈을 비비며 재윤의 형인 동윤이 내려오고, 어머니는 부엌으로 내려오고, 어머니는 부엌에서 밥을 짓고 있다. 7시 12분, 어머니는 재윤이 일어나지 않자, 깨우러 방에 들어가 재윤의 엉덩이를 '찰싹' 소리나게 때린다.

어머니: (재윤의 엉덩이를 때리며) 안 일어나? 이 놈이 지금 몇 신지 알아?
등교시간이 8시 10분까지 아니야? 걸어가려면 오래 걸리잖아.

재윤:(엉덩이를 문지르며) 아야!

내레이션: 오늘도 이렇게 하루가 시작되는구나. 오늘은 무슨 일이 날 괴

롭힐까?

재윤: 몰라…… 좀 더 자고 싶은데……

재윤은 다시 자는 척을 해본다. 하지만 어머니는 재윤에게 7시 15분을 30분이라고 속여 결국 일어나고 만다.

S# 2 부엌

재윤은 식탁 앞에 앉아서 졸고 있고, 아버지는 신문을 읽으시며 재윤에게 묻는다.

아버지: 너 어제 안 자고 뭐했어?

재윤: 공부.

아버지: 진짜 공부했어?

재윤: 네.

아버지: 무슨 공부했는데?

재윤: (머리를 긁적이며) 어제 일이라서 기억이 안나요.

아버지: 기억력이 그렇게 짧냐?

동윤: (눈치를 보면서) 큭큭 금붕어 아냐? 기억력 3초 큭큭

재윤: (팔을 휘두르며) 우씨…….

어머니: 어서 밥이나 먹으세요. 금붕어 씨, 금붕어 아버지, 금붕어 형.

아버지: (웃으며) 그럼 당신은 금붕어 엄마?

어머니: 여보 ! 밥이나 드세요. 아참 재윤아, 학교 갈 때 저기 건강음료 마시고 가거라.

가족들은 모두 웃는다. 식사 후 재윤, 동윤은 각자 학교로 가고, 아버지는 직장에 나가신다.

내레이션: 으…… 또 건강음료를 마셔야 한다니……그냥 학교에 가져가야지.

S# 3 등교 길

재윤은 가는 도중 초등학교 때부터 친하게 지내온 친구 민철을 만난다.

민철: (손을 흔들며) 오우! 굿모닝. 마이 베스트 프렌드?

내레이션: 웬일이지? 왜 갑자기 안 쓰던 영어를?

재윤: 뭐냐? 왜 갑자기 영어야?
민철: 어, 나 오늘부터 영어공부나 좀 할까 해서
재윤: 네가? (한숨을 쉬며) 휴 맘대로 해라.
민철: 왜? 너 뭐 고민 있냐? 왜 그리 힘이 없어?
재윤: 넌 몰라도 돼……. (또 한숨을 쉬며) 휴.

재윤과 민철 늦지 않게 학교에 도착한다.

S# 4 교실

재윤은 교실에 앉아 국어 책을 펴더니 이내 덮고 만다. 그러면서 책가방을 뒤진다.

내레이션: 오늘은 7교신가? 시간표가 뭐였더라?

재윤: 수, 과, 국, 한, 영, 미, 컴……

내레이션: 엇? 뭔가 이상한데……

재윤은 고개를 '휙' 돌리며 뒤쪽 게시판의 시간표를 본다.

내레이션: 월요일 시간표가…… 어……엇

재윤: (책가방과 게시판의 시간표를 번갈아 보며) 어? 어?? 안돼……

내레이션: 4교시가…… 사회이고, 오늘은 8교시하는 날 이잖아. 어? 8교시가 도덕? 큰일 났네. 빌려야겠다. 아차, 사회는 빌리면 안 되는 데…… 우리 반이 제일 진도가 늦어서 빌려도 들통 날 텐데…… 에라 모르겠다. 몸으로 때우자……가 아니고 사회선생님이 제일 무서운데…… 윽. 난 죽었네…… 오늘은 이렇게 날 괴롭히나? 아 진짜…… 왜 나는 자꾸 이런 일만 생기는 거야??

재윤은 좀 있다 일어나게 될 사회 시간의 모습을 한 번 생각해 본다.

최 선생님: 자, 인사하자.

진우: 차렷. 경례.

아이들: (고개를 숙이며) 안녕하세요.

최 선생님: (헛기침을 하며) 흠흠…… 오늘은 책 안 가져 온 사람이 없겠지?

아이들: 아니요. (재윤을 가리키며) 재가 안 가져 왔는데요.

최 선생님: (회초리를 들고 호통을 치며) 뭣이?? 이 자식이. 나와. 이유는 없다. 엉덩이 대, 몇 대 맞을래?? 어?

재윤: 저…… 한……

최 선생님: (중간에 말을 끊으며) 뭣이? 한없이 맞겠다고? 그래 네가 원하는 대로 해 줄게. 대라!!

내레이션: 이러겠지? 아니면 다행일 테고……

재윤: 휴우……

S# 5 교실

띵똥땡똥.똥띵땡똥.

내레이션: 1교시는 수학이지. 그런데 오늘따라 왜 이리 종소리가 슬픈 노랫가락으로 들리냐?……

종소리를 들은 아이들은 재빨리 자리에 와 앉고 반장은 아이들을 조용히 시킨다. 1교시 수학. 이윽고 수학 선생님께서 들어오신다.

진우: 차렷! (손가락으로 지적하며) 야 거기 박원준! 차렷해.

원준: 알았다구……

진우: 차렷 경례.

정 선생님: 오냐. 자 오늘 몇 페이지 할 차례인고??

아이들: (책을 뒤적이다) 64페이지 음수와 양수할 차례에요.

그렇게 공부시간은 흘러가다 마칠 때가 다다랐다.

정 선생님: 아…… 대충 이해됐냐?

선생님의 사투리 섞인 말씀을 아이들은 다 이해가 되는지 고개를 끄덕이는 아이들. 마이너스를 마이나스라고, 플러스를 쁘라쓰라고 한 것에 웃는 아이들. 흰 것은 종이요 까만 것은 글씨요, 에라 모르겠다 하며 책을 덮는 아이들, 꾸벅꾸벅 조는 아이들이 보인다. 그렇게 1교시가 마쳤다.

S# 6 화장실

민철과 재윤은 소변을 본다.

재윤: 야 왜 갑자기 영어 배우는데?

민철: 왜? 나는 배우면 안 되나?

재윤: (웃으며) 그건 아니고 신기하잖아.

민철: (노려보며) 우씨. 내가 영어 배우는 게 신기하면 너는 사는 것 자체가 신기하다.

재윤: 어쭈? 하하

민철: 하하

이윽고 둘은 몸을 부르르 떨고 뒤처리를 한 다음, 손을 씻고 교실로 돌아온다.

S# 7 교실

쉬는 시간 10분이 지나고 다시 교실로 돌아온 재윤과 민철은 과학책을 꺼낸다. 그리고는 멍하니 칠판을 보며 턱을 괴고 재윤은 생각한다.

내레이션: 이제 과학인가? 지옥의 문턱까지는 2시간 남았나? 지옥의 문턱……에는 무섭다 못해 험악한 괴물이 살고 있지. 이름하야 사회쌤. 누가 이 일을 도와줄 사람 없나?

곧 종소리가 울려 퍼지고 1교시처럼 아이들은 썰물처럼 들어와 자리에 앉고, 반장은 서서 선생님께 인사드릴 준비를 한다. 선생님께서 미닫이문을 '드르륵' 열고 들어오신다.

박 선생님:인사합시다.

진우: (힘차게) 차려엇! 경례!!

아이들: 안녕하세요.

박 선생님: 오늘따라 반장 목소리가 우렁차고 힘차 보이네.

진우: (배를 어루만지며) 아, 금방 매점에서 빵 사먹고 와서 배가 든든해서요.

반장의 한마디에 교실은 UP된 분위기로 2교시를 시작하고 이후 마무리 지었다.

S# 8 매점

재윤은 매점에 갔다가 지금 먹으면 가장 배고플 때인 3교시 마친 뒤에 사 먹을 수 없을 것 같아서 돌아오다 친구가 주는 과자 몇 개를 먹고 교실에 와 앉는다.

S# 9 교실

내레이션: 어, 이번 시간은 국어이고, 아으…… 국어시간은 별 문제 없겠는데, 다음 시간이 엄청 문제다. 누가 이 문제 좀 도와줄 사람 없나?

재윤의 옆을 지나가던 민철이, 재윤의 가방을 보고 묻는다.

민철: 어? 이 건강음료 뭐야?

재윤: 아, 선생님 드린다고…… (한숨을 쉬며) 휴우

민철이 재윤이 한숨 쉬는 게 이상하자 묻는다.

민철: 너 왜 그래 무슨 일 있어?

재윤: 아…… 그게 말이지…… 내가 오늘……

재윤은 민철에게 사회책을 못 가져온 것을 다 얘기했다. 그러자 민철이 말했다.

민철: 아…… 그럼 잘 혼나……명복을 빌게…… (합장하며) 삼가 고인의 명복을 빕……

재윤: (말을 끊으며) 우와…… 도와줄 줄 알았는데…… 난 너 그렇게 안 봤는데…… 정말 무정하다. 진짜 배신감 느낀다. 우와……

민철은 자리에 가 앉고 재윤은 마음속으로 민철에게 불만을 막 퍼붓는다.

내레이션: 의리없는 자식, 재수탱이, 마치고 집에 갈 때 똥이나 밟아버려랏.

잠시 후, '드르륵' 국어 선생님께서 들어오신다.

진우: 차렷. (두리번 거리다가) 경례.

아이들: (고개를 숙이며) 안녕하세요.

임 선생님: (책을 뒤적이며) 음…… 오늘 어디 할 차례지?? 소설 동의보감?……이 아니고 어. 스스로 터득한 지혜 펴라. EBS도 같이 펴라.

재윤은 국어시간이 너무 빨리 지나간다는 것을 느낀다. 잠시 뒤 종이 친다.

내레이션: 어? 뭐 이리 종이 빨리 친대? 다음 사회 시간인데⋯⋯ 시간마 저 나를 버리는구나⋯⋯ 흑흑흑 아, 울고 싶어라.

S# 10 다른 반 교실 앞

재윤은 다른 반 교실 앞을 서성거리다 아는 친구를 보고 얼른 잡아 물어본다.

재윤: (한 친구를 붙잡으며) 어 정수, 안녕. 내가 이렇게 널 만난 건 행운일 거야. 우리 착한 정수. 친구 부탁도 잘 들어주는 친구지? 그러면 내 부탁 좀⋯⋯ (불쌍한 표정을 지으며) 다름이 아니고 사회책 좀 빌려 줘. 응?

정수: 노노노. 미안하지만 안 되겠어. 우리 반은 책 못 빌려주게 되어 있거든⋯⋯ 미안, 이 착한 정수는 마음이 너무 아프단다⋯⋯ 빌려줄 수 없어⋯⋯ (손을 흔들며) 그럼 안뇽.

정수는 재빨리 교실 안으로 들어가 버린다.

내레이션: 어⋯⋯ 이럴 수가⋯⋯ 친구마저 날 버리다니. 이거 완전 왕따 된 기분이잖아⋯⋯ 으악⋯⋯ 진짜 이럴 땐 사나이를 울리는 무슨 라면 먹을 때보다 훨씬 더 울고 싶다.

재윤에겐 안 됐지만 종은 치고 말았다.

S# 11 교실

사회 시간. 재윤은 겁에 질린 표정으로 식은땀을 흘리면서 책상엔 공책과 필통만 꺼내놓고 앉아 있다.

내레이션: 제발 하느님, 부처님, 알라신, 공자님, 맹자님, 그리스 로마 신화의 모든 신들이여, 제발 저를 이 악마의 늪, 이 지옥의 문턱에서 구원하여 주시옵소서…… 제발……

'드르르륵' 선생님께서 들어오신다. 반장은 일어난다.

진우: 차렷. 경례

아이들: (고개를 숙이며) 안녕하세요.

최 선생님: (아이들 쪽을 죽 훑어보며) 다 있나? 오케이…… (헛기침을 하며) 에헴…… 책은 다 가져 왔겠지?

재윤, 차마 눈을 뜨지 못 한다.

최 선생님: 안 가져 온 놈 나와.

재윤, 나갈 듯 말 듯, 하고 있다. 민철을 한번 바라보더니 나가려고 일어선다.

최 선생님: (시계를 보며) 빨리 나와. 진도 늦어진다. 어서.

재윤 나가서 선생님 앞에 선다.

최 선생님: (노려보며) 왜 안 가져 왔어? 응?

재윤: (고개를 숙이고 목 뒤를 긁적이며) 저……그게……

내레이션: 왜 이리 시간은 천천히 가는 거야 진짜……

민철: (갑자기 일어서며) 선생님, 그런데요. 재윤이가 왜 사회 책을 안 가져 왔냐면요…… 어제 사회를 공부한다고 책상 위에 올려 놓고서는 못 가져 왔데요. 왜냐하면 선생님께 잘 보이고 싶다면서 사회 공부를 열심히 해야 한다고, 또 오늘 선생님 드린다고 건강음료도 가져왔대요.

내레이션: 휴우 아침에 건강음료를 가져온 게 다행이다……

최 선생님: (재윤을 보며 부드럽게) 호…… 그래?? 마음은 착하고 고마운데, 책은 그렇게 놓고 다녀선 안 돼. 알겠지? 음 그럼 들어가 봐…… 자 공부하자 우리 진도 많이 늦었지?

재윤은 고맙다는 듯이 민철을 바라본다. 다행히 사회 시간을 끝마쳤다.

S# 12 복도

재윤은 복도에서 민철이와 대화를 나누며 걸어간다.

재윤: (엄지손가락을 치켜세우며) 오~ 굿 아까 잔머리…… 오~ 야 다시 봤는데 정민철!

민철: 야, 친군데 이 정도는 해야 되는 거 아니냐?? (뭔가를 원하듯이) 아

무튼 도와줬는데??

재윤: 아이고 그래. 야! 내가 기념으로 오늘 마치고 떡볶이 쏜다. (손을 총 모양으로 하면서) 피융피융!! 하하

재윤과 민철은 어깨동무를 하고 힘차게 걸어갔다. 화장실로…… 그런데 가는 도중 화장실 앞에 물이 있다는 걸 못 본 재윤은 '콰당탕 쿵'하고 넘어져 버렸다.

S# 13 집

'콰당탕 쿵' 재윤이 침대에서 굴러 떨어졌다.

재윤: (엉덩이를 문지르며) 아야……. 꿈이었나??

갑자기 어머니께서 문을 열고 들어오신다.

어머니: (호통을 치며) 이 녀석 너 학교 안 가? 또 침대에서 떨어졌구나? 싸다 싸…… 으이구…… 빨리 내려와서 밥 먹어. 얼른

내레이션: 으악…… 뭐야? 이게 다 꿈이었나? 정말 생생하다.

S# 14 등교 길

재윤이 혼자 학교에 걸어가는데 뒤에서 민철이가 부른다.

민철: (손을 흔드며) 오우! 굿모닝. 마이 베스트 프렌드?

내레이션: 어!? 이건!? 분명 꿈에서……

CU.(Close UP) — 재윤의 얼굴

F.O.(Fade Out)

Ⅲ. 인성의 열매가 익기까지

1. 배우며 생각하며

학부모와 교사는 아이들에게 씨앗을 파는 사람입니다. 열매와 꽃은 어른의 몫이 아닙니다.

교육 행위는 관념의 틀을 깨고 현실 속으로 파고들어야 합니다. 가르친다는 것은 관념과 지식을 전해주는 것이 아니라, 개인과 공동체의 생활 틀을 바람직한 모습으로 바꾸어주는 일입니다. 특히 교사는 가르치면서 배우고, 또 배운 것을 되먹임하여 가르치는 전문가들입니다. 생활 속에서 굳어진 고정관념—우리는 그것을 '의식'이라 부릅니다. 여기서 중요한 것은 의식은 생활이 누적된 결과라는 것입니다. 생활 한복판에서 생생하게 살아 움직이는 삶의 모든 갈래가 인간의 의식을 결정합니다. 개인에게 있어서 이러한 의식은 그의 인격마저 지배합니다. 그런데 과연 학교에서 교사와 아이들은 하루하루 바람직한 삶을 꾸려가고 있을까요?

생활에 밀착하지 못하는 교육은 언제나 실패합니다. 당장에는 성공한 듯이 보이는 경우도 그것은 모래 위에 지은 집과 같이 이내 허물어질 수밖에 없습니다. 교육의 진정한 성공은 관념과 지식을 뒤에 거느리고 구체적 삶의 현장이 앞장설 때 찾아옵니다. 실제 생활과 동떨어진 것은 무엇이나 관념적이어서 영향력이 일시적일 수밖에 없습니다. 작고 보잘것없는 것일지라도 삶의 현장에서 막 건져 올린 생기발랄한 문제들이 공부거리가 되었으면 좋겠다고 생각합니다.

해마다 수업의 첫머리를 무엇으로 채워볼까 하는 고민이 내 머릿속을 지배해왔습니다. 고민거리도 아닌 것을 고민한다고 탓할 사람이 있을지 모르나 나름대로는 무척 속을 끓이는 문제였습니다. 지금까지의 국정 국어 교과서의 글 마당에는 엉터리 글 올곧지 못한 글이 빼곡히 들어차 있었습니다. 정작 중요한 것들은 잡초로 취급되어 잘려진 채, 읽기 힘든 글, 생각거리가 없는 글, 교훈을 강요하는 글이 앞서거니 뒤서거니 하며 교과서 글 마당을 장식했더랬지요. 구체적 삶의 생동감이나 아이들의 정서와 감각은 나 몰라라 팽개쳐 놓고…….

요즘 아이들은 생각하기를 싫어하고 글씨를 함부로 써대며 더구나 자기 힘으로 무언가를 애써 이루어보려는 마음이 부족합니다. 그래서 궁리 끝에 올 한 해 국어 수업에서 글공부와 글씨 공부를 끌어들이면 어떨까 하는 생각을 했습니다. 더욱이 올해는 1학년 두 반과 2학년 두 반의 수업을 맡아서 아이들의 생각과 표현 능력의 차이를 짚어볼 수 있는 좋은 기회여서 내심 기쁜 마음으로 국어 수업을 준비하였답니다. 새 국어 교과서가 내 가슴속으로 뛰어 들어왔습니다.

〔1〕 새 학년 국어 수업의 첫 시간은 '배우며 생각하며'를 소개합니다. 아이들은 이것을 책의 속표지에 필기하고 매 시간 첫머리에 다함께 낭독을 하며 마음가짐을 다잡습니다.

〈 배우며 생각하며 〉

1. 국어 과목은 생각하는 힘을 기르는 종합 학문이다.
2. 글을 읽을 때는 반드시 요약 정리한다.
3. 학교는 지식의 훈련소가 아니라 인격의 수련장이다.
4. 도전하는 삶은 아름답다. 희망의 씨앗을 간직하자.
5. 꾸준한 글 읽기를 통해 자기 생각을 튼튼하게 가꾸자.

〔2〕 배움

배우다(배+우+다 = 밝다+사동 접사+어말 어미: '밝게 하다' 의 뜻)

배움이란 무지의 어두운 동굴에 횃불을 밝히는 일입니다. 나를 밝히고 남을 밝히고 사회를 밝히고 세상을 밝히는 일입니다. 사람은 배우며 가르치며 언제나 홀로 서고 홀로 걸어야 하는 운명을 타고났습니다. 배움의 바른 자세는 수동적 견딤에 있는 것이 아니라 배움을 구하는 자의 능동적 활동에 놓여 있습니다. 진정한 배움꾼은 스승이나 스승됨을 찾아가서 가르침을 직접 받고 자기 내부에 묻혀 있던 어둠을 하나하나 몰아냅니다. 배움이란 무지의 캄캄 동굴에 밝은 햇살을 비추어주는 일인 까닭입니다. 그러나 고요히 생각해 볼 때 진정한 배움은 '배우는 법을 배우는 일'이며, '옳은 질문을 던지는 법을 깨닫는 일'이 아닐까요?

〔3〕 인간은 사회적 존재이므로 자기 표현 능력과 이해 능력이 필요합니다. 국어 과목을 가리켜 '생각하는 힘을 기르는 종합 학문'이라 규정함은 이 같은 생각에 말미암은 것입니다. 인간의 모든 지식과 지혜 또는 인격이나 개성이나 인간적 가치의 전부는 어떤 경로를 통하든 드러나게 마련입니다. 생각건대 지식과 지혜의 출발점은 읽기와 듣기이며 그 종착역은 글쓰기와 말하기입니다. 몸과 맘으로 흘러든 한 개인의 모든 것은 표현을 통해 사회적 가치와 교통하게 됩니다. 출발점과 종착역 사이의 모든 과정과 절차는 사회 구성원의 인간됨과 인격을 갈고 닦는 일로 꾸며집니다. 누구나 잘 생각하면 모든 사람이 스승이며, 모든 경험이 교훈이며, 모든 관계가 하나의 학문임을 알게 됩니다.

〔4〕 생각해보면 낙락장송도 처음에는 조그만 씨앗이었습니다. 씨앗은 자기 자신을 믿는 마음이며 늘품을 지닌 알맹이로서 자기 발전을 위한 삶의 의지와 연결되어 있습니다. 아이들은 저마다 하나의 씨앗으로 태어나 씨앗의 한살이를 겪습니다. 학부모와 교사는 아이들과 함께 들판에 서서 햇빛과 거

름을 맞으며 씨앗의 싹을 틔우고 줄기를 세워 꽃과 열매를 세상에 내보내는 일을 합니다.

〔5〕 조선 시대 선비들은 '독서인'들입니다. 스스로 공부하는 사람—그가 '선비'입니다. 학생은 어린 선비이며 학부모와 교사는 큰선비입니다. 선비까지는 못 되더라도 학부모, 교사, 학생 할 것 없이 적어도 '학인(學人)'이 되어야 합니다. 학인은 스스로 공부하는 사람이며 탐구 정신을 늘 붙들고 있는 사람입니다. 스스로 배움의 길을 만들어 가며, 즐겁게 그 조붓한 길을 걸어가는 사람입니다. 학자가 사회적 지위로 규정된 것이라면 '학인'은 제 깜냥으로 이름 짓는 것입니다. 21세기 새로운 시대는 '학인'들을 원합니다.

〔6〕 모든 사물에는 격이 있습니다. 격은 곧 값어치입니다. 인격은 사람의 값어치입니다. 값으로 따져서 안 됐지만, 세상에는 백 원짜리도 있고 만 원짜리도 있습니다. 자기 가치를 스스로 높이는 일에 게으르지 말아야 합니다. 사람은 모름지기 생이 끝나는 날까지 인격 수양에 힘쓸 일입니다. 지식은 사방에 흩어져 널려 있고 지혜는 언제나 자기 몸 안에 스며드는 까닭입니다. 모든 지식 모든 앎은 갈래갈래 조각나 있습니다. 이것을 연결하여 통합 조정하는 주체는 인간이며 구체적으로는 인격입니다. 이런 점에서도 학교는 지식의 훈련소가 아닙니다. 훈련소는 인격을 무시하며 기계적인 사고 통일 ,행동 통일을 조직적으로 행하는 곳이기 때문입니다. 에누리 없이 학교는 삶을 가꾸는 곳이며 인격의 수련장임을 믿어야 합니다.

〔7〕 학생은 프로 공부꾼입니다. 이를테면 공부 전문가들입니다. 아이들은 공부 세계에서 저마다의 기량을 선보입니다. 학생 외에 누가 공부의 세계에 하루 온종일을 매달려 있을까요? 공부(工夫)를 중국말로는 '쿵푸'라 합니다.

일본식 발음으로 '쿵후' 로 알려진 이것은 신체 단련의 무술로 우리들에게 알려져 있습니다. 초점이 잡히지 않은 흐릿한 정신으로 쿵푸를 한다면 아무 배울 것도 없이 시간만 지나가며, 심지어는 몸을 다치는 경우도 있을 수 있을 것입니다. 적당한 긴장과 고도의 집중력을 쿵푸 수련은 요구합니다. 글공부도 이와 같아서 신체 단련 도장에서 쿵푸를 배우듯 배움의 마당에서 피와 땀과 눈물을 뿌려야 합니다. 스스로 선택한 고통은 가까운 미래에 보람의 열매를 맺어줍니다. 찾아가서 배우는 공부, 자기 주도적 공부 – 이것이 진짜 공부가 아닐까요?

〔8〕 생각

세상에서 가장 힘센 것은 '생각'입니다. 생각은 어디든지 갈 수 있고 무엇이나 할 수 있습니다. 생각은 초능력자이며 마법사입니다. 생각이야말로 신이 아닐까요? 인간보다 저급한 생명체의 관점에서 말해 본다면, 모르긴 해도 인간은 신적 존재에 가깝습니다. 생각하는 힘을 바탕으로 하여 인류 문화와 문명이 꽃처럼 피어났습니다. 지구 생명체들의 살림살이를 근본적으로 뒤흔드는 역사적 혁명은 인간으로부터 비롯되며, 그것은 전적으로 인간의 생각하는 위력에 힘입은 것입니다.

몸은 겉이고 생각은 속인데 속이 꽉 차고 튼튼하면 겉모양은 저절로 그렇게 드러납니다. 속에 들어찬 아름다움은 향기처럼 은은히 풍겨 나오고 겉으로 치장한 아름다움은 한 순간에 그칩니다. 배우는 일과 생각하는 일은 몸과 마음처럼 하나로 붙어 있어야 합니다. 만약 힘써 배우되 생각하지 않으면 미련하고 어리석어집니다. 주체성의 잎사귀는 벌레에 먹혀버리고 창의력의 샘물은 마릅니다. 땀 흘려 배움의 길을 걸어가되, 자기 생각의 거울에 배움거리를 늘 비추어 볼 일입니다. 반성하는 지식, 깨쳐 가는 지혜, 실천하는 양심을 삶과 앎의 길동무로 삼을 일입니다. 배움의 온갖 자료를 자기 생각의 체로 솎

아내고 확인하고 평가하고 재창조하는 일을 게을리 말아야 합니다.

만약 생각만 하고 배움을 게을리 한다면 위험한 인물이 되기 십상입니다. 오래된 관습이나 돌처럼 굳어버린 고정 관념이 단순하고 무식하고 용감한 사람을 만들어 버리고 맙니다. 편견과 독선을 갑옷처럼 걸치고 몸놀림이 하 무거워지는 사람 - 그가 바로 위험한 사람입니다.

〔9〕 학문(學問)은 배우고 묻는다는 뜻입니다. 선배나 스승 또는 전문가에게 묻는 것도 자기 성장에 좋지만, 스스로 자기 자신에게 질문하는 게 더 바람직합니다. 왜냐하면, 의심과 반성과 질문 덕분에 인간의 역사가 과거의 단순 반복에서 벗어나 문명 전환의 물굽이를 타고 여기까지 흘러올 수 있었기 때문입니다. 한 개인의 역사도 이와 같아서 인류 문명의 발전 경로와 발전 역사가 몸과 마음에 곧장 새겨집니다. 관행과 구습의 옷을 벗고 새로운 길로 접어드는 데는 새 것에 대한 의심과 질문이 앞장서는 법입니다. 자기의 몸과 마음을 늘 돌아보는 일 — 이것이 평생 공부의 초점입니다.

〔10〕 배우며 생각하며

1. 국어 과목은 생각하는 힘을 기르는 종합 학문이다.
2. 글을 읽을 때는 반드시 요약 정리한다.
3. 학교는 지식의 훈련소가 아니라 인격의 수련장이다.
4. 도전하는 삶은 아름답다. 희망의 씨앗을 간직하자.
5. 꾸준한 글 읽기를 통해 자기 생각을 튼튼하게 가꾸자.

'배우며 생각하며' 꼭지는 매 수업 첫머리에 낭독자를 정하여 읽게 하고 반 전체는 다섯 항목 하나하나를 큰소리로 따라 읽습니다. (수업 분위기 집중의 효과 / 배움의 정수를 마음에 새기기)

2. 국어 공부의 처음과 끝

낱말 공부, 표현 공부, 생각 공부, 인간 공부의 네 개 공부를 모아서 '글공부'라 이름 짓고, 여기에다가 '글씨 공부'를 얹어 이 다섯 가지를 국어 공부의 다섯 고갱이로 추천하고 싶습니다. 예로부터 공부는 '글공부'와 '몸 공부'로 얼개를 짭니다. 신라의 화랑이나 고구려의 선비는 이 둘을 함께 닦은 모범적인 공부꾼들입니다. 글공부는 글로 이루어진 모든 공부를 뜻하며, 그 중 국어 공부에서는 위의 다섯 가지 공부가 '글공부'의 영역에 들어가리라 생각합니다. '몸 공부'는 흔히 말하는 인성 교육, 예절 교육, 기본 생활 교육을 말하며, 좀 더 적극적으로는 산행이나 스포츠, 무술 따위 신체 단련 행위를 가리킵니다.

공부라는 게 열심히 하면 잘하게 되고, 잘하게 되면 더 하고 싶고 자꾸자꾸 하게 되면 더 잘하게 됩니다. 이와 반대로 공부를 안 하게 되면 공부를 못하게 되고, 못하게 되면 자신감이 없어 공부를 자꾸 안 하게 됩니다. 안 하는 것과 못하는 것은 서로 맞물고 돌아갑니다. 마찬가지로 잘하는 것과 열심히 하는 것 역시 맞물고 돌아갑니다. 그런 까닭에 나중에는 공부를 못해서 안 하는 것인지, 지독히도 안 하기 때문에 공부를 못하는 것인지 본인도 헷갈리게 됩니다.

모든 글공부, 몸 공부가 그런 것처럼 글이라는 것도 쓰면 쓸수록 자꾸 그 실력이 느는 법입니다. 잘 쓰게 되면 글 쓰는 일에 흥미가 생기고 그러다 보면 글을 쓰고 싶은 마음이 생겨납니다. 글씨 쓰기도 이와 조금도 다르지 않습니다. 처음부터 잘 할 수는 없지만 자꾸 반복하는 동안에 저절로 잘 되어 가는 것입니다.

사람은 한 평생 '글공부'와 '몸 공부'를 하며 살아갑니다. '공부'는 인간의 운명인 것입니다. 인간으로 태어난 이상 공부는 피할 수 없는 숙명입니다. 배운다는 것, 단련한다는 것은 한편 고통스럽고 한편 기쁘고 즐거운, 우리네 인생길의 길동무입니다. 모자란다는 여백, 그것이 기쁨의 샘물이 되고 매력의 강물이 되도록 하는 일 – 이것이야말로 '인간'과 '공부'의 가장 아름다운 관계 맺음이 아닐까요? 부족하고 모자라는 점 때문에 더욱더 배움의 길에 매진하고, 그것 때문에 한결 인간적인 매력이 돋보이게 됩니다.

드넓은 자연의 여백 속에서 티끌 같은 공간을 비집고 차지하여 흙먼지처럼 흩날리듯 떠돌며 살아가는 인간은, 자신을 사랑하듯 여백을 사랑해야 하며 여백을 사랑하듯 자연을 사랑해야 합니다. 자연은 인간 존재를 포근하게 감싸주는 여백입니다. 아이들은 학부모와 교사의 여백입니다. 그들을 사랑해야 하며 그들은 우리 존재의 근원적인 힘이요, 바탕입니다. 동시에 학부모와 교사는 아이들의 여백으로 작용합니다. 그런 까닭에 어른들 역시 아이들에게 사랑 받는 존재가 되어야 마땅합니다.

수업의 첫머리와 끝 무렵은 본 수업의 눈으로 볼 때는 여백에 지나지 않습니다. 본 수업을 몸통이라고 하면, 수업의 처음과 끄트머리의 병아리 눈물 같은 시간은 그야말로 깃털에 불과할 것입니다. 그러나 날짐승에게는 본디 몸통 못지않게 깃털이 중한 법입니다. 이미 오래 전에 날짐승과 길짐승의 경계선을 지운 채 살아가는 인간인 만큼 사람에게도 깃털은 소중한 존재입니다. '국어 수업을 열고 닫는 다섯 가지 방법'의 실천은 교육에서 여백의 미를 확인하는 작업이며, 동시에 깃털의 소중함을 깨닫는 교육 노동이 됩니다. 사회 구조상 현장의 학부모와 교사는 몸통이라기보다는 아마도 깃털 같은 존재일진대, 이것은 어쩌면 우리 자신을 발견하고 확인하는 일의 비유적 표현 행위일지도 모를 일입니다.

1) '낱말 공부'로 수업 열기

낱말에 밝으면 세상이 밝아진다

국어 공부의 가장 근본 되는 것은 '낱말 공부'입니다. 낱말 뜻을 잘 모르거나 어휘력이 빈곤하고서야 무슨 국어 공부가 될까요? 안 할 말로 다른 걸 전혀 공부하지 않더라도 국어 책에 나오는 낱말을 몽땅 익히고 그것을 자유자재로 부려 쓸 수 있게 된다면, 그 국어 수업은 백 퍼센트 성공이라고 감히 말하고 싶습니다. 인간의 모든 지식과 감정과 지혜는 낱말로 이루어지며 낱말로 표현되기 때문입니다. 수학의 수식이나 음악의 음표도 낱말이라고 할 수 있습니다. '말글'의 중요성은 곧 '낱말'의 중요성입니다. '표현과 이해'의 중요성 또한 '낱말'의 중요성에서 벗어나지 않습니다. (반 아이들을 아홉 두레로 나누어 두레별로 낱말 조사와 발표, 낱말 익히기 강조/매 단원이 끝날 때마다 '국어 공부 확인하기'라는 제목으로 낱말 익힘 문제 임시 시험을 치름)

교탁 앞에 서서 교사가 아이들에게 먼저 반가움이 가득 담긴 인사를 합니다. '안녕하십니까? 이에 화답하는 아이들의 사과 향 같은 인사말이 교실을 금세 포근한 '배움의 집'으로 만들어줍니다. 차례에 따라 낭독자가 '배우며 생각하며'를 제목부터 읽어나가면 아이들은 다함께 큰 소리로 따라 읽으며 그 말속을 마음에 깊이 새겨 넣습니다. 이것은 수업 분위기를 정돈하는 효과가 큽니다. 칠판에 큼지막하게 '오늘의 낱말 공부'를 적어줍니다. 아이들은 그것을 공책에 적으며 날짜와 요일 자기 이름까지 빠짐없이 씁니다.

낱말 공부의 준비가 된 것을 확인한 후 아이들에게 자기가 공부하고 싶은 낱말을 제가끔 선택하도록 합니다. 국어 교과서 아무 곳이나 펼쳐서 각자 낱말을 찾아봅니다. 선택한 낱말을 동그라미 안에 적어 넣습니다. 이 모든 과정을 제한 시간 1분 안에 끝나도록 합니다. 눈 감고 명상의 시간을 십 초 정도

가집니다.

'낱말 공부' 첫 번째 활동은 '낱말 고개 넘기' 입니다. 자신이 선택한 낱말을 3단계의 과정을 거쳐 맞힐 수 있도록 문제 형식으로 만들어봅니다. (제한 시간 5분) 몇 개의 문제를 발표하여 낱말 고개를 즐거운 마음으로 다 함께 넘어봅니다. 낱말 고개는 세 고개를 표준형으로 제시하되 큰 고개 하나 두 고개 네 고개 다섯 고개까지 허용합니다. 교탁 앞에 나와서 퀴즈를 발표할 때는 첫머리에 자기의 낱말 고개가 몇 고개인지 먼저 밝히도록 합니다. 각 고개마다 세 명씩 발표 기회를 줍니다. 정답자가 없을 때는 다음 고개로 자연스레 넘어갑니다.

낱말 공부 두 번째 활동은 '삼행시 쓰기' 입니다. 한 편의 글공부를 완전히 매듭짓고 나서 마무리 작업으로 삼행시 또는 사행시를 써 봅니다. 글의 제목으로 시제를 삼습니다. 그러나 오행시가 넘지 않도록 글의 제목이 길 때는 일부를 생략하여 아이들이 부담을 느끼지 않도록 하는 게 좋습니다. (제한 시간 5분) 이 때 가능하면 빠른 글씨로 시를 쓰게 하여 수업 끝 무렵에 글씨 공부할 여지를 남겨둡니다. 삼행시의 정리와 발표는 수업 시간 끝자락에 합니다. 본 수업의 마디가 끊어질 때 남은 자투리 시간을 이용하여 자신이 쓴 '삼행시'를 깨끗한 글씨로 옮겨 적게 합니다. 활동 중에 미처 끝내지 못한 '삼행시 쓰기'를 이 시간에 완성할 수 있도록 합니다. 시간이 되면 삼행시를 발표하며 수업을 끝맺습니다. 삼행시 발표는 아이들이 가장 신나게 참여하는 수업 꼭지입니다. 운자를 불러주고, 운자를 받아서 발표하는 시간에 아이들은 함성을 터뜨리고 스트레스를 풀고 모두들 즐거워합니다.

낱말 고개 넘기
–한 고개, 두 고개~다섯 고개

(시계)

1. 제 몸에는 문신이 있습니다.
2. 제 몸 안에는 날씬한 작은 사람과 뚱뚱한 사람이 있습니다.
3. 이 두 사람은 간혹 가다 손을 맞대고 춤을 춥니다.
4. 특히 학생들은 수업 시간에 저를 자주 봅니다.

(하루살이)

1. 너무 단시간이라 잘 볼 수 없습니다.
2. 귀뚜라미 소리를 제일 듣고 싶고 배워보고 싶습니다.
3. 한번 살았다가 가는 인생 멋지게 날아가고 노래를 불러주고 가고 싶습니다.

(초승달)

1. 태어나서 한 번씩은 보았을 것입니다.
2. 수박을 먹고 남은 모양입니다.
3. 잘 보면 토끼가 보일 수도 있습니다.
4. 낫처럼 생겼습니다.
5. 자라면 나중에 보름달이 됩니다.

(신발)

1. 없으면 망신입니다
2. 집에서 쫓겨났다면 없을 수도 있습니다.

3. 그러나 태어나서 죽을 때까지 사용할 이것은 똥 밟아도 안심입니다.

(서점)

1. 이것은 꿈의 공간인 동시에 창조의 분화구입니다.
2. 세상 그 무엇보다 멋있고 좋은 가게입니다.
3. 이곳에 가면 세상에서 가장 아름다운 모습을 볼 수 있습니다.
4. 글자들이 제멋대로 모양을 하고 사람들을 유혹합니다.
5. 책을 마음에 영원히 둘 수 있도록 돈 주고 살 수도 있습니다.

(녹색)

1. 색깔입니다.
2. 반대되는 두 얼굴을 가지고 있습니다.
3. 모든 생명의 근원이 가진 색입니다.
4. 맑은 느낌이 듭니다.
5. 숲의 색깔입니다.

다행 시 쓰기

행을 자유롭게 풀어놓아서 다(多)행시입니다. 2행시, 3행시, 4행시~ 다행시는 이름처럼 자신이 뜻한 대로 시가 잘 지어진다면 정녕 다행한 일이 되겠죠.

은 : 은하수는

하 : 하늘에 떠 있는

수 : 수없이 많은 아름다운 마음이다.

점 : 점심 시간이 되면

심 : 심인중이 들썩거린다.

시 : 시장처럼 시끌벅적

간 : 간뎅이 부은 놈들은 새치기한다.

소 : 소리 없이 다가와

나 : 나도 모르게 내 맘속에 들어와서는

기 : 기다림을 배우게 한 너, 너를 사랑해

심 : 심장이 말한다.

인 : 인생의 가장

중 : 중요한 순간은 지금이라고…….

2) 인간 공부

인간을 알면 세상이 보인다

세상살이는 사람과 사람이 서로 부대끼며 살아가는 일입니다. 이런 사람 저런 사람, 세상에는 참으로 많은 사람들이 있습니다. 사람들은 저마다 독특한 색깔과 모양과 향기로 세상이라는 너른 바다를 건넙니다. 실제 인물이든 가공의 인물이든 그의 인간됨을 잘 살펴보면 무언가 배울 점이 있고 깨닫는 점이 있습니다. 위인이든 못난이든 어린 왕자이든 강아지 똥이든 가리지 말고 한 인간을 선택하여 그 인물에 대한 평을 자신의 눈으로 자기의 표현으로 자신의 방식으로 자세히 써보기 바랍니다.

전체적인 면모뿐만 아니라 특정한 장면에서 보여주는 그 인간의 특수한 모습을 소개하는 것도 괜찮은 방법입니다. 인간 공부에 도움을 주는 것이라면 무엇이나 선택할 수 있고, 어떤 방식으로 소개를 해도 가능합니다. 학생이든 누구든 글 쓰는 이들이 자유롭게 창의적으로 그리고 독특하고 개성적인 시각으로 그 인물을 분석하고 평가하고 소개하는 시간을 가져보겠습니다.

자신의 생각이나 느낌을 가감 없이 솔직하게 밝히는 게 인간 공부의 제일 큰 미덕임을 밝히고, 수시로 여기에 주의를 기울이도록 하는 게 좋습니다.

버스 안에서. 시장 바닥에서, pc 방에서, 영화 속에서, 만화 속에서, 길거리에서 / 역사 인물 / 친구 / 부모님 / 짝꿍 / 소설 인물

선택한 인물의 인간적인 면모나 특징 또는 장점이나 단점이 잘 소개되도록 합니다. 자신의 판단이나 느낌, 인물평을 솔직하게 씁니다. 선택 인물에 대해 가지는 자신만의 독특한 관점과 평가가 한 눈에 드러나도록 에누리 없이 솔직하게 쓸 것을 강조합니다.

인간 공부 역시 빠른 속도로 쓰게 하여 수업 끝 무렵에 글씨 공부를 하는 기회를 남겨두는 것을 잊지 않는 게 좋습니다. 때로는 학부모와 교사가 한 특정 인물을 지정하여 제시할 수도 있습니다. 비유적인 인간도 그 대상에 포함합니다. 가령 '조나단 리빙스턴', '강아지 똥', 이솝 우화의 '여우', '영어 선생님', '콜럼부스', '음악 선생님', '이승만', '헬렌 켈러', '대원군'…….

〈 펌프 아줌마 〉

성당 시장의 스타 펌프 아줌마를 소개하고 싶다. 그 아줌마는 몸빼 바지에 웃긴 차림으로 성당 시장을 누비며 박스를 모으신다. 그 아주머니는 펌프를 엄청 잘 하신다. 그래서 '세상에 이런 일이'라는 텔레비전 프로에도 출영하여 큰 인기를 끌었다. 아줌마가 펌프 하시는 모습을 보면 정말 배꼽이 빠질 정도로 웃긴다. 이상한 옷차림, 이상한 몸짓으로 펌프를 하는 아줌마를 보면 정말 웃긴다.

이상한 몸짓으로도 박자를 한 번도 안 놓치고 하시는 걸 보면 정말 대단하다. 펌프만 잘 하는 줄 알았는데 인형 뽑기도 엄청 잘 하신다. 아줌마의 집에는 인형이 엄청 많다. 하지만 집에는 인형만 있고 사람이 없다. 아줌마는 혼자서 살아가는 것이었다. 펌프 아줌마의 인형 뽑기는 외로움을 달래는 취미 생활이다. 그리고 아줌마는 항상 즐거운 마음으로 생활하신다. 어려운 형편에도 꿋꿋하고 즐겁게 살아가시는 아줌마를 보면 정말 멋있다. 아줌마가 항상 건강하게 즐겁게 살아가셨으면 좋겠다.

〈 정병우 〉

병우는 아이들과 장난치다가 맞고도 웃고, 매점에서 라면을 뺏기고도 웃고, 언제나 웃는다. 그리고 병우는 현주를 좋아하는데, 현주는 병우의 마음을 알면서도 모르는 척하며 튕긴다. 하지만 병우는 그런 현주를 좋아한다. 그래서 병우는 웃긴다.

〈 콜럼부스 〉

사람들은 콜럼부스를 모두 미지의 땅을 발견한 사람, 인도의 향료와 금을 들여와 자기 나라를 부강하게 한 사람이라 한다. 하지만 나는 조금 다르게 생각한다. 그런 것은 서양의 나라에서 보고 말한 이야기이지만, 시점을 돌려 원주민의 시점에서 보면 평화롭게 살고 있는데 이상한 사람들이 와서 자기 땅을 마음대로 식민지라 칭하며 주민들을 힘들게 한 사람이라 보여질 수밖에 없다. 그러므로 나는 콜럼부스에 대한 생각이 조금은 바뀌어야 한다고 생각한다.

〈 나 자신 〉

얼핏 보기엔 말도 잘하고 잘 웃지만 내면적으로는 나 자신도 나를 이해할 수 없다. 지식이 많은 것 같아도 내가 보기엔 나 자신의 지식은 과거를 살아오면서 어느 시점에서인가 주운 듯한, 약간은 그 근원이 애매한 지식이다. 태어나면서부터 내성적이고 현실보다는 나만의 내면 세계에 투자를 더 많이 한다. 친구가 별로 없다. 나와 비슷한 생각과 뜻을 가진 사람이 드물기 때문에 약간 어리버리한 면이 있다. 나는 도저히 실현시킬 수 없을 것 같은 꿈을 많이 가지고 있다.

나는 겁이 많다. 태어나면서부터 약했기 때문에 행동이나 성장에 제약을 받아 외형적으로만 컸을 뿐, 장기나 근육은 남들에 비해서 건강하거나 강하지 않다. 형이 상당히 폭력적인 성향을 띠고 있어서 폭력이나 나쁜 짓은 별로 좋아하지 않는다. 내 속마음을 아무한테나 내보이는 성격이 아니라서 그로 인해 거짓말도 자주하게 된다. 잠이 많다. 외모에 자신이 없다. 착한 사람을 좋아하고 여자를 싫어한다. 여자들도 나를 싫어한다. 무뚝뚝한 사람이 좋다. 세상에 대해 부정적 세계관을 갖고 있다. 공부라는 것을 매우 싫어한다. 종교를 안 믿는다.

3) 생각 공부-소재 제시형

생각이 열리면 세상이 열린다

생각은 힘이 셉니다. 생각은 자유롭습니다. 생각은 마구 헝클어져 있습니다. 생각은 순간 이동에 강합니다. 생각은 변화무쌍합니다. 갈래 갈래의 생각을 가다듬고 깔끔하게 정리하는 일은 자기 자신을 단정하게 가꾸는 일과 동일합니다. 평소에 자기 생각을 정리하면서 살아야 합니다. 우리 주변에는 늘 생각거리가 있어, 우리가 발견해 주기를 기다립니다. 그렇지 않고 언제나 머릿속을 지배하고 있는 어떤 생각이 있을 수도 있습니다. 하나의 주제를 정하여 거기에 이런 생각 저런 생각들을 모아봅니다. 스스로는 생각하는 힘을 훈련하는 기회가 될 것이며, 또 여러 친구들의 발표를 들으면서 생각의 폭을 넓히고 깊게 하는 한편, 다채로운 생각들이 가져다주는 어떤 깨침이 마음의 성숙을 가져다주는 효과도 기대해볼 수 있습니다.

'생각 공부'는 하나의 공통 주제를 반 아이들 전체에게 제시하는 게 좋습니다. 왜냐하면 자유 선택형은 5분이라는 짧은 시간에 아이들이 그럴 듯한 생각거리를 마련하기 어려울 뿐더러 용케 생각거리를 잡았다 하더라도 생각의 초점을 하나로 모았을 때 나타나는 여러 장점들을 맛보기가 쉽지 않기 때문입니다. 공통 소재를 제시하여 동일한 문제를 여럿이서 함께 생각해봄으로써 세상에는 다양한 생각들이 존재하며, 다들 이런 저런 자기만의 세계를 가지고 있음을 분명하게 깨달을 수 있기 때문입니다. 이렇게 한다면 '생각 공부'는 결국 사회 집단 속에 놓여 있는 자기 자신의 존재 양식과 그 가치를 발견하는 시간이 됩니다.

물이 흐르지 않고 고여 있으면 썩습니다. 오래 막힌 공기는 탁합니다. 마찬가지로 닫힌 생각은 탁한 공기처럼 정신을 뿌옇게 만들고, 고인 물처럼 사람의 영혼을 썩게 만듭니다. 열린 생각, 열린 마음은 세상을 밝게 열어주는 단추 노릇을 합니다. '생각 공부'를 겪으며 아이들은 자신의 삶을 맑고 깨끗하게 만들어 가는 기회와 만나게 됩니다. '속도의 시대'라 할 만큼 모든 게 스피드를 내며 달려가는 오늘, 아이들로 하여금 잠깐이라도 자신과 주변과 세계를 찬찬히 묵상하는 시간을 가지게 함은 가르치는 어른으로서의 기쁨과 보람을 갑절로 늘리는 일이 아닐까요?

세상에서 가장 소중한 사람은 자기 자신일 것입니다. 자신을 만들어 가는 여러 가지 방법 중(독서, 운동, 밥 먹기, 대화, 장난, 공부 등) 늘 실천할 수 있고 가장 효과적인 것으로는 단연 '생각하기'가 으뜸일 것입니다. 사람은 목숨이 붙어 있는 한 언제나 생각하면서 살아갑니다. 생각도 공상이라든가 몽상 또는 악감정에 사로잡힌 마음 상태라든지 하는 바람직하지 못한 것도 있습니다. 평소에 잡다한 여러 생각거리 중 가치가 있는 것을 포착하게 하고 개인적이거나 사회적인 문제에 대해 바람직한 해결 방안을 모색하는 훈련이 필요한 까닭이 여기에 있습니다.

인간적인 관점에서 생각한다면 어쩌면 평소 생각의 폭과 깊이야말로 자기 자신의 인격과 지혜를 담고 있는 샘물일지도 모릅니다. '생각 공부'를 함께 하며 아이들은 가볍게 지나치기 쉬운 일상의 영역을 진지하게 생각해보는 시간을 가집니다. 한편 주어진 문제를 여럿이서 머리를 맞대고 함께 해결하는 과정에서 아이들은 다채로운 생각들을 맛보고 제 깜냥대로 그것을 스스로 걸러내고 제련하고 소화하고 재창조하는 능력을 길러 갈 수 있지 않을까요?

배우며 생각하며'를 낭독한 후에 공책에 '오늘의 생각 공부'를 적습니다.

'생각 공부'의 '생각거리'는 우리들의 생활 주변에서 찾는 게 좋습니다.

생각 공부거리

내가 꼭 가보고 싶은 곳, 행복한 선생님, 엄마의 하루 생활, 짝꿍으로 삼고 싶은 친구, 나만이 알고 있는 남북 통일의 비법, 내가 꼭 만나보고 싶은 사람, 영어 선생님의 말버릇, 수학 선생님의 인간성, 나의 가장 큰 걱정거리, 시험 끝나고 꼭 하고 싶은 일, 부모님의 잔소리, 아버지의 직업 소개, 인간 세상에 신이 왜 필요할까, 돈이 밉게 보일 때, 청소를 즐겁게 하는 방법, 내가 즐겨하는 장난, 내가 싫어하는 장난, 인생을 재미나게 사는 법, 남북 통일 후의 우리나라 국기 그리기, 미국이 아메리카를 개척할 당시의 장면과 상황 그려보기, 우리 집의 가정 분위기, 오해 받거나 억울했던 일, 남을 도와주고 기뻤던 기억, 똑똑한 아이가 되는 요령 한 가지, 기타

물론 이 외에도 짧은 글이나 시 한 편 또는 장면을 제시하여 자기 생각을 정리하도록 하는 것도 좋습니다. 명상의 시간을 십 초 정도 가진 후에 '시작' 구령과 함께 일필휘지로 써 내려갑니다. '그만'이라는 구호에 일제히 손놀림을 멈춥니다. 나중에 몸통 수업이 끝나고 자투리 시간이 주어진다면, 이를 즉각 글씨 공부에 활용합니다. 몸통도 중요하지만 깃털도 알고 보면 굉장히 소중한 존재임을 알기 때문입니다. (제한 시간 5분)

4) 표현 공부 – 소재 제시형

표현은 삶의 개성이고 향기이다

'배우며 생각하며' 낭독이 끝난 후 오늘의 표현 공부 소재를 제시합니다. 시적인 표현/ 재치 있는 표현/ 비유적인 표현/ 깨달음이 있는 표현/ 재미있는 표현 / 기타 개성적이고 창조적인 표현을 하되, 반드시 자기 말로 자기 방식으로 표현할 것을 주문합니다. 어떻게든 표현을 하게 하여 자기의 능력과 한계를 확인하고 자기를 발견하는 시간이 되게 합니다.(제한 시간 5분)

자기를 발견하고서야 자기 발전과 자기 창조가 이루어지기 때문입니다. 못났든 잘났든 자기 표현은 에누리 없이 현재의 자기 모습 그대로를 보여줍니다.

(보기) 표현 대상 '무지개'

- 해님과 비님의 찬란한 사랑
- 개 중에 제일 이쁜 개
- 7선녀들의 길고 아리따운 옷자락
- 비 끝에 띄우는 하느님의 미소
- 하늘 터에 걸린 예쁜 빨랫줄 /구름에 걸쳐져 있네.
- 무지개는 구름과 뽀뽀만 한다.
- 하느님의 칼라 눈썹
- 견우를 기다리는 직녀의 오색 눈물
- 죄를 뉘우치게 하는 참신하고 경이로운 빛
- 하느님이 기르는 푸들의 염색한 꼬리 털

• 비 온 뒤의 허전함을 달래주는 벗
• 남한과 북한의 통일을 축하하는 사람들의 외침 속의 빛
• 죽은 사람들이 천국으로 올라가는 7색의 다리

5) 글씨 공부

글씨는 자기의 얼굴이다

어쩌다 공책 검사를 하며 아이들의 글씨를 볼 때마다 깊은 탄식이 저절로 나옵니다. 내가 왼손으로 글씨를 쓰더라도 저 정도는 쓰고 남겠다는 생각. 특히 시험 친 후 서술형 답안을 채점하다 보면 아이들의 글씨가 눈에 똑바로 들어와 박힙니다. 무성의하기 짝이 없는 글씨, 자기 이름마저 못 알아먹게 휘갈겨 쓴 꼬락서니라니……. 속상함, 서글픔, 분노, 안타까움 - 여러 감정의 높고 험한 파도가 나를 덮쳐옵니다.

이런 역사를 거치며 나의 국어 시간에 글씨 공부가 시작됩니다. 컴퓨터 시대에 글씨 공부라니, 격에 어울리지 않지만 아이들을 다그칩니다. 얼굴 없이 표현되는 글씨야말로 자신의 인간성과 인격을 나타내는 잣대가 된다고 강조합니다. 사이버 공간에서 활발하게 움직이는 요즘 아이들의 속성과 글씨의 속성이 어째 비슷하다는 느낌이 설핏 들어온 적이 있습니다. 그게 뭐냐 하면 아이들이 컴퓨터 공간에서 익명성에 몸을 숨기고 비속어와 상스러운 표현을 남발하듯, 현실 세계에서는 공책이나 연습장, 심지어는 시험 답안지에 자신의 저속한 인간성을 표현하고 있다는 뜻입니다. 달리 말해 아이들이 가상 공간에서 함부로 써대는 글이나 현실 공간에서 함부로 갈겨쓰는 글씨가 하나의 관계로 묶여진다는 뜻입니다.

글씨는 자기의 얼굴이며 인격이며 인간성임을 강조하며, 수업의 자투리 시간마다 '글씨 공부'를 하게 합니다. 자신의 날림 글씨를 깨끗이 정성 들여 쓴 후 글의 내용을 '발표'하는 시간도 가져봅니다. 국어 수업은 틈날 때마다 '글씨 공부'를 하는 시간임을 아이들의 머릿속에 확실하게 집어 넣습니다.

3. 알짜배기 문법 공부

1. 품사

1) 품사의 뜻

성질이 공통된 것끼리 모아 분류해 놓은 단어의 갈래

2) 품사의 분류 기준

의미 : 9 품사

형태 : 불변어, 가변어

기능 : 체언, 용언, 관계언, 수식언, 독립언

3) 의미 따라 : 9품사

명사, 대명사, 수사, 동사, 형용사, 관형사, 부사, 감탄사, 조사

- 명사 : 사물의 이름을 나타냄 **예** 연필, 구름
- 대명사 : 이름을 대신 나타냄 **예** 이것, 거기
- 수사 : 수나 차례를 나타냄 **예** 하나, 셋, 둘째
- 동사 : 동작이나 움직임을 나타냄 **예** 먹다. 주다
- 형용사 : 성질이나 모양, 상태를 나타냄 **예** 예쁘다, 서럽다
- 관형사 : 체언 앞에 붙어 대상을 꾸며줌 **예** 헌 책, 새 자전거
- 부사 : 용언, 관형사, 다른 부사 앞에 붙어 한정함 **예** 몰래 다가가다. 전혀 다른 사람

• 감탄사 : 놀람, 느낌, 부름, 대답을 나타냄 **예** 아이쿠, 저런

• 조사 : 체언에 붙어 문법적 관계를 나타내거나 특별한 뜻을 더해줌.(격조사 + 보조사)

가) 격조사 : 문법적 관계를 나타냄(자격을 나타내는 조사)

① 주격 조사 : 이/가 **예** 달이 밝다.

② 목적격 조사 : 을/를 **예** 라면을 먹었다.

③ 관형격 조사 : ~ 의 **예** 그녀의 사랑스런 미소

④ 부사격 조사 : 에, 으로, 에서 **예** 버스에서 한바탕 소동이 일어났다.

⑤ 호격 조사 : 아/야 **예** 나비야 청산 가자.

⑥ 공동격 조사(접속 조사) : 와/과 , (이)랑, ~하고 **예** 너와 나

⑦ 서술격 조사 : ~ 이다 **예** 이것은 꼭 필요한 물건이다.

[참고] 서술격 조사는 특이하게도 어미 활용을 함.

이것은 / 참고서<u>이다</u>.

참고서이고

참고서인데

참고서일까

참고서입니다.

참고서이면

나) 보조사 : 특별한 뜻을 더해줌

은/는(대조) **예** 해는 밝다.

만(유일, 단독) **예** 나만 갖고 그래.

도(동일) **예** 개나리도 피었다.

까지, 마저(극단) **예** 너마저 그러기냐.

조차(첨가) **예** 짐조차 지실까.

부터(출발점) **예** 애초부터 무리한 요구였다.

마다(보편) **예** 집집마다 태극기가 펄럭인다.

이나(최후 선택) **예** 라면이나 먹어야겠다.

라도(양보) **예** 이거라도 나한테 주면 안 되겠니?

야말로(강조) **예** 정성이야말로 최고의 인격이지.

4) 형태 따라 : 불변어, 가변어

9품사 중에서 가변어는 동사와 형용사임.(단, 서술격 조사는 가변어임)

예

먹다(동사) – 먹고, 먹는, 먹을, 먹자, 먹으면, 먹자고

예쁘다(형용사) – 예쁘고, 예쁘면, 예쁜, 예쁠, 예쁠까

선물이다(서술격 조사) – 선물이고, 선물이면, 선물일까, 선물인, 선물이더라도

5) 기능 따라 : 체언, 용언, 관계언, 수식언, 독립언

① 체언 : 문장의 몸뚱이가 됨 – 명사, 대명사, 수사

② 용언 : 문장에서 풀이하고 서술함 – 동사, 형용사

③ 관계언 : 문법적 관계를 맺어줌 – 조사

④ 수식언 : 꾸며 주거나 한정함 – 관형사, 부사

⑤ 독립언 : 문장과 따로 독립되어 사용됨 – 감탄사

2. 음운의 변동

1) 음운 : 뜻을 지닌 소리의 최소 단위

■ 분절 음운(자음, 모음) 비 분절 음운(긴소리 부호)

예 공 / 콩　나 / 너　밤 / 밤:

2) 변동 : 서로 만나는 두 음운이 동화, 탈락, 축약 또는 발음하기 좋게 바뀌는 현상 (발음하기 쉽고 편하게 — 발음의 경제성 원리)

① 동화

• 자음동화 : 자음이 연속으로 만날 때 서로 같거나 비슷하게 바뀌는 현상

예

역행 동화 — 신라[실라]　진리[질리]

순행 동화 — 칼날[칼랄]　발열[발렬]

상호 동화 — 독립[동닙]　섭리[섬니]

• 모음 동화 : ㅣ 모음 앞에서 ㅏ ㅓ 가 ㅐ ㅔ 로 바뀌는 현상 (표준어 아님)

예 아기 — 애기　어미 — 에미　미시오 — 미시요

② 탈락

• 자음 탈락

날다 - 나니　솔나무 - 소나무　하늘님 — 하느님

밀(다) ~닫이 — 미닫이　찰돌 — 차돌

• 모음 탈락

담그다 : 담그 + 아 — 담가(으 탈락)

③ 축약

• 자음 축약

예 축하[추카]　놓다[노타]　잡히다[자피다]　그렇지[그러치]

• 모음 축약

예 그리+ 어 — 그려　되 + 었다 = 됐다　먹이 + 어 = 먹여

④ 구개음화

ㅣ 모음 앞에서 ㄷ, ㅌ이 구개음인 ㅈ, ㅊ으로 바뀜

예 해돋이[해도지]　같이[가치]　굳이[구지]

⑤ 음절의 끝소리 규칙

자음의 끝소리는 'ㄱ, ㄴ, ㄷ, ㄹ, ㅁ, ㅂ, ㅇ(대표음 7개)'로 표기함.

예 밖[박]　삶[삼]　숲[숩]　히읗[히읃]

⑥ 된소리 되기

안울림소리가 서로 만날 때 뒤엣것 예사소리가 된소리로 바뀜

예 입고[입꼬]　국밥[국빱]　먹다[먹따]

⑦ 사잇소리 현상

합성어에서 사잇소리가 나타나는 현상

• 사이시옷

예

밤길[밤낄]　촌사람[촌싸람]

촛불[초뿔]　횟집[회찝]

•사이니은

예

앞 + 이 — 앞니　솔 + 잎 = 솔잎[솔닙 — 솔립]

집+일 — 집일[짐닐]　솜이불[솜니불]

■ 한자어 합성어인 경우에는 사이시옷을 표기하지 않음

예 촛점 X　초점(焦點) O　댓가 X　대가(代價) O　싯구 X　시구(詩句) O

■ 단, 다음 여섯 개의 한자어는 사이시옷을 적음(혼동 방지)

예 숫자, 곳간, 툇간, 셋방, 횟수, 찻간

[참고]

- 울림소리 : 모음 전부 + 자음 중 'ㄴ, ㄹ, ㅁ, ㅇ'
  안울림소리 : 울림소리 'ㄴ, ㄹ, ㅁ, ㅇ'을 제외한 자음 전부

- 예사소리 : 된소리와 거센소리가 아닌 나머지 자음
  된소리 : ㄲ, ㄸ, ㅃ, ㅆ, ㅉ
  거센소리 : ㅋ, ㅌ, ㅍ, ㅊ

3. 문장 성분

1) 문장 성분의 뜻

■ 문장을 이루는 각 요소 (문법적 기능을 함)

■ 주어, 서술어, 목적어, 보어, 관형어, 부사어, 독립어

■ 문장은 주어부와 서술부로 나눌 수 있다.

예

소년이/ 화들짝 웃는다.

파란 바다와 흰 구름은/ 마치 한 폭의 풍경화 같다.

2) 주성분(필수 성분)

주어, 서술어, 목적어, 보어

① 주어 : '누가/무엇이'에 해당 예 꽃이 예쁘다.

② 서술어 : 풀이하는 말 예 개미가 기어간다.

③ 목적어 : '을/를'에 해당 예 밥을 먹는다.

④ 보어 : 서술어 '되다' 아니다' 앞에 오는 말. 보충하는 말

예 철수는 중학생이 되었다.

3) 부속 성분

⑤ 관형어 : 주로 체언 앞에서 꾸며주는 말

예 까만 눈동자가 나를 바라본다.

⑥ 부사어 : 주로 서술어 앞에서 한정하는 말

예 별빛이 초롱초롱 빛난다.

4) 독립 성분

⑦ 독립어 : 다른 문장과 독립적으로 쓰임(놀람, 느낌, 부름, 대답)

예

영수야, 밥 먹으러 오너라.

예, 알겠습니다.

[문제 몇 개]

아래 문장의 문장 성분을 알아보자.

- 노란 들국화가 매우 아름답게 피었다.
- 그녀는 과일을 좋아한다.

[답]

- 노란(관형어) 들국화가(주어) / 매우(부사어) 아름답게(부사어) 피었다.(서술어)
- 그녀는(주어) / 과일을(목적어) 좋아한다.(서술어)

(/은 주어부와 서술부의 가름)

4. 용언(동사, 형용사)

1) 어간 : 용언의 활용에서 변하지 않는 부분

예 '먹다'에서 '먹'

2) 어미 : 어간을 제외한 나머지 부분

• 어미는 다시 어말 어미와 선어말 어미로 나누어짐.

예 '먹었다'에서 '었' 과 '다'

• 어말 어미 : 보통 어미라 함은 '어말 어미'를 가리킴

예 먹다 — '다' 먹자 — '자' 먹고 — '고'

① 종결 어미 : 문장을 끝맺는 어미

• 평서형 종결 어미 : –다 **예** 밥을 먹었다.

• 명령형 종결 어미 : –라, –어라 **예** 빨리 밥을 먹어라.

• 의문형 종결어미 : –느냐, –까, –니 **예** 밥을 먹고 있니?

• 청유형 종결어미 : –자, –자꾸나 **예** 빨리 먹자꾸나.

• 감탄형 종결어미 : –구나, –도다 **예** 밥을 참 빨리 먹는구나

[참고]

종결 어미가 문장 종류를 결정함. 즉 평서형 종결 어미로 끝나면 평서문, 청유형 종결 어미로 끝나면 청유문 등으로 분류됨. (평서문, 명령문, 의문문, 청유문, 감탄문)

② 연결 어미 : 대등적 연결 어미, 종속적 연결 어미, 보조적 연결 어미

• 대등적 연결 어미 : **예** 꽃이 피고 새가 운다. — (고)

• 종속적 연결 어미 : **예** 몸이 아프면 마음까지 아프기 쉽다. — (면)

• 보조적 연결 어미 : **예** 생일상을 근사하게 차리고(본용언) 싶다(보조용언). — (고) 본용언과 보조용언을 연결함

본용언과 보조 용언을 연결함

③ 전성 어미 : 성격을 변환시켜 줌.

• 관형사 전성 어미 : (으)ㄴ, 는, (으)ㄹ

예 먹은 것 / 먹는 것 / 먹을 것
과거 현재 미래

• 명사 전성 어미 : (으)ㅁ, 기

예 '먹다'의 명사 꼴 = 먹음, 먹기

예 '예쁘다'의 명사 꼴 = 예쁨, 예쁘기

이것은 명사의 형태일 뿐 품사는 동사, 형용사 그대로임.

〈주의〉 이 때 완전히 품사가 바뀌는 경우도 있음.

예 '슬프다' 명사 꼴 = 슬픔, 슬프기

'슬픔'은 명사(전성 명사)이며, '슬프기'는 형용사임.

이 경우 '슬픔'에서 'ㅁ'은 어미가 아니라 접사가 됨.

따라서 '슬프다'는 형용사이며 '슬픔'은 전성 명사 혹은 파생 명사가 됨.

이런 식으로 해서 완전히 전성 명사가 된 낱말은 40~50개 정도이며 보기를 들면 '슬픔, 기쁨, 꿈, 잠' 등이 있음.

• 선어말어미 : 어말어미 앞에 오는 어미

① 시제 선어말어미 : 과거, 현재, 미래

예 먹었다 — 었(과거) 먹는다 — 는(현재) 먹겠다 — 겠(미래)

② 공손(겸양) 선어말어미 : 공손, 겸양의 표현

예 있사오니 — 사오 보내옵나니 — 옵 받잡고 – 잡

③ 주체높임 선어말어미 : 높임

예 오시다 — 시(주체 높임)

선생님께서 너 오라셔. (오 + 라 + 시 + 어 — '오라고 하시어' 준말)
어간 어미 주체높임 선어말어미 어미

3) 어근과 접사 : 합성어 또는 파생어에서 나타남

- 어근 : 실질적인 의미를 나타내는 부분
- 접사 : 어근에 붙어 그 뜻을 제한하는 부분

예 1

먹이 = 먹(어근) + 이(접사)

햇곡식 = 햇(접사) + 곡식(어근)

낚시꾼 = 낚시(어근) + 꾼(접사)

맨손 = 맨(접사) + 손(어근)

예 2

손발 = 손(어근) + 발(어근)　뛰놀다 = 뛰(어근) + 놀(어근)

물걸레 = 물(어근) + 걸레(어근)　책가방 = 책(어근) + 가방(어근)

집안 = 집(어근) + 안(어근)　춘추 = 춘(어근) + 추(어근)

[참고]

사동 접사 : 이, 히, 리, 기, 우, 구, 추

예 가서 빨리 깨워라(깨워라 = 깨 + 우 + 어라)

깨: 어간(어근), 우: 사동접사, 어라: 명령형 종결어미

피동 접사 : 이, 히, 리, 기

예 쌓인 눈을 헤치고(쌓인 = 쌓 + 이 + ㄴ)

쌓: 어간(어근), 이: 피동접사, ㄴ: 과거 시제 관형사 전성어미

■ 사동 접사, 피동 접사는 기본형에 들어감

예 쌓인 — 기본형 '쌓이다' (이때 '쌓'은 어간이면서 동시에 어근이기도 함)

■ 사동 접사와 피동 접사는 문맥을 통해 구별함

4) 짜임새로 본 낱말의 갈래

• 단일어 : 하나의 어근으로 이루어진 낱말 **예** 나무, 돌, 구름

• 복합어 : 둘 이상의 어근이 결합(합성어)되거나 어근과 접사가 결합(파생어)되어 이루어진 낱말

예

풋고추	선생님	밤나무	그림책
파생어 풋(접두사)	파생어 님(접미사)	합성어	합성어

5. 형태소

뜻을 가진 가장 작은 말의 단위

(이때 뜻이란, 실제 의미와 문법적인 의미 양쪽을 가리킴)

(보기)

그녀는 사과를 맛있게 먹었다.

—그녀/는/사과/를/맛/있/게/먹/었/다. (형태소 : 10개)

어머니께서 시장에 홀로 가셨다.

—어머니/께서/시장/에/홀로/가/시/었/다. (형태소 : 9개)

6. 문장의 갈래

문장은 홑문장과 겹문장으로 나누어진다.

1) 홑문장 : 주어와 서술어의 관계가 단 한 번만 나타나는 문장

(보기) 봄꽃이(주어) 피었다(서술어).

2) 겹문장 : 주어와 서술어의 관계가 두 번 이상 나타나는 문장

① 안은 문장 ; 홑문장이 다른 문장 속의 한 문장 성분(안긴 문장)이 되

는 것

- 명사절을 안은 문장 **예** 그 일은 하기가 쉽지 않다.
- 관형절을 안은 문장 **예** 이것은 내가 읽을 책이다.
- 부사절을 안은 문장 **예** 길이 비가 와서 매우 질다.
- 인용절을 안은 문장 **예** 우리는 인간이 평등한 존재라고 믿는다.
- 서술절을 안은 문장 **예** 토끼는 앞 다리가 짧다.

■ 안긴문장은 그 자체를 하나의 문장 선분으로 간주함. 더 이상 문장 성분을 분석하면 문장 구조가 파괴됨.

예 토끼는(주어) 앞다리가 짧다.(서술어)

② 이어진 문장 : 대등 연결, 종속 연결

- 대등적으로 이어진 문장 **예** 꽃이 피고 새가 운다.
- 종속적으로 이어진 문장 **예** 꽃이 피면 그가 다시 돌아오겠지.

■ 여기서 '종속'이란 조건이나 이유 등이다.

7. 띄어쓰기

1) 원칙 : 모든 낱말은 띄어 쓴다.

단, 조사는 앞 말에 붙여 쓴다.

따라서 조사를 정확히 알면 띄어쓰기는 100점 받을 수 있음

2) 실제 사례

- 오늘은/가족과/함께/ 철도/ 여행을/ 떠났다.
- 꽃으로도/때리지/말라.
- 파란/하늘이/붉게/물들어가는/저녁/무렵

〈주의〉 의존 명사는 띄어 쓴다. (단위 명사도 띄어 씀)

① 의존 명사 – 앞 말 관형어에 의존하는 명사

– 수, 바, 것, 지, 만큼, 대로, 따름 ~

(보기)

- 알 수 없는 설렘
- 간절히 원하는 바
- 아름다운 것으로 물결치게 하소서.
- 다녀온 지 한참 되었어.
- 애쓴 만큼 열매는 달콤하다.
- 만나는 대로 안부 전해라.
- 저로선 고마울 따름입니다.

[문제]

- 다음날은좀늦게개울가로나왔다.
- 책이없던아주먼옛날에는지식이나정보같은것들은모두사람의기억속에 담아서전달했습니다.
- 어느마을이나사정은다비슷했지만특히우리마을은그정도가이루말할수 가없었다.

[답]

- 다음/날은/좀/늦게/개울가로/나왔다.
- 책이/없던/아주/먼/옛날에는/지식이나/정보/같은/것들은/모두/사람의/기억/속에/담아서/전달했습니다.
- 어느/마을이나/사정은/다/비슷했지만/특히/우리/마을은/그/정도가/이루/말할/수가/없었다.

4. 춤추는 한 줄 시조

시조는 정형시이되 우리 민족성처럼 융통성이 많습니다. 시조의 율격은 엄격하게 자수를 따지는 방식이 아니라—자수를 따지는 것은 일본 정형시의 영향과 간섭입니다—흐름과 굽이와 풀림과 맺음의 다채로운 변주가 빚어내는 삶의 숨결입니다. 정형 속에 자유로운 날갯짓이 들어 있습니다. 그래서 시조 속에는 규칙적인 기계음이 아니라 정형적 비정형인 자연음이 담겨 있습니다. 그곳에는 울퉁불퉁한 계곡 물소리가 들리며 댓잎에 서걱대는 바람결이 보입니다. 정형시에서 정형의 구조와 규칙은 매우 예민한 문제입니다. 내재율과 정형률의 구별 기준은 서구의 잣대로 만든 것입니다. 그 잣대를 버려야 온전한 우리 시를 얻을 수 있습니다.

한 줄 시조 3.5.4.3 의 창작 원리는 시조 종장의 창작 원리와 같습니다. 그것은 한국인의 호흡 구조를 반영하는 것입니다. 그리고 시조의 운율은 글자수로 나타나는 게 아니라 자연스런 호흡이 만들어내는 내면의 울림이라는 걸 잊지 않으면 됩니다. 한 줄 시조는 가장 오래된 시조이면서 동시에 최신형 시조입니다. 푸른 바다에 고래가 몸을 뒤치듯이, 한 줄 시조는 기운 생동하는 현재의 흐름을 담기에 적격입니다.

한 줄 시조의 기본형은 3.5.4.3 입니다. 그러나 시조의 열린 구조는 천편일률의 딱딱함을 배제하고 상황과 분위기에 따른 다양한 변주를 낳습니다. 4음보의 자연스러운 발걸음이 시조의 운율입니다. 시조 가락은 겉으로는 정형률, 외형률처럼 보이나, 실제적으로는 내재율입니다. 우리 겨레의 자연스러운 호흡법이 바로 그것입니다. 그런 까닭에 한 줄 시조의 기본형인 '3.5.4.3'은 마치 수학 방정식처럼 수많은 문제작을 생산하게 됩니다. 가령 '3.5.4.3'

의 기본형은 '3.6.4.4'를 거쳐 '3.7.5.3'으로 굽이친 후 '3.8.4.5'로, 심하게는 '3.9.3.4' '3.9.4.4'로까지 확장을 거듭합니다. 말하자면 한 줄 시조의 기본형 '3.5.4.3'은 복제품을 양산하는 거푸집이 아니라, 도약과 확산, 그리고 심화를 도와주는, 탄력 넘치는 구름판이라고 할 수 있습니다. 시조 창작자는 구름판을 딛고 자기만의 고유한 창조의 세계로 도약합니다. 그래서 그들 창작의 열정은 결코 지루하거나 심심하지 않습니다. 삶의 자연스런 호흡이 시조를 가없이 빚어낼 뿐.

네 걸음으로 이루어지는 시조—그게 바로 한 줄 시조입니다. 3.5.4.3 정형은 춘하추동의 사계를 상징한다고 보면 됩니다. 처음 3은 봄입니다. 감탄, 놀람 등의 봄의 숨결 위에 긴장의 서슬이 푸릅니다. 둘째 5는 여름입니다. 초목이 무성하고 만물이 넉넉해져 이완의 분위기가 흐뭇합니다. 셋째 4는 가을입니다, 알곡의 보람동이를 가을합니다. 넷째 3은 겨울입니다. 발걸음을 재촉하여 집으로 듭니다.

한 줄 시조는 현대 시조의 재발견입니다. 우리는 단 한 줄의 표현에 현재의 삶과 시대의 결을 가장 압축적이고 가장 흥미로운 방식으로 녹여내고자 합니다. 한 줄 시조는 종장 표현 하나만으로 시조 문학의 완결성을 지향합니다. 그것은 현대 예술이 지향하는 단순미의 결정체라 할 만합니다. 긴장과 탄력, 절제와 함축이 외줄 위에 낭자할수록 좋습니다.

문제는 제목을 처리하는 방법 또는 제목을 달 것인가 말 것인가를 판단하는 일입니다. 결론적으로 말하면 제목은 달지 않는 게 좋습니다. 제목을 달면 무게 중심이 흐트러져 한 줄의 미학이 파괴됩니다. 제목을 위에 붙이든 작품 아래에 붙이든 결과는 매한가지입니다. 기존의 단장 시조 작품을 보면 꼭 제목이 달려 있습니다. 물론 작가는 자기 생각과 취향대로 작품 위에 또는 아래에 제목을 달 수 있습니다. 제목을 위에 다는 것은 기존 창작 방식을 여과 없이 그대로 따라하는 경우입니다. 제목을 작품 아래에 붙이는 것은 작가의 순전한 취향과 판단인데, 시 내용을 온전히 보호하고자 하는 작가의 배려가 슬쩍 엿보입니다.

그런데 한 줄짜리 시조를 실제 창작을 해 보면 제목을 달지 않으면 안 되는 경우가 여름 날 우박 내리듯 아주 드물게 발생합니다. 그때는 도리가 없지요. 이 경우에는 제목을 달되, 작품 아래 부분에 달아서 작품을 완성하는 게 좋습니다. 단, 이것은 제목을 달지 않으면 작품이 완결 처리가 되지 않을 경우에만 극히 제한적으로 사용해야 하며, 이런 일은 평생에 한 번도 많습니다. 한 줄이든 세 줄이든 어쨌거나 시조는 완결의 미학을 지향하는 까닭입니다. 아니, 단도직입으로 말하죠. 한 줄 시조는 제목을 붙이지 말아야 합니다.

현대에 들어 수많은 시조 변형이 있었고 형식 실험이 있었습니다. 그 중에 으뜸은 '한 줄 시조'의 발견입니다. 한 줄 시조는 절제와 함축의 꽃입니다. 이것은 속도 문명에 기민하게 대응하는 문학 현대화의 최첨단 양식이기도 합니다. 싱싱한 생활미를 순간의 예술미로 포착하는 예술의 정점에 한 줄 시조가 존재합니다.

한 줄 시조 3.5.4.3 은 다음 5개의 유형으로 정리할 수 있습니다.
— 3.5형 3.6형 3.7형 3.8형 3.9형

1) 3. 5 형

3, 5, □, □ 유형이다.

• 청댓잎 시린 두 뺨에 저녁별이 오롱조롱

• 봉분에 절을 올린다 어머니 편안하시죠

• 아득히 날리는 낙엽 수채화 물감이 번진다

• 청년아 나를 건너라 새 징검돌이 되어라

• 비 오면 위태롭구나 가늣한 개미 허리야

• 이화에 월백하고 은한이 삼경인 제
일지춘심을 자규야 알랴마는
다정도 병인 양하여 잠 못 들어 하노라(3,5,4,3)
—이조년

• 늙었다 물러가자 마음과 의논하니
이 님을 버리고 어디메로 가잔 말고
마음아 너란 있거라 몸만 물러가리라(3,5,2,5)
—송순

2) 3. 6형

3, 6, □, □ 유형이다.

• 조약돌 하나를 주웠다 잃었던 어린 꿈 하나

• 나에겐 스승이 참 많다 산 강 바다 아이들

• 한 사람 오직 그 한 사람 해바라기 해 바라듯

• 실없는 풀벌레 장난에 부처님이 웃는다

• 날개가 나붓나붓하다 푸르게 인사하는 그녀

• 청산도 절로절로 녹수도 절로절로
산절로 수절로 산수간에 나도 절로
이 중에 절로 자란 몸이 늙기도 절로절로(3,6,3,4)
–김인후

• 수양산 바라보며 이제를 한하노라
주려 죽을진들 채미도 하는 것가
비록에 푸새엣 것인들 그 뉘 따에 났더니(3,6,4,3)
–성삼문

3) 3. 7 형

3, 7, □, □ 유형이다.

• 차차차 차차차차차차차 꿈속 같은 차의 물결

• 풀대가 정강이를 찌른다 불효를 나무란다

• 노릇한 계란찜을 받았다 새우가 수염을 꼬고 앉은

• 매미가 파도타기를 한다 눈부신 소리 소리 소리

• 장미가 가시로 콕 찌른다 하늘이 파래진다

• 늙지 말려이고 다시 젊어 보렷더니
青春이 날 속이니 白髮이 거의로다
이따금 꽃밭을 지날 때면 罪 지은 듯하여라(3,7,4,3)
–우탁

• 동짓달 기나긴 밤을 한 허리를 베어내여
춘풍 이불 아래 서리서리 넣었다가
어룬 님 오신 날 밤이여든 굽이굽이 펴리라(3,7,4,3)
–황진이

4) 3. 8 형

3, 8, □, □ 유형이다.

• 사람아 숲이 되어라 나란히 하늘을 우러르는

• 둘 셋 넷 엘리베이터 안에서 키재기가 바빠라

• 또르르 빗방울 구를 적마다 부서지는 옛 노래

• 시계가 한번씩 쉬면 어떨까 간혹 하품도 하면서

• 아이가 어른보다 오래 산다 왜냐면 잘 웃으니까

• 古松 奇石 두 사이에 어엿불슨 져 두견(杜鵑)아
봄 꼿치 불근 것도 오히려 多事커든
엇지타 가을 닙히 또 불거서 松石 우음 밧느니(3,8,4,3)

–안민영(해동가요 편찬자)

不在

–박재삼

다 나가고 없는 뜰에
木蓮花가 피었네.

반쯤은 가지를 이승에
나머지는 저승에

골고루 사람이 없는 데 따라
고이 여는 꽃이여(3,8,4,3)

5) 3. 9 형

3, 9, □, □ 유형이다.

• 겨울이 뒤뜰 가을에게 말한다 "다 놓고 그만 가"

• 봄비여 그대 마음 속 칸칸마다 눈부신 장식이구나

• 맙소사 100대 민족문화상징에 시조가 빠지다니

• 보고파 사뭇 떨리는 숨결 너머 메뚜기 날개 같은 저녁별

• 세월을 펴내다 보면 꽃불처럼 어느 날 새가 되리라

• 거문고 대현 올려 한과 밖을 짚었으니
얼음에 막힌 물 여울에서 우니는 듯
어디서 연잎에 지는 빗소리는 이를 좇아 마초나니(3,9,4,4)

–정철(松江)

• 글 닑어라 아희들아 글 닑어 남 주던냐
孝悌 忠信 네 것이오 富貴榮華도 네 것 실다
우리는 아희적 글 덜 닑은 탓사로 이 模樣(모양) 되여스라(3,10,3,4)

–김이익(金履翼)

독자 감성 충전소
한 줄 시조를 써 볼까요? 즐거운 마음으로 말이죠.
시제는 – 가로수 –

5. 가족에게 편지 쓰기

1) 30년 후 나의 아들에게

내 사랑하는 아들에게

아지랑이가 한창 피어오르는 이 시기에 내가 너에게 이렇게 편지를 쓰는 것은 지난번에 네가 저질렀던 잘못에 대해 너에게 이야기하고자 펜을 들고 몇 자 적어본다.

물론 지금 너의 마음은 갓 중학교에 들어갔기 때문에 마음이 혼란스럽고 복잡하다는 것을 이 아버지도 겪어봐서 알아. 하지만 네가 이런 일을 저질렀다는 것에 대해 나는 너에게 크나큰 실망감을 느낀단다.

청소년기를 흔히 '질풍노도'의 시기라고 부를 정도로 감정의 기복이 심하다는 것은 내가 항상 너에게 얘기해서 알 거야. 그래서 아마 잠깐의 유혹에 빠져 '도둑질'을 했겠지…….

내가 네게 이번 일로 너를 꾸중할 때도 너는 이런 말을 했었지?

"훔친 물건은 별로 비싸지 않은 거예요"라고.

아무리 훔친 물건이 단순히 100원 정도밖에 하지 않는 아주 작은 물건이었다 할지라도 좋지 못한 것임은 분명한 거야.

만약에 내가 그때 너를 꾸중하지 않고 작은 물건이라서 이번 한 번만 넘어가 준다는 말을 했다면 너는 어쩌면 이번보다 더 값이 비싼 물건을 훔칠지도 몰라. 아마 내가 너를 용서한 것이라는 확신을 가질 것이니까. 이렇게 생각한 네가 자라면 어떻게 되겠니? 아마 큰 범죄를 저지를 수도 있지 않겠니? 신문에서도 이것과 비슷한 기사를 본 적이 있단다. 아버지는 네가 신중하게 생각하고 도덕적인 행동을 해 주었으면 한다.

그리고 이것은 문제 삼지 않으려고 했지만 도저히 얘기하지 않을 수 없구나. 저번에 우리 집에 손님이 왔을 때 너는 어떤 행동을 했었지? 컴퓨터만 하고 손님이 들어오셨을 때 얼굴도 비치지 않고 말로만 인사를 하더구나. 그때 나는 무척이나 부끄러워졌었단다.

그렇게 내가 너에게 도덕적인 행동을 강조했지만 결국 행동으로 옮기지 않았다는 것은 내가 너를 잘못 가르쳤던가 아니면 네가 한 귀로 듣고 한 귀로 흘려버렸던 것이겠지.

그리고 동네 어른들을 보면 항상 인사를 하지 않는 경향이 있더구나.

아버지는 항상 너에게 강조하는 도덕적 행동들을 어떤 때라도 실천하라는 말은 하지 않겠어. 하지만 노력은 해 보길 바란다. 그렇다고 무조건 형식적으로만 하지 말고 동네 웃어른들께 진심으로 대하고 항상 웃어른들을 공경하는 마음으로 행동하길 바란다.

위의 3가지만 지켜 준다면 나는 너에게 더 이상 바랄 것이 없단다.

너는 굳이 엄마 아버지가 하라는 말을 하지 않더라도 항상 척척하고 있잖니?

그래서 위에서 얘기했지만 항상 너에게 당부하는 말은 네가 행동하기 전에 좀더 생각해 보고 이 행동의 결과가 모두에게 좋은 결과가 나오도록 행동해야 하고, 그 행동이 도덕적으로 올바른가에 대해 생각해 보고 행동하도록 노력하거라.

어쩌다 보니 편지의 내용이 딱딱해졌지만 아버지는 항상 너를 사랑한다는 사실을 잊지 말아주길 바란다.

나의 아들에게

아들아, 넌 우리들의 시대 사람들처럼 되지 마라.

몸이 불편한 사람이나 장애인들이 어떤 일을 힘들게 하고 있으면 눈길만 주고 가는 사람이 아니라, 마음을 먹고 남의 눈치를 보지 말고 자기 스스로 도와 주거라. 그것이 양심적이고 도덕적인 사람이니라.

그리고 너의 인생을 헛되이 보내지 마라. 네가 하고 싶은 일이 안 되고, 힘들더라도 절대로 포기하지 마라. 그 포기가 너의 인생을 좌우할 것이야.

또 한 가지, 초등학교 때는 공부를 그렇게 잘해도 점점 올라갈수록 초등학교 때와는 다른 것들과 어려운 것들이 나올 것이야. 물론 초등학교 때 공부를 잘 해도 좋지만 중학생 때 특히 공부를 잘 해야 된단다. 그렇다고 너무 공부에만 매달리지 마라.

그리고 너의 시대 때는 공부만 잘해서 취직이 되는 것이 아니라 자신만의 재능이나 능력이 필요하단다. 둘 다 좋으면 더 좋겠지.

또 항상 자기만을 생각하지 말고, 다른 사람보다 무슨 일을 잘한다고 거만하게 행동하거나 자만하지 마라. 잘하면서도 남에게 도움을 주고 남을 생각해야 한단다.

또 돈을 벌더라도 펑펑 쓰지 말고 어린이집이나 어려운 이웃들에게 돈을 기부하여라. 그것이 양심적이고, 자기도 기분이 좋을 것이야. 마지막으로 너의 인생을 보람 있게 보내라.

2) 사랑하는 어머니께

어딘가에는 계실 어머님께.

어머니. 어색하기만 하네요. 10년이 넘도록 한 번도 안 썼는데 태어나 처음으로 어머니께 편지를 쓰네요. 어디 계세요? 편히 계시나요? 말도 제대로 못하던 절 두고 가시고는 편히 잘 계세요? 세상에 어머니 얼굴조차도 음성조차도 추억조차도 기억 못하는 아들을 두곤 왜 그리 일찍 세상을 떠나셨는지 원망스럽기만 합니다.

제가 초등학교 시절, 제가 어머니가 어디 계신 줄 알았는지 아세요? 아버지와 할머니가 캐나다에 유학하러 가셨다고 해서 전 굳게 믿고 있었어요. 어린 마음 순진한 마음 때문에 얼마나 굳게 믿고 있었는데……. 엄마는 어떻게 생겼을까 하고 상상하며, 엄마는 언제 돌아오시지 하고 상상하고, 돌아오면 뭐하지 하며 상상하고……당장이라도 돌아오실 것 같아 내심 설레고, 전화라도 해 주시길 바랐는데……. 그래도 그때는 얼마나 행복했는지 몰라요. 곁엔 없어도 제 상상 속에 엄마는 항상 살아 계셨으니까요. 그런데, 그런데 초등학교 졸업을 앞두고 할머니께서 제게 엄마는 돌아가셨다고 하시더라고요. 거짓말일 거야라고 위로해 보았지만, 우시며 얘기하시는 할머니 모습에 제 자신이 처량해지더라고요. 그날이 제 상상 속에서 어머니가 돌아가신 날이었죠. 외가에서는 어머니 장례식 사진도 있더라고요. 남들이 다 우는데 어린 전 무엇인지도 모르고 마냥 웃고만 있는 사진이었죠. 그날이 슬픈 날인지도 모르고 웃는 날 보며 전 얼마나 울었는지 몰라요. 믿기 싫었는데, 엄마의 죽음을 믿기 싫었는데……. 그렇게 전 엄마의 죽음을 받아들이고 말았죠. 돌아오면 어리광도 부리고 엄마랑 여행도 하고 같이 밥도 먹고……. 이런 상상 모두가 헛된 희망이 되어 버렸죠.

그 이후에 제가 제일 싫어하게 된 단어가 뭔지 아세요? 어머니, 엄마란 말이죠. 곧 어버이날인데 이날도 싫어요. 남들이 카네이션 두 개를 사는데, 전 늘 하나만 사고 혼자 계신 아버지가 너무 외로워 보이기도 하고……. 또 광고성 전화가 오면 그때마다 슬퍼져요. 항상 엄마를 찾거든요. 안 계신다고 하면 언제 들어오시냐고 묻죠. '그건 제가 묻고 싶은 말인데…….' 얼버무리며 늦게 들어오신다고 하죠. 참 바보 같죠? 그냥 끊으면 될 텐데. 끝까지 답해 주다가 괜히 눈물 흘리죠.

학교 생활을 하다 보면 어머니의 빈 자리가 클 때가 참 많아요. 아이들은 엄마가 항상 공부를 시킨다고 하네요. 집에 가두듯이 하고 항상 잔소리만 늘어 놓고, 그래서 엄마가 싫다고 하죠. 그때마다 전 생각해요. 저도 엄마 잔소리 들으며 학교 가고, 집에서 공부, 공부 그러며 닦달하는 엄마 목소리도 듣고 싶은데……. 또 시험 잘 치면 친구들이 엄마가 뭐 사주겠네 하며 좋아하더라고요. 사 주다니, 꿈에라도 한 번만 만날 수 있으면 좋겠는데……. 아무리 시험을 잘 쳐도, 좋은 일을 해도 엄마는 항상 볼 수 없었죠. 이번에는 시험을 잘 못 쳤는데 남들이 다 듣는 엄마의 꾸지람도 들을 수 없는 제 자신이 너무 초라해 보이죠.

중2 때였어요. 길을 걷는데 고등학생 같은 남자 한 명이 뒤에 엄마를 태우고는 자전거를 타고 가더라고요. 그걸 보고 얼마나 슬퍼지던지……. 제가 자전거를 아무리 잘 타더라도 나중에 혹여 아주 좋은 차를 타고 운전할지라도 뒤에 어머니를 태울 수 없다는 사실이 얼마나 슬프던지……. 엄마를 태우고는 어디든지 가고 싶은데, 바닷가도 가고 다른 어디든지 가고 싶은데 그럴 수 없는 현실에 제가 얼마나 울었는지 몰라요. 남자는 울면 안 된다는데……. 전 남자가 될 자격도 없나 봐요. 엄마만 생각하면 눈물 흘리고 닦아도 눈물 흘리고 지금 이 순간도 울고……. 이런 제가 참 바보 같죠? 항상 우는 제가, 엄마 얼굴조차도 이름도 늦게 안 이 불효자가…….

언제 누군가가 제게 이렇게 물었어요. 부모님께 사랑해요, 하고 말한 적이 있냐고요. 그러고 보면 아직 사랑해요, 란 말도 못한 제가 참 불효자예요. 그때 아니오, 라고 답하니, 앞으로 사랑해요, 라고 자주 말하래요. 이 편지가 어머니께 닿을 수 있을지 모르겠지만 말할게요. "어머니, 사랑합니다." 오늘 이 순간 숨 쉴 수 있는 제 생명을 만들어 주셔서 감사합니다. 지금 눈물 흘릴 수 있는 눈을 주셔서 감사합니다. 지금 편지를 쓸 수 있는 손을 주셔서 감사합니다. 지금 어머니를 그리워할 수 있는 가슴을 주셔서 감사합니다. 제게 이렇게 많은 걸 주셔서 감사합니다. 그리고 사랑합니다. 하늘나라에서 바라봐 주실 어머니, 당신을 사랑합니다. 말로 표현 못할 만큼 사랑합니다. 사랑합니다. 사랑합니다…….

제 걱정은 마세요. 저 이렇게 울어도 바보 같아서 잘 웃어요. 길거리를 걷다가도 과거 일을 떠올리며 갑자기 웃어요. 바보같이 그렇게 잘 웃고 지내요. 그러니 제 걱정 마세요. 혼자서 외로우실 텐데 힘들게 직장 생활 하시는 아버지를 잘 보살펴 주세요. 그리고 삼촌도 이제 장가가야 할 텐데……. 빨리 좋은 사람 만나게 해 주세요. 그리고 옆에 할머니 계세요? 강아지라고 절 부르시며 걱정하실 텐데, 걱정 마시라고 전해 주세요. 이제 저도 잘 버티고 있다고, 건강하게 잘 지내고 있다고요. 언제나 바라봐 주세요. 열심히 살아서 하늘에서 어머니가 웃으실 수 있도록 훌륭해질게요. 부끄럼 없는 사람이 되어 어머니 곁에 갈 수 있도록 열심히 살게요. 그곳에서 못한 효도할 수 있을 때까지 건강하세요.

○○년 5월 7일

아들 류 승 훈 올림

글쓰기 상상력을 깨우는

톡톡 감성충전소

초판 1쇄 발행일 2012년 8월 16일

지은이 이동훈
펴낸이 박영희
편집 이은혜 · 김미선 · 정민혜 · 장은지 · 신지항
인쇄 · 제본 태광인쇄
펴낸곳 도서출판 어문학사
서울특별시 도봉구 쌍문동 523-21 나너울 카운티 1층
대표전화: 02-998-0094 / 편집부1: 02-998-2267, 편집부2: 02-998-2269
홈페이지: www.amhbook.com
트위터: @with_amhbook
블로그: 네이버 http://blog.naver.com/amhbook
다음 http://blog.daum.net/amhbook
e-mail: am@amhbook.com
등록: 2004년 4월 6일 제7-276호

ISBN 978-89-6184-273-0 03800
정가 20,000원

이 도서의 국립중앙도서관 출판시도서목록(CIP)은 e-CIP홈페이지(http://www.nl.go.kr/ecip)와
국가자료공동목록시스템(http://www.nl.go.kr/kolisnet)에서 이용하실 수 있습니다.
(CIP제어번호: CIP2012003409)

※잘못 만들어진 책은 교환해 드립니다.